Aziza muss sterben

Alberto
Vázquez-Figueroa

Aziza muss sterben

Deutsch von Jean-Paul Ziller

Weltbild

Originaltitel: *El leon invisible*
Originalverlag: DeBols¡llo

Besuchen Sie uns im Internet:
www.weltbild.de

Der Autor

Alberto Vázquez-Figueroa wurde 1936 auf Teneriffa geboren und lebte, bis er 16 Jahre alt war, mit seiner Familie in Nordafrika. Nach einem Journalistikstudium war er seit 1962 als Sonderkorrespondent für mehrere Zeitschriften und später auch für das spanische Fernsehen tätig. Im Zuge seiner Arbeit erlebte er Kriege und Umstürze in zahlreichen Ländern aus nächster Nähe mit. Später betätigte er sich als Filmregisseur, bevor er sich ganz dem Schreiben von Romanen widmete. Seine mehr als 40 Bücher wurden in viele Sprachen übersetzt und machen ihn zu einem der weltweit meistgelesenen spanischen Autoren der Gegenwart. Sein Roman *Der Inka* liegt ebenfalls als Weltbild Taschenbuch vor.

Weltbild Taschenbuch

»Mein Name ist Aziza Smain.«

»Nein. Ich weiß nicht, wann ich zur Welt kam, aber es müsste etwa fünfundzwanzig Jahre her sein.«

»Hier im Dorf, in diesem Haus, in diesem Zimmer, wo auch meine drei anderen Geschwister geboren wurden.«

»Die Jüngste.«

»Doch, es gab noch mehr, an die ich mich aber nicht erinnern kann, weil ich damals noch zu klein war. Vermutlich sind sie kurz nach der Geburt gestorben.«

»Ja, stimmt; hier sterben die meisten Kinder vor ihrem ersten Geburtstag; wer älter als fünfzig wird, kann sich glücklich schätzen.«

»In unserem Dorf leben fast nur noch alte Menschen. Die meisten jungen sind in die großen Städte abgewandert. Das Leben dort ist anders, und es gibt mehr Arbeit.«

»Nein, mein Mann wollte nicht weg von hier.«

»Sein Vater besaß mehr als hundert Ziegen und vierzig Kamele. Wenn mein Mann weggegangen wäre, hätte er nichts von seinem Erbe gesehen, das wusste er.«

»Reich? In diesem Land? Hier kann man froh sein, wenn man einmal am Tag richtig satt wird.«

»Kaid Shala?«

»Ja, natürlich. Er ist sehr reich, und er hat einen prächtigen Palast, aber der Kaid ist kein Mensch. Das können Sie nicht so ohne weiteres vergleichen.«

»Der Kaid ist ... der Kaid.«

»Ich selbst bin ihm bloß zweimal im Leben begegnet, am Tag meiner Hochzeit und an dem Tag, als er mein Todesurteil bestätigte.«

Die Stimme war warm, wohlklingend und so eindringlich, dass man nicht an der Aufrichtigkeit ihrer Schicksalsergebenheit und Trauer zweifeln konnte. Dennoch legte die Frau es weder darauf an, das Mitleid des Zuhörers zu wecken, noch darauf, ihr tragisches Schicksal zu übertreiben.

»Warum sollte ich ihn hassen? Gesetz ist Gesetz. Nachdem mich das Gericht verurteilt hatte, blieb dem Kaid gar nichts anderes übrig, als seine Unterschrift darunter zu setzen. Er fühlte sich bestimmt nicht wohl dabei.«

»Die Schuldigen? Schuldig woran?«

»Ich weiß es nicht. Niemand vermutlich.«

»Ich habe den größten Teil meines Lebens hier auf diesem Stück Land, in diesem Innenhof verbracht. Was mit mir geschehen ist, haben schon unzählige Frauen vor mir durchmachen müssen.«

»Soweit ich weiß, sind in Hingawana und den benachbarten Dörfern mehr als zwanzig gesteinigt worden. Die Letzte kannte ich sogar persönlich: Yasmin, eine Cousine meines Vaters.«

»Ich erinnere mich gut. Ich war noch klein, und meine Mutter ließ mich nicht zum Dorfplatz gehen, da bin ich mit meinen Brüdern auf das Flachdach gestiegen. Wir konnten nicht viel sehen, aber ich erinnere mich mit Grauen, wie die Leute sie anpöbelten und beleidigten, vor allem aber, wie die arme Yasmin vor Schmerzen schrie.«

»Diese Frage verstehe ich nicht. Kannst du sie bitte wiederholen?«

»Aber sicher! Wir Frauen leben in ständiger Angst, eines Tages gesteinigt zu werden. Wir sind machtlos dagegen.«

»Ich glaube, dass ich eine gehorsame und anständige Tochter und eine treue und fleißige Ehefrau war. Aber als mein Mann Malik vor etwa sechs Jahren starb, war klar, dass mir harte Zeiten bevorstanden.«

»Schön? Vielen Dank, aber in meinem Alter? Außerdem

ist für eine Witwe in dieser Gegend Schönheit kein Geschenk Allahs, sondern ein Fluch. Man ist des Teufels, vielleicht wird man deshalb gesteinigt.«

»Du ziehst alle Blicke auf dich, wie eine Zielscheibe. Für die jungen Männer sind wir nichts anderes als eine Antilope, die frei durch die Steppe läuft und nur darauf wartet, gejagt zu werden. Selbst die Alten reden von nichts anderem als davon, wann du erlegt werden sollst und wer der Glückliche sein darf.«

Das Dröhnen des Ferraris schwächte sich zu einem leisen Brummen ab, als der Fahrer an der Avenue Princess Grace in Monaco bremste und das Radio aufdrehte, um die faszinierende Stimme besser hören zu können. Nicht nur der Tonfall und das warme Timbre, auch die Selbstverständlichkeit, mit der sie von dem schrecklichen Schicksal berichtete, das ihr anscheinend bevorstand, zog ihn in ihren Bann.

»Nein, nein. Hier würde kein ehrbarer Mann eine Witwe heiraten, die obendrein noch eine Tochter hat. Wenn es ein Junge wäre, vielleicht, dann könnte er die Kamele hüten oder die Felder bestellen. Aber meine kleine Kalina ist so zart, dass ich alle Mühe habe, sie durchzubringen.«

»Nein, keinerlei Hilfe. Das ist nicht üblich. Die Familie des Verstorbenen wirft der Ehefrau vor, sie hätte ihn während seiner Krankheit nicht gut genug versorgt. Meistens wird sie verstoßen, sogar von den eigenen Kindern.«

»Wie hätte ich das wissen sollen?«

»Eines Morgens hatte er so starke Bauchschmerzen, dass er nicht mehr aufstehen konnte. Er schwitzte, bekam hohes Fieber, und all die Brühen, die ich ihm kochte, und die nassen Tücher, die ich ihm auf die Stirn legte, halfen nicht. Die Schmerzen wurden immer heftiger. Hier an der Leiste war die Haut so straff wie eine Trommel; wenn man sie berührte, schrie er auf.«

»Wie bitte? Nein, das Wort habe ich noch nie gehört. Bauchfell... – was?«

»Schon möglich. Von solchen Dingen habe ich keine Ahnung, genauso wenig wie der so genannte Arzt, der ihn behandelte. Der kann höchstens Kamele heilen.«

»An dem Tag, als Malik starb, packte ich meine Tochter und das wenige, was ich besaß, in einen Korb und kehrte hier auf den Hof zurück, um von den Brosamen zu leben, die meine ältere Schwester und ihre Familie übrig lassen.«

»Meistens ist es nicht viel.«

»Nein, niemals. Ich nehme an, dass jemand wie du nur gelegentlich Hunger hat, zwischen den Mahlzeiten vielleicht, eine unangenehme Leere im Magen, mehr nicht. Wir aber leben mit dem Hunger, er ist für uns völlig normal. Wir wundern uns höchstens, wenn wir keinen haben.«

Oscar Schneeweiss Gorriticoechea schaltete den Motor seines sündhaft teuren roten Flitzers ganz aus, lehnte den Hinterkopf an die Kopfstütze des schwarzen Ledersitzes und betrachtete mit zusammengekniffenen Augen die Baumwipfel, ohne sie wirklich wahrzunehmen. Es sah aus, als konzentrierten sich all seine Sinne auf die Worte einer Frau, die mehrere tausend Kilometer von ihm entfernt in ein Mikrofon sprach, in Wirklichkeit aber in einer anderen, Lichtjahre entfernten Galaxie zu leben schien.

»Nein. Als ich noch verheiratet war, habe ich nie hungern müssen.«

»Als Kind hin und wieder.«

»Jetzt lebe ich beständig mit dem Hunger, er folgt mir überall hin, Tag und Nacht, aber das ist nicht mein größtes Problem.«

»Vielen Dank! Nein, das reicht. Mein Körper ertrüge es nicht, wenn ich plötzlich zu viel auf einmal äße. Ich müsste mich übergeben. Außerdem soll man sich nicht an etwas gewöhnen, was man morgen nicht mehr hat. Aber wenn ich noch ein Stück Brot für meine Kleine haben könnte, wäre ich dir sehr dankbar.«

»Sie haben doch selbst nicht genug zu essen! Trotzdem gibt meine Schwester der Kleinen hinter dem Rücken ihres Mannes ab und zu ein bisschen Milch.«

»Meine Schwester ist kein schlechter Mensch, ich weiß, dass sie mich liebt, aber mir ist auch klar, dass sie keinen leichten Stand hat. Schlüge sie sich auf meine Seite, würde Hassan sie verstoßen, und dann erginge es ihr früher oder später genauso wie mir. Sie hat drei Kinder und muss für sie kämpfen.«

»Ich täte wahrscheinlich dasselbe.«

»Warum willst du, dass ich das alles erzähle?«

»Auch wenn ich noch so viel rede und du alle meine Worte in dieser Maschine einfängst, ganz gleich, was ich dir aus meinem Leben berichte oder ob ich die Namen der Männer preisgebe, die mich vergewaltigt haben, es würde nichts ändern. Das Urteil ist gefällt. Wenn ich aufhöre, den Kleinen zu stillen, werden sie mich töten, wie Tausende vor mir.«

»Das Einzige, worum ich Allah bitte, ist, dass jemand so viel Mitleid aufbringt, möglichst rasch auf meinen Kopf zu zielen, damit ich das Bewusstsein verliere. Aber ich fürchte, dass die Leute eher kleine Steine nehmen und auf den Rücken, die Arme und die Brust zielen, um die Qualen und den Todeskampf in die Länge zu ziehen. Es ist ein harter Tod, ich weiß es, grausam, aber so will es das Gesetz oder der Brauch, und so wird das Urteil vollzogen.«

Bei dem Wort »Tod« verkrampften sich die Hände, die auf dem Lenkrad ruhten. Es war eine Vokabel, die den Mann an schreckliche Zeiten erinnerte.

Das anschließende lange Schweigen wurde schließlich von einer männlichen Stimme unterbrochen, die tief und kräftig war, aber zugleich so bewegt, dass sie gebrochen klang.

»Sie hörten Aziza Smain, die junge Nigerianerin, die nicht nur brutal vergewaltigt, sondern obendrein zum Tod durch Steinigung verurteilt wurde, weil sie als Folge dieses Verbrechens ein Kind zur Welt brachte.

Das Gespräch mit Aziza Smain führte René Villeneuve, exklusiv für Radio Monte Carlo.«

Fast zehn Minuten lang saß Oscar reglos im Innern seines Sportwagens an der Avenue Princess Grace und konnte nicht fassen, dass das soeben Gehörte sich wirklich irgendwo da draußen abspielte, jetzt – zu Beginn des einundzwanzigsten Jahrhunderts.

Eine junge Nigerianerin, die unter anderen Umständen noch ihr ganzes Leben vor sich gehabt hätte, sollte auf die grausamste Art, die man sich vorstellen konnte, hingerichtet werden, weil sie das »furchtbare«, das »unverzeihliche« Verbrechen begangen hatte, sich von mehreren Männern vergewaltigen zu lassen.

Nigeria!

Er versuchte, sich zu vergegenwärtigen, wo Nigeria lag und zu welchen anderen afrikanischen Staaten seine Grenze verlief, konnte sich aber nur daran erinnern, dass es ein sehr großes Land war, über riesige Erdölvorkommen verfügte und von dem Fluss Niger beherrscht wurde, der in den Golf von Guinea mündete.

Wenn ihm sein Gedächtnis keinen Streich spielte, lag seine chaotische Hauptstadt Lagos am Meer, aber ganz sicher war er nicht.

Doch was spielte das schon für eine Rolle?

Nur eines zählte: dass es einen Ort auf der Welt gab, wo der religiöse Wahn noch ebenso stark war wie zur Zeit des Alten Testaments, während er selbst zur gleichen Zeit am Steuer eines Wagens saß, dessen Motor es auf dreihundert Kilometer in der Stunde brachte.

Was also hatte der Fortschritt der letzten zweitausend Jahre gebracht?

Oder sollte er lieber der letzten zwanzigtausend Jahre sagen? Denn dasselbe hatten die Affen getan, als sie von den Bäumen heruntergeklettert waren: Sie hatten ihre Feinde mit Steinen beworfen. Offenbar hielten bestimmte Nachfahren der gewalttätigen Primaten bis heute an diesem Brauch fest.

Es dauerte eine ganze Weile, bevor der Fahrer des Ferraris, der noch vor wenigen Minuten so unbekümmert gewesen war, den Motor wieder anließ und gemächlich – jegliche Eile war ihm fremd – auf den höher gelegenen Teil der Stadt zusteuerte.

Der hoch gewachsene Mann mit der glänzenden Glatze und dem ungepflegten weißen Stoppelbart war so sehr in die Betrachtung des leuchtenden Gemäldes vertieft, dass er kaum bemerkte, wie sich die Tür des geräumigen Salons auftat und sein Gastgeber eintrat. Der Besitzer eines der prächtigsten Häuser an diesem Teil der Mittelmeerküste, der seit mehr als einem Jahrhundert für seine Luxusvillen berühmt war.

»Ist es echt?«, fragte er über die Schulter.

»Selbstverständlich.«

»Ein echter Velázquez?«, sagte der Besucher anerkennend und wandte sich um. »Dann muss es eins der wenigen Werke des Malers sein, die nicht in einem Museum hängen.«

»Richtig«, erklärte Oscar und lud ihn mit einer Handbewegung ein, Platz zu nehmen.

Vom Sessel aus hatte man einen unvergleichlichen Blick durch ein großes Fenster auf das Fürstentum Monaco und einen Teil der französischen Küste.

»Doch das ist keineswegs mein Verdienst. Es befindet sich seit fünf Generationen im Besitz der Familie meiner Mutter.«

»Ein Velázquez ist ein Velázquez«, erklärte René Villeneuve mit seiner tiefen Stimme. »Ich bin sicher, dass die meisten Leute ihn längst verkauft hätten.«

»Wozu ... was hätte ich davon?«, gab Oscar zurück, wobei er jedes Wort betonte. »Wenn ich für den Erlös etwas erwerben könnte, das noch schöner, wertvoller und beständiger wäre, würde ich es tun. Aber ehrlich gesagt fällt mir nichts ein.«

»Recht haben Sie«, pflichtete ihm der Starreporter von Radio Monte Carlo bei. »Es gibt Dinge, die kann man nicht mit Geld bezahlen. Apropos Geld«, setzte er hastig hinzu. »Sie hätten Ihrer freundlichen Einladung nicht einen derart großzügigen Scheck beifügen müssen. Die Freude, Sie persönlich kennen zu lernen, hätte mir durchaus genügt.«

»Sie sind sehr freundlich, und ich will Ihnen gern glauben«, antwortete Oscar leichthin. »Trotzdem, da ich selbst nie in die Verlegenheit kam, arbeiten zu müssen, empfinde ich großen Respekt vor der Arbeit anderer, und deshalb habe ich Sie nicht einfach zum Mittagessen eingeladen, sondern möchte Sie um einige Informationen bitten, über die Sie vermutlich verfügen, denn sie gehören zu Ihrem Job. Dass Sie für Ihre Mühe entschädigt werden, versteht sich von selbst.«

»Wie Sie wünschen«, antwortete Villeneuve lächelnd. »Wenn ich die Informationen habe und Sie das Geld, spricht nichts gegen ein anständiges Tauschgeschäft. Was wollen Sie wissen?«

»Alles, was Sie mir über Aziza Smain berichten können.«

»Die Nigerianerin?«

»Richtig.«

»Darf ich fragen, weshalb?«

»Ich habe vor ein paar Tagen zufällig Ihre Sendung gehört.« Oscar breitete die Arme aus, als suchte er nach einer Entschuldigung. »Nun ja, ich höre sie immer, wenn ich zum Golfspielen hinunter in die Stadt fahre. Aber neulich hat sie mich besonders beeindruckt. Die Selbstverständlichkeit und Schicksalsergebenheit, mit der diese Frau über die brutale Hinrichtung berichtete, die ihr bevorsteht, hat mich bis heute nicht losgelassen.«

»Ich müsste lügen, wenn ich behauptete, mir wäre es anders ergangen«, pflichtete ihm der Journalist bei. »Ihr gegenüberzusitzen und zu sehen, wie sie sich mehr um die Zukunft ihrer Kinder sorgt als um ihr eigenes Schicksal, war die bewegendste Erfahrung, die ich in meinem ganzen beruflichen Leben gemacht habe! Ganz abgesehen vom privaten.«

»Konnten Sie denn gar nichts für sie tun?«

»Was hätte ich tun sollen? Sie befindet sich in der Hand von Fundamentalisten, für die die Vorschriften der berühmten Scharia Gesetz sind. Das Gesetz des Korans, das sie nach Gutdünken anwenden – vor allem, wenn es um Frauen geht.«

»Soweit ich weiß, ist die nigerianische Regierung gegen die Anwendung der Scharia. Warum verhindert sie eine derartige Gräueltat nicht? Es gibt keinerlei Rechtfertigung dafür. Im Gegenteil, sie schadet dem Ansehen des Landes in aller Welt.«

»Sie versucht es, aber das Problem ist überaus kompliziert, wenn man die Umstände in einem so großen und so dicht bevölkerten Land betrachtet. Denken Sie an die Redensart: Nicht Gott erschuf Nigeria, sondern die Engländer.«

»Würde es Ihnen etwas ausmachen, mir das Ganze beim Essen etwas näher zu erläutern?«

»Dafür bezahlen Sie mich.«

Zehn Minuten später, als er vor dem Kaviar saß, der in Schälchen aus Muranoglas und mit Goldlöffelchen serviert wurde, begann Villeneuve mit deutlicher Zurückhaltung seinen Vortrag.

»Die englische Kolonialpolitik in Afrika war eine Katastrophe. Schlimmer als die der Deutschen oder Belgier. Die Engländer machten aus Nigeria zwar ein riesiges Land mit fast hundertvierzig Millionen Einwohnern, sorgten aber zugleich dafür, dass die drei großen ethnischen Gruppierungen, die aus über zweihundert verschiedenen Stämmen bestehen, sich bis aufs Blut hassen. Im Norden leben die Hausa, fanatische Moslems; im Südwesten die Yoruba, überwiegend Christen, und im Südosten die Ibo, in der Mehrzahl Animisten.«

»Eine gefährliche Mischung!«, stellte der Herr des prächtigen Anwesens fest, das sich wie ein Adlerhorst über dem Fürstentum erhob. »Höchst explosiv, wenn Sie mich fragen.«

»Es könnte gar nicht schlimmer sein. Sogar in Nigeria heißt es, die Hausa seien der Schwefel, die Yoruba der Salpeter und die Ibo die Kohle. Wenn alle drei zusammenkommen, entsteht Schwarzpulver, und dann bedarf es nur noch eines Funkens, um alles in die Luft zu jagen.«

»Und dieser Funke ist Aziza Smain?«

»Nicht unbedingt! Diese Gruppierungen scheinen sich mit Vorliebe gegenseitig umzubringen. Vor drei Jahren wurden in der Region von Kaduna mehr als zweitausend Animisten und Christen von aufständischen Moslems umgebracht, und während des blutigen Biafra-Krieges starben mehrere hunderttausend Menschen. Ich weiß es, weil ich selbst dabei war.«

»Da müssen Sie aber sehr jung gewesen sein«, antwortete Oscar vom anderen Ende des Tisches.

»Allerdings! Nur ein junger Hitzkopf kann so unbedacht und sorglos sein, sich aus reiner Abenteuerlust auf einen Krieg einzulassen, der ihn eigentlich nichts angeht. Damals träumte ich davon, ein berühmter Schriftsteller zu werden, der über die Abenteuer im Herzen Afrikas oder die Grausamkeit des Krieges schreibt. Aber es zeigte sich bald, dass ich nicht das Zeug dazu hatte. Es ist eine Sache, Dinge zu sehen und zu fühlen, aber ganz was anderes, sie so zu Papier zu bringen, dass sich diese Gefühle auf andere übertragen.«

»Als Sie diese Frau interviewten, habe ich mitgefühlt.«

»Weil es keine niedergeschriebene, sondern eine gesprochene Dokumentation war. Und Sie haben eigentlich nur ihre Stimme gehört. Ich habe mich lediglich darauf beschränkt, Fragen zu stellen.«

Villeneuve spielte gedankenverloren mit der Gabel, ohne sich über den saftigen Braten herzumachen, der mittlerweile dampfend vor ihm stand.

Schließlich setzte er hinzu: »Wenn Aziza Smain das Gesicht hebt, Sie mit ihren riesigen honigfarbenen Augen ansieht und dabei zärtlich ihren Sohn in den Armen wiegt, wohl wissend, dass ihr dazu nicht mehr viel Zeit bleibt, verkrampft sich Ihnen der Magen. Sie verfluchen sich, weil Sie nicht imstande sind, auszudrücken, was Ihnen in diesem Augenblick durch den Kopf und durch das Herz geht. Derjenige, dem es gelänge, die Traurigkeit und Verzweiflung dieser Frau auf dem Papier festzuhalten, bekäme den Nobelpreis für Literatur.«

»Ich würde sie gern kennen lernen.«

Der massige Mann mit dem blanken Schädel und den dichten Bartstoppeln führte ein Stück Fleisch zum Mund und kaute nachdenklich, als versuchte er, Zeit zu gewinnen, um darüber nachzudenken. Schließlich fragte er: »Warum?«

»Ihre Stimme fasziniert mich, und ihre Geschichte hat mich tief bewegt.«

»Verzeihen Sie mir, aber das ist eine der größten Dummheiten, die ich je gehört habe. Aziza Smain befindet sich im tiefsten Afrika. In wenigen Wochen wird sie unweigerlich hingerichtet.«

Oscar lächelte nur, deutete mit ausholender Bewegung auf das luxuriöse Esszimmer, dessen Wände mit Gemälden von unschätzbarem Wert geschmückt waren, und erklärte: »Sehen Sie sich um! Ich bin noch keine Vierzig und habe alles, was man sich nur wünschen kann. Ich kam in einem Fürstentum zur Welt, wo nur Multimillionäre leben. Mein Haus, meine Jacht und meine vielen Wagen zählen zu den teuersten in der ganzen Stadt. Meine Weinkeller sind berühmt, zu meinen Festen kommen die oberen Zehntausend der Welt, und wenn ich will, kann ich jede Nacht mit einem Topmodel oder Filmstar ins Bett gehen.«

Er schnalzte mit der Zunge, als glaubte er selbst nicht an

seine Worte: »Wenn ich mir eine solche Dummheit nicht erlauben könnte, wer dann?«

»Keine Ahnung«, sagte der Reporter. »Aber trotzdem verstehe ich nicht, warum.«

»Gott sei Dank muss ich mir diese Frage nicht stellen.«

»Sind Sie sicher?«

»Absolut. Aber vielleicht hilft es Ihnen, wenn ich Ihnen erkläre, dass die schönste Schauspielerin, das vollkommenste Model und die geistreichste Intellektuelle, die ich in all diesen Jahren kennen gelernt habe, mich nicht so beeindrucken konnten wie diese arme Frau, als sie sagte: ›Das Einzige, worum ich Allah bitte, ist, dass jemand so viel Mitleid hat, möglichst rasch auf meinen Kopf zu zielen ...‹. Sie sprach so unbefangen über ihren eigenen Tod, und glauben Sie mir, ich weiß, was das bedeutet.«

»Woher?«

»Mein Leben bestand nicht nur aus Luxus, Festen und schönen Frauen.«

»Sagten Sie nicht, Sie wären von Geburt an reich gewesen? Stinkreich?«

»Ja, das stimmt.«

»Und deshalb glauben Sie, sich jede Laune leisten zu dürfen?«

»Solange ich niemandem damit schade ...! Für gewöhnlich mache ich den Menschen eher Freude mit meinen Launen. Sie sind glücklich, wenn ich mein Geld mit ihnen teile, statt es auf der Bank vermodern zu lassen.«

»Dem kann ich nur zustimmen. Auch mir haben Sie heute eine große Freude bereitet«, gab der Reporter zu.

»Das freut mich.«

»Würde es Ihnen etwas ausmachen, mir zu verraten, ob dieser schrecklich lange und ungewöhnliche Name auch eine Ihrer Launen ist?«, wagte Villeneuve zu fragen. »Wie schaffen Sie es bloß, den auf einer Visitenkarte unterzubringen?«

»Ich bin sehr stolz darauf, auch wenn er mir manchmal

das Leben schwer macht«, entgegnete sein Gastgeber und unterdrückte ein Lachen. »Vor allem an der Grenze, in manchen Hotels und in Ländern, wo solche Namen unüblich sind.«

»Kann ich gut verstehen. Sie sind nicht nur kompliziert, sondern auch ziemlich unterschiedlich.«

»Schneeweiss ist ein deutscher Name. Mein Großvater war Österreicher und konnte sich und sein Vermögen in Sicherheit bringen, noch ehe die Nazis in Österreich einmarschierten. In Brasilien heiratete er eine reiche Erbin aus São Paulo und vergrößerte seinen Besitz um ein Vielfaches. Aus dieser Verbindung stammte mein Vater. Die Gorriticoechea dagegen waren Basken. Auch sie flohen mit ihrem ganzen Vermögen vor der Franco-Diktatur nach Argentinien. Dort kauften sie eine riesige Hazienda und züchteten Rinder. Mein Großvater heiratete die hübsche Tochter eines reichen Großgrundbesitzers. Aus dieser Ehe ging meine Mutter hervor. Seltsamerweise lernten sich meine Mutter und mein Vater an der Grenze der beiden Länder kennen, bei den berühmten Wasserfällen von Iguaçu. Und da in Brasilien und Argentinien bald ebenfalls faschistoide Diktaturen an die Macht gelangten, blieben sie ihren alten Familientraditionen treu, verkauften alles, was sie besaßen, und wanderten aus, diesmal ins Fürstentum Monaco. Hier investierten sie ihr Vermögen und setzten mich in die Welt. Sie sehen, wir wurden unter einem Wandelstern geboren, wir sind dazu verdammt, immer wieder die Koffer zu packen.«

»Koffer voller Geld!«

»Das stimmt allerdings.«

»Das ist kein Kunststück.«

»Es ist eine Frage der Bestimmung. Manche werden als Musiker, Schriftsteller oder Maler geboren, andere werden großartige Sportler, wieder andere stattet die Natur mit einer eisernen Gesundheit oder unvergleichlicher Schönheit aus. Meine Familie hat nichts dergleichen abbekommen. Wir waren schon immer ganz normale Leute, eher ein wenig ungeschliffen. Aber ich muss zugeben, dass uns das Geld aus unerfindlichen Gründen so zuverlässig liebt, wie wir es umgekehrt verachten.«

»Sie verachten es?«, fragte Villeneuve ungläubig. »Warum haben Sie denn dann so viel?«

»Weil sich Geldscheine ebenso rasch vermehren wie Kaninchen.«

»Aber wenn es Ihnen so wenig bedeutet, warum verschenken Sie es nicht lieber?«

»Weil ich aus Erfahrung weiß, dass ich den Menschen damit einen Bärendienst erweise.«

»Das ist die erstaunlichste Ausrede, die ich je gehört habe – nichts für ungut!«

»Ach wo!«, beruhigte ihn Oscar. »Ich bin nicht gekränkt, zumal es wirklich keine Ausrede ist. Früher habe ich große Summen an Wohltätigkeitsorganisationen gespendet, aber nach einiger Zeit kam ich zu dem Schluss, dass diejenigen, die es am meisten brauchten, am wenigsten davon hatten. Skrupellose, korrupte Beamte schafften es immer wieder, das Geld in irgendwelchen obskuren Kanälen versickern zu lassen.«

»Ja, diese Praxis nimmt zu«, nickte Villeneuve. »Leider gibt es viel zu viele Wohltätigkeitsorganisationen auf der Welt, die unter dem Motto ›Jeder ist sich selbst am nächsten‹ operieren und die Mittel, die für die wirklich Bedürftigen gedacht sind, in die eigene Tasche stecken.«

»Als mir klar wurde, dass es so war, investierte ich das Geld lieber in Fabriken, um neue Arbeitsplätze zu schaffen. So konnte ich sicher sein, dass ich den Menschen tatsächlich half.«

Der Hausherr lächelte, als wollte er sich für einen kleinen Streich entschuldigen.

»Aber es ist wirklich sehr komisch, was ich auch mit meinem Geld anstelle, es wirft stets außergewöhnliche Gewinne ab. Egal, wie ausgefallen oder verschroben die Projekte sind. Und manchmal sind sie das.«

»Wie lautet Ihre Erfolgsformel, wenn ich fragen darf?«, lächelte Villeneuve. »Denn als Radioreporter kann man noch so gut sein, sehr weit bringt man es trotzdem nicht.«

»Vermutlich liegt es einem im Blut, so wie man blond oder mit braunen Augen zur Welt kommt. Ich bin reich, und Sie besitzen eine beneidenswerte Stimme, genau wie Ihr Vater übrigens, der beste Sportreporter, den es jemals gab.«

»Ich würde sie Ihnen auf der Stelle verkaufen.«

»Und ich würde Ihnen ein Vermögen dafür bezahlen, glauben Sie mir, aber leider sind manche Dinge auf der Welt nicht käuflich, weder Ihre wunderbare Stimme noch Gesundheit, Talent oder Schönheit. Eher werden Sie Millionär, als dass ich mir eine so tiefe, wohlklingende Stimme wie die Ihre zulegen könnte.«

»Ich kenne jemanden, der Sprechunterricht ...«

Die abschätzige Handbewegung gab ihm zu verstehen, dass diese Option nicht in Frage kam.

»Das habe ich bereits hinter mir, ohne nennenswerten Erfolg! Entweder man hat es, oder man hat es nicht. Aber es wäre ja auch nicht richtig, unersättlich zu sein.«

Der Mann mit dem unaussprechlichen Nachnamen bedeutete dem Butler, der unbewegt in der Ecke wartete, mit einer kaum merklichen Handbewegung, den Tisch abzuräumen, und erklärte: »Doch jetzt lassen Sie uns wieder auf das Wesentliche zurückkommen. Wie ist diese Aziza Smain wirklich?«

»Verwirrend.«

Oscar blieb einen Augenblick reglos sitzen, als sei er selbst verwirrt oder überrascht, bis er schließlich sagte: »Sehen Sie, was ich meine? Sie haben ein Wort benutzt, das mir niemals eingefallen wäre, das aber besser als tausend Sätze das beschreibt, was ich empfand, als ich diese Frau sprechen hörte: Verwirrung.«

»Es gehört nun mal zu meinem Beruf, treffende Worte zu finden, und zwar mit derselben Leichtigkeit, wie Sie alles zu Geld machen. Zugegeben, in diesem Fall fiel es mir nicht sonderlich schwer, auch mich hat die Frau völlig durcheinander gebracht. Wenn man stundenlang durch eine eintönige, staubige Wüste gefahren ist und dann diesen kleinen Innenhof betritt, der von Lehmmauern umgeben ist, wenn man sieht, wie sie im Schatten eines Affenbrotbaums auf einer Steinbank sitzt, ihren Sohn in den Armen, während das kleine Mädchen sich an ihren zerschlissenen blauen Kaftan klammert, hat man den Eindruck, als stünde man vor dem erbärmlichsten und hilflosesten Geschöpf auf dem Planeten. Aber kaum hebt sie das Gesicht und schaut einen an, ist man selbst derjenige, der Hilfe braucht.«

»Haben Sie sie fotografiert?«

»Mehrmals, aber ich gestehe, dass ich kein allzu guter Fotograf bin. Ich habe eine dieser vollautomatischen Kameras, die alles von allein einstellen, aber das Ergebnis ist nicht gerade berauschend, jedenfalls wird es ihr nicht gerecht. Ich glaube, dass kein Foto die verblüffende Würde ausdrücken könnte, die von ihrer ganzen Person ausgeht. Hier im Fürstentum haben wir eine Prinzessin, die sich so elegant kleiden kann, wie sie will, und trotzdem immer aussieht wie eine Putzfrau, während diese junge Frau, die nur Fetzen am Leib trägt, wie eine echte Prinzessin spricht und handelt, als flösse seit zehn Generationen blaues Blut durch ihre Adern.«

»Ich kaufe Ihnen die Fotos ab. Und auch eine Kopie des Bandes, das Sie aufgenommen haben. Ich will es mir anhören – allein.«

»Sie haben bereits mehr als genug dafür bezahlt. Ich lasse Ihnen noch heute Nachmittag eine Kassette bringen.« Villeneuve nahm die dicke Havanna, die der Butler ihm anbot, zündete sie an und stieß eine dichte Rauchwolke aus.

»Dürfte ich Ihnen einen guten Rat geben?«, fragte er.

»Das fehlte noch!«

»Vergessen Sie die ganze Angelegenheit. Überlassen Sie es den internationalen Behörden und den nicht-staatlichen Hilfsorganisationen, sich darum zu kümmern. Das ist deren Job. Sie können trotzdem helfen, indem Sie Ihre Freunde und Bekannten auf die Sache aufmerksam machen, aber dabei sollten Sie es auch belassen.«

»Warum?«

»Weil – wie gesagt – der gesamte Kontinent ein Pulverfass ist, und Aziza Smain die Lunte, die in dunkelster Nacht brennt. Sie ist zum Symbol eines grausamen Machtkampfes zwischen zwei unterschiedlichen Kulturen geworden, eines Kampfes, zu dem der Anschlag auf die Zwillingstürme in New York ebenso gehört wie die Invasion des Irak. Und wenn dieser Krieg auf internationaler Ebene schon so brutal und unbarmherzig geführt wird, können Sie sich vielleicht ausmalen, wie er in einem gottverlassenen, entlegenen Winkel der Erde aussieht, obendrein in einem so komplizierten und widersprüchlichen Land wie Nigeria.«

»Ich werde darüber nachdenken.«

»Das bezweifle ich. Ich fürchte, dass Sie zu der Sorte Menschen gehören, die nur selten einen guten Rat beherzigen.«

Der Legende nach war der Affenbrotbaum vor langer Zeit der höchste, prächtigste und widerstandsfähigste Baum in ganz Afrika. Mächtige Baumkronen, belaubt mit üppigen Blättern, spendeten beständigen, angenehmen und wohlduftenden Schatten, sodass die Menschen von weit her kamen, auf der Suche nach einer Zuflucht, die sie mit den Göttern des Waldes teilten. Sie schwören, dass dem Stamm und den Früchten des Affenbrotbaums damals klares, frisches Wasser entsprang.

Unter seinem großzügigen Schutz kauften und verkauften sie ihr Vieh, schlossen Freundschaften, feierten Hochzeiten und beschlossen Kriege.

Doch mit der Zeit, so heißt es weiter, seien die riesigen Affenbrotbäume übermütig geworden und hätten sich anderen Bäumen gegenüber überlegen gefühlt, weil sie der Mittelpunkt im Leben vieler verschiedener Stämme und Völker waren. So distanziert und hochmütig, so übermächtig und anspruchsvoll seien sie geworden, dass alle benachbarten Bäume in stillschweigendem Einvernehmen beschlossen, sie zu verlassen. Nach und nach verwandelte sich die Leere, die um sie herum entstand, in Wüste.

Der größte Teil ihrer Artverwandten wanderte in den Süden ab, wo sie ihre Zweige, Wurzeln und Lianen dermaßen miteinander verflochten, dass sie einen dichten, ständig feuchten Wald bildeten, in dem sich eine Vielzahl von Tieren niederließ.

Die Affenbrotbäume jedoch – stolz und überheblich, wie sie nun einmal waren – zogen es vor, ihre Unabhängigkeit zu wahren und blieben im Norden, wo ihnen bald nur noch

Sonne, Wind, Ziegen, Kamele und verstreute Grüppchen abgezehrter, halb verdursteter Menschen Gesellschaft leisteten.

Als der Schöpfer eines Tages zur Erde zurückkehrte, um sein Werk zu bewundern, ärgerte er sich sehr über das anmaßende Gebaren der mächtigen Bäume. Mit ihrem Hochmut hatten sie dafür gesorgt, dass aus dem Paradies eine Wüste geworden war. Da er aber diejenigen, die er nach seiner eigenen Vorstellung geschaffen hatte, nicht endgültig vernichten wollte, beschloss er, sie zu bestrafen, indem er sie umdrehte. Fortan wuchsen ihre dicht belaubten Äste unter der Erde, während die großen, nackten Wurzeln Sonne und Wind ausgesetzt waren und keinen Schatten mehr spendeten.

Seit jenem fernen Tag stehen die riesigen Affenbrotbäume auf dem Kopf, sind jedoch nach wie vor von sich selbst überzeugt und stur. Sie wollen einfach nicht wahrhaben, dass sie zwar wachsen und wachsen – jedoch stets in die falsche Richtung.

Zu guter Letzt sagt die Legende noch, dass jene, die im unsteten Schatten eines Affenbrotbaums geboren werden, unweigerlich dem Wahnsinn verfallen, weil alles, was ihnen im Leben widerfährt, den Kopf im Sand und die Füße in der Luft hat.

Menlik, Azizas Sohn, war unter einem solchen Baum zur Welt gekommen, denn offensichtlich hatte sie keinen anderen Ort dafür finden können.

Zum Glück war es Nacht gewesen.

Aziza fristete ihr Leben auf dem ärmlichen Hof, seit ihr Schwager Hassan und dessen verfluchte Freunde sie vergewaltigt hatten. Ihre eigene Schwester hatte dazu geschwiegen, als wäre sie deren Komplizin. Mutterseelenallein schenkte die junge Frau auf dem kargen Boden ohne jede Klage einem kleinen Jungen das Leben. Dieser ermöglichte ihr nun, bis zu dem Augenblick weiterzuatmen, an dem er keinen Tropfen Milch mehr aus ihren Brüsten saugen konnte.

Niemals zuvor waren zwei Leben so unzertrennlich miteinander verwoben, so voneinander abhängig gewesen.

Doch das Wichtigste für Aziza war nicht, dass sie dank Menlik weiterlebte, sondern dass er sie regelrecht zum Leben zwang.

Der Kleine und seine zarte Schwester Kalina waren der einzige Grund, warum sie diese Welt, deren Natur, deren Menschen und deren Götter ihr von Anfang an nur grausame Feindseligkeit entgegengebracht hatten, nicht verließ. So sehr sie ihr Gedächtnis auch anstrengte, sie konnte sich an kein einziges Ereignis in ihrem kurzen Leben erinnern, das einen solch erbitterten Hass hätte rechtfertigen können.

Sie war gehorsam und respektvoll gewesen, hatte sich widerstandslos dem Wunsch ihrer Eltern gebeugt und den Mann geheiratet, den diese für sie ausgesucht hatten. Sie hatte ihn aufrichtig geliebt und war ihm eine hingebungsvolle Frau gewesen.

Sie hatte die absurden Launen ihrer Schwägerinnen und die derben Zurechtweisungen ihrer Schwiegermutter demütig ertragen und ohne großes Aufheben ein kleines Mädchen mit großen schwarzen Augen zur Welt gebracht, die jedem zulächelten, der sich ihm näherte.

Sie hatte niemals gestohlen, niemals gelogen, sie hatte weder Gott gelästert noch fremde Männer angesehen.

Und trotzdem ...

Trotzdem waren ihre Tage gezählt, weil sie Opfer eines schmutzigen, feigen und brutalen Verbrechens geworden war.

Als sie jetzt unter dem Baum mit dem unsteten Schatten saß, ihren Sohn in den Armen wiegte und beobachtete, wie die süße Kalina allein in einer Ecke des Hofes spielte, fragte sich Aziza zum ungezählten Mal, welches bittere Schicksal diese armen Geschöpfe im Anschluss an den Tag erwartete, an dem ein Hagel tödlicher Steine ihnen die Mutter raubte.

Sobald das Mädchen zu einer Frau heranwuchs, würden

ihr Schwager und seine Freunde sie vergewaltigen, so wie sie es mit ihr getan hatten.

Und sobald Menlik laufen konnte, würde ihn derselbe Schwager in die Wüste schicken, um Kamele und Ziegen zu hüten.

Möglich war auch, dass er beide als Sklaven verkaufte.

Nachts zogen häufig lange Karawanen von Kindern aus Zentralafrika auf ihrem Weg zur Grenze an Hingawana vorbei. Kaum einer wagte es, darüber zu sprechen. Doch wusste das ganze Dorf, dass diese armen kleinen Teufel, die ihren Eltern abgekauft oder mit Gewalt weggenommen worden waren, als Sklaven in den riesigen Kaffee- oder Kakaoplantagen von Ghana oder der Elfenbeinküste enden würden.

Dort würden sie an Erschöpfung oder Hunger sterben; es sei denn, ein Sklavenaufseher oder gar Großgrundbesitzer fände Gefallen an ihnen und beschlösse, sie eine Zeit lang als Lustobjekt zu missbrauchen.

Wenn das Mädchen hübsch war, landete es früher oder später in einem Bordell an der Küste.

Wenn nicht, war sein Leben von kurzer Dauer.

Wenn der Junge hübsch war, wurde er unweigerlich missbraucht.

Wenn nicht, schuftete er sich auf der Plantage zu Tode.

Oft schloss Aziza die Augen und stellte sich die Welt der Weißen vor, von der ihr vor so vielen Jahren Miss Spencer erzählt hatte.

Diese Miss Spencer war der wichtigste Mensch in ihrem Leben gewesen, abgesehen von ihrer Familie natürlich.

Ehe Aziza zur Frau wurde, hatte sie fast zwei Jahre lang mit großer Begeisterung für diese bezaubernde Dame mit der dicken Hornbrille, der schwachen Gesundheit und dem ewig gütigen Lächeln gearbeitet.

Miss Spencer hatte ihr mit grenzenloser Geduld Englisch, Lesen und Schreiben beigebracht und ihr gezeigt, wie man einen Haushalt führte. Darüber hinaus hatte sie ihr eine vage

Vorstellung von der Welt vermittelt, die jenseits der großen Wüste lag.

An dem Tag, an dem die Zentralregierung endgültig kein Geld mehr schickte und die Bauarbeiten an dem Elektrizitätswerk, das ihr Mann plante, eingestellt wurden, erlitt die arme alte Miss Spencer fast einen Nervenzusammenbruch. Sie konnte sich nicht vorstellen, dieses unwirtliche Land zu verlassen, in dem sie trotz allem glücklich gewesen war, und in den ewigen Nebel, den Regen und die Kälte Schottlands zurückzukehren. Die Sonne, die sich in diesen Breiten so unbarmherzig und großzügig zugleich zeigte, war in ihrer Heimat ein Gut, so kostbar und selten wie das Wasser in dem verfluchten Brunnen des ärmlichen Dorfes.

Aziza schluchzte wie ein kleines Kind, als sie sie abreisen sah, nicht nur der Zuneigung wegen, die sie für die alte Dame empfand, sondern auch, weil ihr bewusst war, dass all ihre Hoffnungen auf ein anderes und besseres Leben sich in diesem Moment in Luft auflösten. Wie die Staubwolke, die der uralte Bus hinterließ, als er ihre liebenswerte Beschützerin für immer entführte.

Im Leben der meisten Menschen gibt es einen Augenblick, der es in ein Vorher und ein Nachher unterteilt.

Dieser Moment war damals in Azizas Leben gekommen.

Der Bus verlor sich in der Ferne und wurde von der Wüste verschluckt. Diese kann nicht nur die Träume eines kleinen Mädchens verschlingen, sondern auch ein ganzes Land oder den Großteil eines Kontinents.

Mit einem Fuß bereits auf dem Trittbrett des klapprigen Busses stehend, hatte Miss Spencer ihr sanft die Wange gestreichelt und erklärt:

»Ich hätte nur noch ein Jahr gebraucht, um eine Königin aus dir zu machen, aber ich fahre in der Hoffnung, dass ein anderer mein Werk eines Tages vollendet.«

Wenige Monate später war Aziza zur Frau geworden und einer uralten Tradition zufolge mit einem Mann verheiratet worden, den sie im ganzen Leben nur dreimal zuvor gesehen hatte.

Er war ein guter Junge, fleißig und zärtlich, aber einfältig, unerfahren und ungebildet. Er hatte keine Ahnung davon, dass er Nacht für Nacht eine wahre Königin umarmte.

Möglich, dass die Götter ihn für diese Blindheit mit einem so qualvollen und Furcht erregenden Tod bestraft hatten.

Aziza litt mit ihm, wegen der ungerechten Qualen, die er ertragen musste. Aber sie selbst litt nicht, jedenfalls nicht so wie damals, als Miss Spencer sie verlassen hatte.

Trotzdem wusste sie, dass sie mit dem Tod ihres Mannes auch alle ihre Hoffnungen auf eine glückliche Familie begraben konnte.

Eine Zeit lang dachte sie ernsthaft daran, die Kleine zu nehmen, in denselben klapprigen Bus zu steigen wie Miss Spencer und das Dorf für immer zu verlassen.

Doch wo sollte sie hin?

In Kano blieb einer hübschen Witwe – halb Fulbe, halb Hausa – nur eine Möglichkeit: das Bordell.

In Lagos oder Ibadan wäre einer Witwe – halb Fulbe, halb Hausa – nicht einmal diese Hoffnung geblieben; egal, wie hübsch sie war.

Die Yoruba empfanden so viel Hass und Verachtung für die Fulbe und Hausa, dass sie nicht mit einem Mitglied dieser verhassten Gruppen redeten, geschweige denn, engere Bindungen eingingen.

In Port Harcourt wäre es noch schlimmer, hieß es doch, die kannibalistischen Ibo hätten es besonders auf Yoruba, Fulbe und Hausa abgesehen.

Miss Spencer hatte ihr oft von anderen Ländern und anderen Lebensweisen erzählt. Doch all diese Länder lagen weit außerhalb der nigerianischen Grenzen, die sich Aziza als riesige Mauern vorstellte. Als allein stehende Frau mit einem kleinen Kind in den Armen würde sie sie niemals überwinden können.

Die Mauern um die Länder der Weißen mussten so hoch sein wie die Berge um Hingawana.

Wahrscheinlich versuchten alle Menschen, die in Nigeria Hunger litten, dorthin zu flüchten – in Länder, wo angeblich Nacht für Nacht tonnenweise Nahrung im Müll landete. Das zumindest hatte Miss Spencer ihr erzählt, und sie war fest davon überzeugt, dass Miss Spencer niemals gelogen hätte. Vorstellen konnte sie sich einen derartigen Wahnsinn, eine solche grenzenlose Verschwendung, allerdings nicht.

»Von dem, was ein einziges Restaurant in Edinburgh an einem Tag wegwirft, könnte man ganz Hingawana satt bekommen«, hatte Miss Spencer immer wieder kopfschüttelnd erzählt. »Ich selbst habe im Leben so viel Essen weggeworfen, dass ich mich allein bei dem Gedanken daran schäme.«

»Sie konnten doch nicht wissen, dass wir solchen Hunger leiden«, antwortete das junge Mädchen in solchen Momenten beschwichtigend.

»Ich wusste es!«, erwiderte Miss Spencer bitter. »Zumindest hatte ich die Pflicht, es zu wissen, weil ich bereits in der Schule gelernt hatte, dass die Hälfte der Menschheit hungert. Aber was das in Wirklichkeit bedeutet, habe ich erst begriffen, als ich hierher kam.«

»Warum sind Sie eigentlich gekommen?«

»Weil sich mein Mann in den Kopf gesetzt hatte, eure Häuser mit Strom zu versorgen, und auch ich selbst wollte ein bisschen Licht in euer Leben bringen.«

Mit ihrem unvergleichlich mädchenhaften Lächeln hatte sie dann noch hinzugefügt: »Ich fürchte, dass weder mein Mann noch ich unsere Ziele jemals erreichen werden, trotzdem bereue ich nichts. Das Leben hier, der Umgang mit wunderbaren Menschen wie dir hat mich gelehrt, ein besserer Mensch zu sein.«

»Sie sind doch diejenige, die die Menschen besser macht.«

Bei der Erinnerung an ihre eigenen Worte ging Aziza auf, dass sie sich im Laufe der Zeit bewahrheitet hatten. Miss

Spencer hatte die seltene Gabe besessen, das Beste aus einem Menschen herauszuholen. Sogar Tiere, die sie nicht kannten, hatten ihre Füße beschnuppert und sich von ihr streicheln lassen.

Hätte Miss Spencer noch im Dorf gewohnt, würde es niemand wagen, auch nur einen einzigen Stein zu werfen. Jeder hätte Angst gehabt, sie zu enttäuschen.

Miss Spencer hätte sie gerettet, und sie hätte auch ihre Kinder gerettet.

Doch sie war weit weg.

Viel zu weit weg.

Wieder einmal hatte die Sonne den Affenbrotbaum bezwungen, dessen erbärmlicher Schatten ihnen keinen Schutz mehr bot.

Aziza rückte ein wenig nach links, um den Kleinen vor den sengenden Strahlen der Sonne zu schützen, die ihn sonst in kürzester Zeit austrocknen würden.

In den letzten Monaten hatte sich ihr ganzes Dasein darauf beschränkt, sich von morgens bis abends um den dicken Baumstamm zu drehen. Sie kam sich vor wie eine lebendige Uhr, die jede der wenigen Stunden anzeigte, die ihr noch blieben.

Am Mittag kam, pünktlich wie der Tod, ihre Schwester und stellte eine Schüssel mit Essen auf die Steinbank. Als sie sah, wie Kalina auf die Bank zulief, ermahnte sie die Kleine barsch: »Lass etwas für deine Mutter übrig. Sie muss essen, denn wenn sie keine Milch mehr hat, bringt man sie für immer weg.«

Die Milchtropfen, die aus ihren Brüsten quollen, waren wie die Körner in einer Sanduhr.

Wenn das letzte Sandkorn herausrann, war die Zeit der Verurteilten abgelaufen.

Wenige Tage später würden scharfe Steine ihren Schädel zertrümmern, und aus den Wunden würde nicht nur das Blut sickern, sondern auch der letzte Lebenshauch.

Aziza hatte sehr viel Zeit, um über das grausame Ende nachzudenken, das ihr bevorstand. Einerseits war sie überzeugt, den Tod nicht zu fürchten. Andererseits änderte sie ihre Meinung jedes Mal, wenn sie die Händchen des Kleinen betrachtete oder das Gesicht ihrer Tochter streichelte. Schließlich gestand sie sich ein, dass es ihr nichts ausmachen würde, Strafen zu ertragen, die tausend Mal härter waren als gesteinigt zu werden – Hauptsache, sie durfte am Leben bleiben, um für ihre Kinder zu sorgen.

Die Kleine kam mit der Schüssel zu ihr.

»Iss!«, sagte sie. »Los, iss etwas! Ich will nicht, dass sie dich töten.«

Das hübsche kleine Mädchen, das sie unter schrecklichen Schmerzen, aber auch mit einem unendlichen Glücksgefühl zur Welt gebracht hatte, bestand nur noch aus Haut und Knochen und großen traurigen Augen.

Haut und Knochen.

Und Angst vor dem Verlassenwerden.

Nachts, wenn sie über Kalinas unruhigen Schlaf wachte, der sie mit schrecklichen Albträumen plagte, spürte sie die unwiderstehliche Versuchung, sie auf den Arm zu nehmen und mit ihr und ihrem Sohn in die Dunkelheit zu entfliehen, die zu dieser Stunde die ganze Welt beherrschte.

Doch sie wusste nur allzu gut, dass die Dunkelheit keine verlässliche Verbündete war.

Bald würde ihre Gebieterin, die Sonne, am Horizont erscheinen und sie verraten.

Eine halb verhungerte Frau mit zwei Kindern käme in der Wüste nicht weit. Sie würde nur erreichen, dass man ihr das Mädchen noch schneller wegnahm.

Sie konnte nichts tun.

Sie konnte nur hier sitzen und für ein bisschen Schatten sorgen.

Am besten wartete sie einfach ab.

Und achtete auf ihre Brüste.

Ihren Lebensbrunnen. Ihre letzte Hoffnung. Wieder einmal betastete sie sie. Noch waren sie prall. Noch konnte sie sich auf sie verlassen, aber wie lange?

Festigkeit und Straffheit der Brüste machen für die meisten Frauen den Unterschied zwischen Jugend und Alter aus, zwischen dem Gefühl, sich selbst attraktiv zu finden oder zu begreifen, dass man den langen Weg des Verfalls angetreten hat. Aber das ist natürlich nur eine sehr vereinfachte Sicht der Dinge.

Keine Frau lebt oder stirbt, nur weil sich ihre Brüste stolz gen Himmel richten oder bitter und resigniert erschlaffen, der Schwerkraft gehorchend.

Keine – bis auf diese verwirrende junge Frau mit dem anmutigen Gang einer Gazelle und den traurigen honigfarbenen Augen.

Für sie waren ihre wohlgeformten Brüste kein Symbol der Schönheit, von den Männern begehrt und von den Frauen beneidet, sondern lediglich der letzte Schutzschild gegen die Steine.

Oscar Schneeweiss Gorriticoechea wirkte, wie er selbst bereitwillig einräumte, auf den ersten Blick immer ein wenig linkisch. Er war groß, kräftig und hatte einen Stiernacken – ein Erbe seiner Vorfahren, die über Generationen hinweg entweder in Tirol Rinder gehütet oder in der Vizcaya Bäume gefällt hatten. Doch seine grauen Augen, das immer freundliche Lächeln und der kantige Unterkiefer, der ihm das Aussehen eines Boxers im Ruhestand verlieh, machten ihn für eine Vielzahl von Frauen attraktiv. Vor allem, wenn sie herausfanden, dass alles, was seine riesigen Pranken berührten, zu Geld wurde.

Niemand hätte sich vorstellen können, dass er mit neun Jahren an Leukämie erkrankt und zu einem Gerippe abgemagert war. Er hatte kein einziges Haar mehr am Körper gehabt und dicke schwarze Ringe unter den Augen getragen und war furchtbar schwach gewesen.

Ein Wunder, dass nicht der erste Windstoß sein Lebenslicht ausgeblasen hatte.

Diese schreckliche Zeit, in der er alles gehabt hatte, nur nicht das, was wirklich zählte. Diese Zeit, in der er sich danach sehnte, mit anderen Kindern seines Alters herumzutollen und Fußball zu spielen, hatte nicht zu Unrecht das bittere Gefühl hinterlassen, dass er um die schönsten Jahre seines Lebens gebracht worden war.

Da er kaum Freunde besaß, die seinen gespenstischen Anblick ertrugen, hatte er lange Tage und schlaflose Nächte allein in seinem Zimmer verbracht, Abenteuerromane gelesen oder sich Sendungen im Fernsehen angeschaut, meistens Dokumentarfilme über die Faszination der Natur. Vor allem die

Produktionen seines großen Helden, des legendären Kapitän Cousteau, hatten es ihm angetan.

Der einzige Lichtblick in all den bedrückenden Jahren war jener Nachmittag gewesen, an dem es seinem Vater gelang, den Kapitän zu einem Besuch bei ihnen zu Hause zu überreden. Dabei hatte er Oscar eine rote Mütze geschenkt, genauso eine, wie er selbst an Bord seines Schiffes trug.

»Solche Mützen tragen die Taucher unter ihrer Glocke, um den Kopf zu schützen. Sie erinnert mich daran, wie ich meine ersten Schritte unter Wasser machte, wie ein echter Berufstaucher«, hatte Kapitän Cousteau ihm erklärt.

Von diesem Augenblick an nahm er die Mütze Tag und Nacht nicht mehr vom kahl geschorenen Kopf, bis er wieder gesund wurde und sein Haar nachwuchs.

Erwachsen geworden, trug er sie nur noch zu bestimmten Anlässen. Als Ehrenbezeugung an den Mann, der sie ihm einst geschenkt hatte, hatte er aber seine fast vierzig Meter lange Jacht »Rote Mütze« getauft.

Am liebsten hätte er sie »Kapitän Cousteau« genannt, aber anscheinend hatte die französische Marine diesen Namen bereits für eins ihrer Kriegsschiffe reserviert. Oscar hätte es logischer gefunden, wenn sie damit eins ihrer atombetriebenen U-Boote ausgezeichnet hätte.

Vielleicht, weil ihm der Tod so lange als Einziger Gesellschaft geleistet hatte, war Oscar so von der Selbstverständlichkeit beeindruckt gewesen, mit der Aziza über ihre eigene bevorstehende Hinrichtung gesprochen hatte. Als sei die Tatsache, von einer wilden Meute grausam zu Tode gesteinigt zu werden, kein barbarischer Akt, sondern das Natürlichste auf der Welt, und ihr bliebe gar keine andere Wahl, als es mit bestürzender Gelassenheit zu akzeptieren.

Da Oscar in einem Alter, in dem man alles über das Leben lernt, viel Zeit gehabt hatte, wusste er besser als jeder andere, dass man dem Tod nicht entkommen kann, dass er manchmal gleich um die Ecke wartet. Doch sein Innerstes widersetzte sich der unvorstellbaren Grausamkeit dieses so gnadenlos angekündigten Todes.

»Und wie willst du das verhindern?«, fragte Robert Martel in seinem üblichen zurückhaltenden, fast einschläfernden Tonfall. Ich bin dein Anwalt, aber vor allem bin ich dein Freund. Es ist also meine Pflicht, dich davon abzuhalten. Vergiss die ganze Sache, sie würde dir nur eine Menge Scherereien einbringen.«

Er nahm eins der Fotos, die auf dem Tisch lagen, betrachtete es eine Zeit lang und fuhr dann mit einem leichten Nicken fort: »Du hast Recht. Sie hat tatsächlich einen höchst verwirrenden Blick, und wenn man sie sprechen hört, hat man ein seltsames Kribbeln im Bauch. Trotzdem ist es absurd, sich von jemandem, den man nicht einmal kennt, dermaßen beeindrucken zu lassen.«

»Es ist nicht das erste Mal, dass mir das passiert.«

»Was? Davon hast du mir nie erzählt.«

»Es ist lange her, damals war ich noch krank. Kannst du dich an das Foto des afghanischen Mädchens mit den riesigen grünen Augen erinnern, das damals durch die Weltpresse ging?«

Martel nickte.

»Dieses Foto stand jahrelang auf meinem Nachttisch. Als ich fünfzehn wurde, schwor ich mir, dieses Mädchen zu suchen und zu heiraten, falls ich die Leukämie überleben sollte. Noch heute bereue ich, dass ich mich nicht daran gehalten habe.«

»Mit fünfzehn kann man sich solche Schwüre leisten«, erwiderte sein Anwalt, »aber in unserem Alter nicht.«

»Ich weiß. Aber diese Frau hat denselben Blick. Wenn man ihr in die Augen sieht, ist es, als blickte man in einen tiefen Brunnen, der alle Wunder dieser Welt birgt. In Wahrheit schaut man durch ihre Augen direkt in ihre Seele.«

»Ich hätte nie gedacht, dass du so romantisch sein könntest. Ich glaubte immer, dass Frauen für dich unnütze Gebrauchsgegenstände sind. Und jetzt muss ich feststellen, dass dir diese Nigerianerin den letzten Funken Verstand raubt.«

»Schon möglich«, nickte Oscar gelassen. »Vielleicht hältst du es für vernünftiger, wenn ich mir die Nächte in den Diskotheken um die Ohren schlage, mit lauter ›unnützen‹ Frauen ins Bett gehe, die sich einen neuen Wagen oder einen Diamanten erhoffen, wohl wissend, dass mehr nicht drin ist. Oder wenn ich jeden Tag erst nach zwölf Uhr aufstehe, um verkatert zum Golfplatz zu fahren und mit einem Stock gegen einen Ball zu schlagen, der unweigerlich im Gebüsch landet. Dieser Wahnsinn schlägt mir langsam auf den Magen. Und auf die Seele obendrein.«

»Niemand zwingt dich dazu«, entgegnete Martel mit unschlagbarer Logik. »Du solltest dir lieber eine nette Frau suchen, heiraten und einen Haufen Kinder in die Welt setzen.«

»Wo finde ich so eine Frau?«

»Die gibt es wie Sand am Meer.«

»Diejenige, die ich suche, müsste drei Bedingungen erfüllen.«

»Und welche?«

»Erstens müsste sie Stil haben, denn ich selbst bin schon ungehobelt genug. Zweitens müsste sie so aufregend sein, dass ich mich in sie verliebe, denn ohne Liebe würde ich nicht heiraten. Und drittens müsste sie fast genauso reich sein wie ich, damit ich sicher sein kann, dass sie mich nicht nur wegen meines Geldes heiratet.«

»Du baust die Hürden aber verdammt hoch.«

»Mag sein, wahrscheinlich würde eine solche Frau einen intelligenteren, vornehmeren oder attraktiveren Mann als mich vorziehen. Wie du weißt, hat in meiner Familie das Geld immer eine bedeutende Rolle gespielt, wenn es ums Heiraten ging. Ich aber finde, dass es jetzt Zeit für frisches Blut ist. So wie Könige sich gelegentlich mit Mädchen aus dem einfachen Volk vermählen, damit ihre Kinder nicht behindert zur Welt kommen.«

»Und du willst deiner Dynastie frisches Blut zuführen, indem du eine Afrikanerin heiratest, die wahrscheinlich weder lesen noch schreiben kann und bereits zwei Kinder hat, eins davon die Folge einer mehrfachen Vergewaltigung?«

»Ich sehe, dass du gar nichts verstanden hast, mein Lieber«, entgegnete Oscar barsch. »Ich denke nicht im Traum daran, diese Aziza zu heiraten. Ich will nichts von ihr. Ich müsste mich verachten, wenn ich bloß hinter dem Sex her wäre. Du weißt genau, dass ich jede Frau haben kann; dafür muss ich nicht bis ans Ende der Welt reisen. Ich will sie lediglich vor dem Tod bewahren. Sie darf einfach nicht gesteinigt werden.«

»Na, dann bin ich beruhigt«, erklärte sein Anwalt, als schämte er sich für seine Worte. »Bitte entschuldige, dass ich dich missverstanden habe, aber es klang so leidenschaftlich, als du von ihr gesprochen hast.«

»Genauso leidenschaftlich spreche ich über meinen Velázquez oder Tizian, und trotzdem gehe ich nicht mit ihnen ins Bett«, entgegnete sein Mandant und Freund lachend. »Für mich ist diese Frau wie ein Kunstwerk. Eine große griechische Tragödie, die lebt und atmet. Ich will nur, dass sie am Leben bleibt, damit die Welt sich an ihr erfreuen kann. Ich will sie nicht für mich. Sie ist der Beweis dafür, dass man sich über den Durchschnitt erheben kann.«

»Ich wünschte, ich wäre von ihrer Außergewöhnlichkeit genauso überzeugt wie du«, erklärte der Anwalt. »Außerdem hast du wohl vergessen, dass der Fotograf viele Jahre später das afghanische Mädchen mit den grünen Augen, das ihn damals so fasziniert hatte, wieder aufsuchte und nur eine Bäuerin mit faltigem Gesicht fand, die einen Haufen hungriger Kinder am Hals hatte. Nichts an ihr erinnerte an das Mädchen, das er weltberühmt gemacht und mit dem er steinreich geworden war.«

»Ich habe es nicht vergessen. Damals schon musste ich über die verrückte Welt nachdenken, in der wir leben. Aber ich bin fest davon überzeugt, dass es vielen genauso erging wie mir. Millionen von Menschen waren von der Transparenz und der Tiefe in jenen Augen fasziniert und sind es vielleicht heute noch. Das Mädchen dagegen war sich dessen nie bewusst. Findest du das nicht ungerecht?«

»Du musst gerade von der Ungerechtigkeit der Welt sprechen. Du bist doch das beste Beispiel für diese Ungerechtigkeit«, entgegnete Martel, während er sich einen großzügigen Cognac aus der Bar der Luxusjacht einschenkte. »Gott, das Schicksal oder wer immer sich um diese Dinge kümmert, hat dir alles gegeben, während unzählige andere Menschen leer ausgegangen sind.«

»Vielleicht hat er das aus einem bestimmten Grund getan. Ich weiß, dass ich es nicht verdiene, und deshalb versuche ich, seinen Fehler wieder gutzumachen, indem ich vieles von dem, was er mir schenkte, mit anderen teile. Sag mir, wie viele Arbeitsplätze haben wir in den letzten Jahren geschaffen? Nur so ungefähr?«

»Tausende.«

»Und wie viele Familien sind in meinem Unternehmen beschäftigt?«

»Zu viele, um sie zählen zu können.«

»Und glaubst du, dass ich meinen Gewinn nur investiere, um noch mehr Geld zu verdienen, das ich gar nicht ausgeben kann?«

»Nein, natürlich nicht. Ich kenne dich seit Jahren und weiß genau, du hast so viel Geld, dass du dir nicht einmal mehr Gedanken darüber machst. Das ist mir vollkommen klar.«

»Wenn ich mir also nicht einmal über das Geld Gedanken machen muss, wieder ganz gesund bin, mit allen hübschen Frauen ins Bett gegangen bin, von denen andere Männer nur träumen können, wenn mir Kaviar zum Hals raushängt, das Roulette-Spiel mich zu Tode langweilt und ich den Lärm in den Diskotheken nicht ertragen kann, warum überrascht es dich dann, wenn ich mich für ein hilfloses Wesen interessiere, das dieser Reporter, René Villeneuve, zu Recht als verwirrend bezeichnet? Was sollte mich denn sonst interessieren?«

Der Anwalt schwieg. Eine Weile beobachtete er, wie die stolze Silhouette der prächtigen »Lady Moura« aus dem Hafen auslief, und nickte schließlich.

»Niemand hat das Recht, dir vorzuschreiben, was du mit deiner Zeit, deinem Verstand und deinem Geld machen sollst. Mach, was du willst, solange es dir Spaß macht. Aber als Freund und Mentor muss ich dir gestehen, dass mir deine Flausen Sorgen bereiten. Heutzutage stellt der fundamentalistische Islam die größte Gefahr für unsere Zivilisation dar, und wie ich sehe, hast du vor, dich geradewegs in die Höhle des Löwen zu begeben.«

»Ich werde mein Bestes geben, um diplomatisch zu sein.«

»Diplomatisch? Du?«, entgegnete der Anwalt so verblüfft, dass er beinahe lachen musste. »Ich kann mich noch erinnern, wie du mit dem italienischen Botschafter diplomatisch sein wolltest. Da hast du ihm so stark auf den Rücken geklopft, dass er um ein Haar sein Glas verschluckt hätte und sich eine Schnittwunde am Mund zuzog.«

»Das war keine Absicht.«

»Allerdings, sonst hättest du ihm wohl das Genick gebrochen. Ich sehe schon vor mir, wie du dem erstbesten Scharia-Richter, der dir widerspricht, den Schädel einschlägst.«

»Und du willst mein Freund sein?«

»Freunde sind dazu da, einem die Wahrheit zu sagen, auch wenn sie wehtut. Bei dir zeigt sich hin und wieder das Erbe deiner Vorfahren, dieser Bergbauern, die tonnenschwere Steine schleppen konnten, wie du so oft voller Bewunderung erzählt hast.«

»Großvater Inaki!«, sagte Oscar. »Ja, leider war er nicht gerade der Klügste. Die Leute erzählen, eines Tages hätten sie ihm erklärt, dass ein sehr berühmter Schriftsteller in unser Dorf gekommen sei, ein gewisser Miguel de Unamuno, der für den Nobelpreis vorgeschlagen worden war. Und er brummte zur Antwort: ›Dann kann er bestimmt gewaltige Brocken stemmen‹.«

»Na ja«, seufzte Martel und stellte sein Glas auf den Tisch. »Lassen wir den Unfug und konzentrieren uns auf das Wesentliche. Warum hast du mich eigentlich rufen lassen? Was genau soll ich für dich tun?«

»Zuerst möchte ich, dass du einen Vertrag mit Radio Monte Carlo aushandelst, damit sie René Villeneuve erlauben, mich nach Nigeria zu begleiten. Zahl ihm, was er verlangt. Darüber hinaus brauche ich binnen zwei Wochen einen voll ausgerüsteten Geländewagen, und zwar einen Hummer 2, wenn möglich rot, am Flughafen von Kano. Der liegt offenbar dem Kaff, wo man Aziza gefangen hält, am nächsten.«

»Ein Hummer 2 innerhalb von zwei Wochen?«, wiederholte der Anwalt aufgebracht. »Hast du den Verstand verloren? Eine sechsmonatige Wartezeit ist das mindeste!«

»Hör mir gut zu, mein Lieber«, entgegnete Oscar scharf. »In den letzten drei Jahren habe ich bei Nick Patakis zwei Ferraris, einen Rolls, einen Maserati und an die zwanzig Mercedes für meine Manager gekauft. Du gehst also zu ihm und machst ihm klar, dass er seinen besten Kunden verliert, wenn er mir nicht innerhalb von drei Tagen einen roten Hummer 2 liefert. Sobald du ihn hast, fährst du ihn nach Saint-Tropez zu Guido, dem Mechaniker. Er muss ihn umrüsten.«

»Wie denn?«, fragte Martel beunruhigt. »Du bringst es fertig und lässt ihn zu einem Panzer umbauen.«

»Keine Sorge!«, beruhigte ihn sein Chef. »Ich versichere dir, dass ich in einer Friedensmission nach Nigeria fahre. Keine Waffen, keine Drohungen, keine Gewaltanwendung ...«

Er grinste von einem Ohr zum anderen wie ein kleines Kind. »Überzeugung! Meine Waffen werden Überzeugungskraft und Geld sein.«

»Ich hatte immer blindes Vertrauen in dein Geld, mein Lieber«, sagte der Anwalt. »Aber von deinen Überredungskünsten bin ich ganz und gar nicht überzeugt.«

»Das kommt daher, weil du mich nie ernsthaft arbeiten siehst«, erklärte Oscar. »Ich habe es schon sehr lange nicht mehr nötig, zu arbeiten.«

»Erinnerst du dich noch an die Truppe, die wir engagiert haben, als wir das viele Geld in Sardinien investierten?«, fragte er plötzlich. Als Martel nachdenklich nickte, fügte er hinzu: »Spätestens übermorgen will ich sie hier haben.«

»Das ganze Team?«

»Das ganze Team! Und wenn jemand Probleme hat, schickst du ihm einen Privatjet. Niemand lehnt ab, wenn er mit einem Privatjet abgeholt wird, und noch weniger, wenn er weiß, dass er nie wieder für das Unternehmen arbeiten wird, wenn er nicht mit an Bord geht. Habe ich mich klar genug ausgedrückt?«

»Durchaus«, antwortete der Anwalt. »Eins ist mehr als deutlich, als Diplomat wärst du keinen Pfifferling wert, aber als Diktator bist du unbezahlbar. Deinen Argumenten ist nichts entgegenzusetzen.«

»Dann sieh zu, dass du deinen Hintern in Bewegung setzt«, befahl der Besitzer der Luxusjacht mit dem seltsamen Namen *Rote Mütze.* »Am Samstag nach dem Tag, an dem sie keine Milch mehr hat, um ihr Kind zu stillen, soll sie zu Tode gesteinigt werden. Ich habe nicht die leiseste Ahnung, wann dieser Tag sein wird und wie viel Zeit uns noch bleibt, um sie zu retten.«

Zehn Minuten nachdem der Anwalt von Bord gegangen war, versammelte sich die zwanzigköpfige Mannschaft im weitläufigen Salon des Schiffes, wo ihr ansonsten anspruchsloser Arbeitgeber in ungewohntem Ton Befehle erteilte.

»Ab sofort wohne ich an Bord. Ich erwarte eine Menge Gäste, mit denen ich hart arbeiten muss. Daher verlange ich von euch äußerste Aufmerksamkeit, das beste Essen und die Bereitstellung aller Möglichkeiten, um jederzeit mit jedem

Ort der Welt zu kommunizieren. Alle müssen willens sein, notfalls vierundzwanzig Stunden auf den Beinen zu bleiben. Wer sich nicht daran hält oder aufmuckt, kann seine Koffer packen und an Land gehen. Jetzt ist Schluss mit dem Luxusjob auf einer Jacht, die höchstens ein paar Monate im Jahr ausläuft. Bislang habt ihr es mit dem netten Schneeweiss zu tun gehabt, nun aber werdet ihr den knallharten Gorriticoechea kennen lernen. Noch Fragen?«

Es gab keine Fragen. Als er mit seinen beiden tüchtigsten Sekretärinnen allein war, begann er schnell und konzentriert seine Anweisungen zu diktieren.

Niemand konnte daran zweifeln, dass sich hinter dem trügerischen Aussehen eines rauen Holzfällers ein blendender organisatorischer Geist verbarg, der sehr genau wusste, was er zu tun hatte und an wen er sich wenden musste, wenn er seine Ziele erreichen wollte.

Achtundvierzig Stunden später hatte sich die *Rote Mütze* in einen Bienenkorb verwandelt, in dem Frauen und Männer unterschiedlichster Nationalitäten Hand in Hand für ein einziges gemeinsames Ziel arbeiteten: eine Frau, die noch zwei Tage vorher keiner von ihnen gekannt hatte, vor der Steinigung zu retten.

Kaid Ibrahim Shala hatte sein ganzes Leben lang versucht, ein gerechter und verständnisvoller Stammesführer zu sein. Das Wohlergehen seines Volkes lag ihm am Herzen. Doch viel zu oft waren seine Bemühungen vereitelt worden, weil er sich genötigt sah, das schwankende Gleichgewicht zwischen den Bedürfnissen seiner Untergebenen, die ein Leben fast am Rande der Existenz fristeten, und den Anforderungen seiner eigenen Vorgesetzten nicht zu gefährden. Diese vertraten die Meinung, dass blinder Glaube und Gehorsam wichtiger seien als ein menschenwürdiges Leben. Da sich die Menschen auf dieser Welt nur auf der Durchreise befänden, hätte er vor allem dafür zu sorgen, dass sie sich darauf konzentrierten, Allah zu ehren und zu preisen, damit er sie morgen mit offenen Armen im versprochenen Paradies aufnahm.

Ein paar Dutzend zu allem entschlossene Fanatiker vereitelten systematisch alle Bemühungen, die Lebensbedingungen seiner Untergebenen zu verbessern. Sie erhielten ihre Befehle von dem schlauen, ehrgeizigen Imam Sehese Bangu, den er im Verdacht hatte, es in Wahrheit auf seinen Posten abgesehen zu haben. Noch verheerender war jedoch die Tatsache, dass »Bangus Aasgeier«, wie er seine Feinde im kleinen Kreis verächtlich nannte, von den konservativen Emiren im Norden des Landes tatkräftig unterstützt wurden. Er dagegen hatte nie mit dem Rückhalt der christlichen Mehrheit in der Zentralregierung von Lagos rechnen können.

Sämtliche Anträge, die von einem Hausa in den Ministerien von Lagos gestellt wurden, landeten automatisch im Papierkorb. Dabei war es egal, wie sehr Kaid Shala die Beamten stets unterstützt hatte. Im nördlichen Kano löste unterdessen die bloße Nachricht, dass ein Mensch zur Rechenschaft gezogen werden sollte, weil er die Gesetze der Scharia nicht bis ins kleinste Detail befolgt hatte, regelmäßigen Jubel aus.

Eines der so genannten islamischen Gerichte, dessen Richter von den radikalen Emiren nach Hingawana entsandt worden waren, verurteilte die schöne Aziza Smain zum Tod durch Steinigung, obwohl ihr einziges Verbrechen darin bestanden hatte, dass sie nicht kräftig genug gewesen war, um sich gegen vier skrupellose Männer zur Wehr zu setzen. Dem resignierten Kaid blieb nichts anderes übrig, als das ungerechte und überzogene Urteil zu bestätigen. Er konnte nicht mehr tun, als die Vollstreckung in der Hoffnung auf ein Wunder, an das er selbst nicht glauben mochte, so lange wie möglich hinauszuzögern.

Er erinnerte sich noch sehr gut an den tiefen Eindruck, den die schlichte Anmut der Frau bei ihm hinterlassen hatte, als er die Verbindung zwischen ihr und dem armseligen Hirten segnete, dem kaum Zeit geblieben war, sein Glück zu begreifen. Und jedes Mal lief es ihm kalt über den Rücken, wenn er an den verächtlichen Blick dachte, den sie ihm zugeworfen hatte – an dem Tag, an dem er sich erniedrigt und beschämt das Todesurteil unterschrieben hatte.

Ibrahim Shala hatte auch schon vorher gewusst, dass er nicht den Mut eines Löwen hatte. Doch spätestens seit diesem anklagenden Blick war ihm klar, dass er in Wahrheit ein elender Feigling war.

Wie sollte er sich Fanatikern in den Weg stellen, die in der Lage gewesen waren, die mächtigste Nation der Welt zu demütigen?

Die menschenverachtende Gewalt des radikalen Islamismus hatte sich wie eine unkontrollierbare Seuche über den gesamten Erdball ausgebreitet. Und er hatte das Pech gehabt, im Herzen einer Region geboren und aufgewachsen zu sein, wo die religiösen Riten seit jeher alles andere beherrschten.

Ob man weiß oder schwarz, groß oder klein, arm oder reich, gerecht oder ungerecht war, spielte keine Rolle. In diesem entlegenen Winkel der Erde kam es nur darauf an, ob man ein guter oder schlechter Moslem war. Und darüber urteilten einzig und allein der Imam Sehese Bangu und die Ulema, die strengen islamischen Gottesgelehrten und Sittenwächter in Kano.

Sie wachten darüber, dass die Einhaltung der rigiden religiösen Gesetze Vorrang vor allem anderen hatte.

Sein alter Vater, der vom vielen Wandern durch die Wüste in der gleißenden Sonne erblindet war, hatte ihm kurz vor seinem Tod erklärt: »Hör stets auf die, die behaupten, Allah würde am Ende des Weges auf uns warten. Aber traue niemandem, der behauptet, er warte schon in der Mitte des Weges auf uns. Sie wollen dich nur dazu bringen, das zu tun, was sie wollen. Wie du diesen Weg hinter dich bringst, ist immer deine Sache. Und nur Allah entscheidet darüber, ob du ihn richtig oder falsch zurückgelegt hast. Er braucht keine Vermittler.«

Vermittler! Sie waren die eigentliche Gefahr.

Sehese Bangu, die Emire und ihre blinden Anhänger verstanden sich als Vermittler zwischen Himmel und Erde, als die einzigen wahren Interpreten des göttlichen Willens. Sie fühlten sich von Gott auserwählt, die Urteile zu vollstrecken, die sie selbst im Namen des Barmherzigen fällten.

Niemand vermochte zu sagen, wer ihnen diese Macht verliehen hatte. Doch die Geschichte hatte gezeigt, dass jenen, die es wagten, das göttliche Mandat in Frage zu stellen, ein grausames Schicksal bevorstand.

Kaid Shala besaß einen prächtigen Palast, dessen dicke, mit Türen versehene Lehmmauern den heißen Wind abhielten, der so oft aus der nahe gelegenen Wüste wehte, dazu einen prächtigen Schimmel, einen riesigen roten Sonnenschirm, dreißig Kamele, mehr als hundert Ziegen und Schafe, sechzehn Hektar vom fruchtbarsten Land, an die zwanzig Diener, fünfzehn Kinder, sieben Enkel und vier Frauen. Seine letzte Ehefrau war schöner und leidenschaftlicher als die jüngste, schönste und leidenschaftlichste seiner Töchter.

Falls er, um all das zu behalten, wegsehen musste, wenn die Gotteskrieger versuchten, der gesamten Gegend ihre Gesetze aufzuzwingen, so würde er es tun. Er wusste, dass es zwecklos war, sich den Fanatikern in den Weg zu stellen, und dies war vielleicht die einzige Rechtfertigung, die er vor sich selbst und vor den Menschen hatte, die ihn liebten.

An dem unseligen Tag, an dem Sehese Bangu an die Macht gelangte, wäre er seinen Palast, sein Pferd, seinen Sonnenschirm, sein Land und seine Herden los. Seine Untertanen wären noch schlimmer dran, denn sie hätten niemanden mehr, der versuchte, die Ausschreitungen zahlloser unkontrollierbarer Fundamentalisten im Zaum zu halten.

Eine traurige Welt war es, in der er sich sogar vor zweien seiner eigenen Söhne in Acht nehmen musste. Er hatte sie in Verdacht, den Koran und die veralteten Lehren der Scharia über die Blutsbande zu stellen. Über den Respekt, den sie denen schuldeten, die ihnen das Leben geschenkt und für sie gesorgt hatten, als sie selbst noch nicht dazu imstande gewesen waren.

Wenn Gott aus Eigennutz verlangte, dass ein Sohn den Vater verriet oder ein Bruder den anderen, durfte er sich nicht wundern, wenn er eines Tages selbst von seinen Kindern verraten wurde.

Kaid Shala hätte nicht im Traum daran gedacht, seinen Gott zu verleugnen, doch konnte er nur mit Mühe akzeptieren, dass Gott, der Gütige und Barmherzige, das Blut dieser jungen Mutter forderte, nur um seine Allmacht unter Beweis zu stellen.

All dies führte dazu, dass er mit verhaltener Erregung reagierte, als man ihm von drei großen Fahrzeugen berichtete, die aus Kano gekommen waren. Am nächsten Morgen bat ein seltsamer Mann mit kantigem Gesicht und unaussprechlichem Namen um eine Audienz, und Kaid hätte fast an ein Wunder geglaubt.

Er erklärte sich augenblicklich bereit, ihn zu empfangen. Zwei Stunden später erschien der Fremde in Begleitung eines halben Dutzends weiterer Personen und überreichte ihm ein Modell und eine große Mappe mit Bauplänen und Zeichnungen, auf denen er sein ärmliches Dorf plötzlich in einem völlig anderen Licht sah.

»Ich bin bereit, für alle Dorfbewohner neue Häuser, eine Schule, eine Moschee, einen Sportplatz und ein kleines Krankenhaus zu bauen«, erklärte sein Gast, kaum dass er den Raum betreten hatte, und zeigte auf die Modellanlage und die Zeichnungen.

»Ich werde dafür sorgen, dass das Elektrizitätswerk zu Ende gebaut wird und Brunnen gegraben werden, die tief genug sind, sodass sie ständig Wasser führen. Du wirst das schönste, gemütlichste und modernste Dorf in ganz Nigeria haben. Ach was, in ganz Afrika.«

»Um welchen Preis?«

»Aziza Smains Freiheit.«

»Wer garantiert mir, dass du dein Versprechen hältst, wenn sie frei ist?«

»Ich werde zuerst das Dorf bauen, und du wirst anschließend deinen Teil der Abmachung einhalten und sie frei lassen.«

»Wie lange brauchst du?«

»Drei Monate.«

Der Kaid studierte die Zeichnung und die Pläne. Schließlich schüttelte er den Kopf.

»Niemand kann all das in drei Monaten aus dem Boden stampfen«, entgegnete er.

»Ich schon.«

»Hingawana hat hundert Jahre gebraucht, um so zu werden, wie es heute ist.«

Oscar machte eine knappe Handbewegung, worauf einer seiner Begleiter einen Stapel Farbprospekte aus seiner Aktentasche nahm und sie auf dem Tisch ausbreitete.

»Das sind einige der Bauprojekte, die ich in den letzten vier Jahren fertig gestellt habe«, erklärte er. »Diese sechzig Luxusbungalows auf der Insel Sardinien wurden innerhalb von vierzehn Monaten gebaut, einschließlich eines kleinen Jachthafens. Ich weiß, dass es zu schaffen ist. Wenn du mir versprichst, dass du deinen Teil der Abmachung einhältst, erfülle ich auch den meinen.«

»Ist dir das Leben dieser Frau so viel wert?«

»Ist dir ihr Tod so viel wert?«

»Nein!«, räumte der Hausa mit entwaffnender Ehrlichkeit ein. »Ich habe nichts von ihrem Tod, und ich versichere dir, dass ich alles unternehmen würde, um ihn zu verhindern.«

»Ich weiß.«

»Woher?«

»Ich weiß eine Menge über dein Volk, und du scheinst mir ein aufrichtiger Mann zu sein, dem ein derartiges Verbrechen zuwider ist. Deshalb bin ich direkt zu dir gekommen. Deshalb und weil du in Hingawana das Sagen hast.«

Der Kaid antwortete nicht sofort. Er gab seinem Diener in der Ecke ein Zeichen, ihnen Tee nachzuschenken. Dann sah er auf das Modell und die Zeichnungen, die an die Wand geheftet worden waren, und seufzte schwer.

»In der Tat, in Hingawana habe ich das Sagen, aber auf die Richter, die Aziza verurteilten, habe ich keinerlei Einfluss. Die meisten von ihnen stammen nicht einmal aus dieser Gegend. Sie wurden uns von dem Gouverneur in Kano geschickt. Unglücklicherweise sind sie die Einzigen, die das Urteil aufheben können.«

»Wenn allerdings eine sorgfältige Untersuchung zeigen würde, dass Aziza tatsächlich vergewaltigt wurde und ihr Sohn nicht das Ergebnis eines freiwilligen Geschlechtsverkehrs war, bliebe diesen Richtern nichts anderes übrig, als das Urteil aufzuheben. Diese Untersuchung hat bislang nicht stattgefunden«, entgegnete Oscar.

»Das hieße aber auch, dass man die Schuldigen bestrafen müsste.«

»Was wäre vor Allahs Augen gerechter? Dass man eine unschuldige Frau zu Tode steinigt oder dass man die wahren Schuldigen dieses verächtlichen Verbrechens für ein paar Jahre hinter Gitter bringt?«

Der Besitzer des Palastes mit den dicken Lehmmauern schwieg eine Weile. Schließlich schickte er seine Diener mit einer knappen Geste aus dem Raum. Erst als er sicher war, mit seinen großzügigen Gästen allein und ungestört zu sein, sagte er: »Leider geht es in diesem Fall wie fast immer nicht darum, was Allah gefiele, sondern darum, was bestimmte Personen befürworten und was nicht. Und ich fürchte, dass diese Menschen nur ihre eigenen Interessen im Sinn haben.«

»Wer kann Interesse daran haben, eine Unschuldige zum Tode zu verurteilen?«

»Meiner Ansicht nach hat Aziza gleich mehrere Verbrechen begangen«, lautete die merkwürdige Antwort, die auf ehrlicher Überzeugung zu beruhen schien.

»Ach ja?«, fragte Villeneuve, der sich bislang stumm im Hintergrund gehalten hatte. »Welche Verbrechen, wenn ich fragen darf?«

Ibrahim Shala warf ihm einen langen misstrauischen Blick zu, als versuchte er, sich daran zu erinnern, woher er diesen Mann kannte.

Schließlich erklärte er: »Ihr erstes Verbrechen bestand darin, zu schön zu sein. Das brachte ihr den Neid und die Feindschaft vieler Frauen und auch vieler Männer ein. Zweitens war sie viel zu aufsässig. Als junges Mädchen hat sie vier Jahre bei einer Weißen gearbeitet, die ihr Englisch und, wie ich glaube, sogar Lesen und Schreiben beibrachte. Das weckte den Zorn der Ältesten, weil es bei uns nicht Brauch ist, dass Frauen eine Ausbildung erhalten. Und schließlich hat sie das Dorf nach dem Tod ihres Mannes nicht verlassen, obwohl sie wusste, dass sie viele Scherereien haben würde. Genauso ist es schließlich auch gekommen.«

»Ich glaube nicht, dass man einen dieser Sachverhalte als Verbrechen bezeichnen kann«, erwiderte der Radioreporter.

»Gewiss nicht«, gab der Kaid zu. »Wenn ein Kaufmann mitten auf dem Marktplatz absichtlich einen Beutel mit Gold fallen lässt und seines Weges geht, verübt er im eigentlichen Sinn kein Verbrechen. Aber er führt andere in Versuchung, eines zu begehen. Wahrscheinlich war die Natur übermäßig großzügig mit Aziza, weil ihre Mutter eine Prinzessin der Fulbe und ihr Vater einer unserer mutigsten Krieger war. Meiner Meinung nach hat das Gottes Zorn geweckt. Sogar ein Mann wie ich, der vier Frauen besitzt und dessen Blut nicht mehr so leicht in Wallung gerät, wird schwach und spürt das unwiderstehliche Verlangen nach diesem Gold, obwohl ich weiß, dass es mir nicht zusteht.«

»Deine Worte verraten mir, dass diese Verbrechen nicht in ihr begründet sind, sondern in den Herzen derjenigen, die sie betrachten.«

»Mein Englisch ist zu schlecht, um das, was ich sagen will, auszudrücken, aber ich will gern zugeben, dass deine Auslegung zutrifft«, antwortete der Hausa. »Aziza Smain ist zu einem unlösbaren Problem geworden, das mein Volk spaltet. Ich versichere dir, dass ich nichts lieber täte, als sie freizulassen. Wenn es von mir abhinge, könntet ihr sie sofort mitnehmen, aber wie gesagt, das liegt leider nicht in meiner Macht.«

»Was also rätst du uns?«, fragte Oscar mit einer für ihn ungewohnten Zurückhaltung.

»Versucht, zu verhandeln.«

»Mit wem?«

»Zuerst mit Sehese Bangu und danach mit den Richtern, die aus Kano geschickt wurden. Sie behaupten, die religiösen Gesetze über alles andere zu stellen, aber auch sie sind nur Menschen. Wenn du ihnen an Stelle der Schulen und Sportplätze für die Bevölkerung Geld und Paläste versprichst, werden sie viel eher geneigt sein, dir zuzuhören. Vor allem, wenn die Paläste über eine ordentliche Klimaanlage verfügen. In diesem Land träumen alle, die sich für wichtig halten, von einer Klimaanlage.«

»Du nicht?«

Die Antwort war irgendwie überraschend, da es sich in Wirklichkeit um eine Frage handelte.

»Ist dir etwa heiß?«

»Im Augenblick nicht.«

»Also wusste derjenige, der meinen Palast baute, was er tat. Oder nicht?«, antwortete der Kaid in einem Ton, der keinen Widerspruch duldete. »Ich brauche keine Klimaanlage. Und ich will nichts im Austausch für das Leben einer Unschuldigen. Wenn ich irgendetwas annähme, wäre ich dieses Postens nicht mehr würdig.«

»Ich bin froh, einem ehrenwerten Mann zu begegnen«, erklärte Oscar. »Das kommt nicht oft vor. Die lange Reise war nicht umsonst.«

»Ich danke dir für das Kompliment, aber ich glaube kaum, dass du die lange Reise gemacht hast, um mich zu loben. Was ich zu sagen hatte, ist gesagt. Ich werde alles tun, was in meiner Macht steht, um dir zu helfen, aber erwarte nicht zu viel. Nichts liegt mir ferner, als meinen unzähligen Feinden das Messer zu liefern, mit dem sie mir anschließend den Hals aufschlitzen können.«

»Ich kann dich verstehen, und ich respektiere dein Verhalten. Würdest du mir erlauben, Aziza zu sehen?«

Kaid Shala dachte eine Weile nach. Schließlich trank er den Rest des kalten Tees in einem Schluck aus, als könne ihm der Grund des Glases die Antworten auf die vielen Fragen zeigen, die ihn plagten, und nickte.

»Morgen«, erklärte er. »Ich werde veranlassen, dass man sie morgen gegen Mittag hierher bringt. Ich möchte dabei sein, wenn du mit ihr sprichst.«

Die Nacht war heiß und lang, wahrscheinlich die längste, mit Sicherheit aber die heißeste, an die er sich erinnern konnte. Und auch die unruhigste, denn er konnte nicht aufhören, an die Begegnung mit der verwirrenden Frau am nächsten Morgen zu denken. Anders als alle Frauen, die er bisher kennen gelernt hatte, war sie dazu verdammt, eines unvorstellbar grausamen Todes zu sterben.

Er konnte sich noch gut an das aufregende Kribbeln im Bauch bei der Mitteilung erinnern, dass er während der Galavorstellung des Filmfestivals von Cannes neben der bezaubernden Nicole Kidman sitzen sollte. Doch trotz der Bewunderung, die er für die elegante und hübsche Schauspielerin empfunden hatte, ließ sich die Unruhe von damals nicht mit der jetzigen Anspannung vergleichen. Obwohl es nur um eine zerlumpte Afrikanerin ging, die wahrscheinlich niemals im Leben die Möglichkeit gehabt hatte, sich mit Wasser und Seife zu waschen.

Dass diese Frau einer Nicole Kidman oder jeder anderen Frau auf dieser Welt überlegen sein konnte, hatte lediglich damit zu tun, dass Oscar sie auf völlig absurde Art auf ein Podest stellte.

»Ich will dich nicht kränken«, hatte ihm vor drei Tagen René Villeneuve gesagt, mit dem ihn mittlerweile eine aufrichtige Freundschaft verband. »Aber ich habe den Eindruck, dass du ständig neue Bedürfnisse erfindest, bloß, weil du alles hast. Schließlich ist der Mensch nie mit dem zufrieden, was er hat, und will stets einen Schritt weitergehen.«

»Ich möchte nur eine haarsträubende Ungerechtigkeit verhindern. Und um das zu rechtfertigen, muss ich weder

Freud noch die Metaphysik bemühen«, entgegnete Oscar gelassen.

»Gewiss!«, gab Villeneuve mit einem fast spöttischen Lächeln zu. »Du willst bloß eine Ungerechtigkeit verhindern, aber ich kann dir versichern, dass unsere Welt voll von Ungerechtigkeit ist. Mit jedem Schritt, den wir tun, stolpern wir über sie. Aber niemand käme auf die Idee, sie verhindern zu wollen. Es sei denn, er hat den ganzen Tag nichts anderes zu tun – so wie du.«

»Ich kann dir versichern, dass die Leitung von über vierzig Firmen, die mehr als vierzehntausend Menschen Arbeit und Brot geben, eine Menge Kopfzerbrechen mit sich bringt.«

»Nun, bislang ist dein Kopf noch heil. Soweit ich weiß, warst du klug genug, keines dieser Riesenunternehmen zu gründen, wie sie heute in Mode sind und die dann unerwartet wie ein Kartenhaus einstürzen.«

»Stimmt.«

»Du musst mir deine Unternehmenspolitik nicht erklären. Ich weiß, dass du stets darauf geachtet hast, jedem deiner Konzerne seine Unabhängigkeit zu bewahren. Wenn eines deiner Unternehmen Pleite macht, sind die anderen nicht davon betroffen.«

»Keiner meiner Konzerne hat jemals Pleite gemacht«, entgegnete Oscar und grinste spöttisch. »Wenn eine Firma in Bedrängnis kam, haben die anderen ihr unter die Arme gegriffen, aber stets als unabhängige Kreditgeber, nie als unmittelbar Betroffene. Lieber den Spatz in der Hand als die Taube auf dem Dach, nicht wahr?«

»Ich stimme dir zu. Vor allem, wenn ich sehe, was mit Vivendi oder anderen Riesenunternehmen geschehen ist, die gezwungen waren, ihre teuren Neuerwerbungen für einen Apfel und ein Ei zu verscherbeln. Aber glaubst du wirklich, du bräuchtest Azizas Befreiung nur genauso klug zu planen, wie du deine Unternehmen leitest, um Erfolg zu haben?«

Nun saß Oscar neben seinem glänzenden, roten Geländewagen, der von einem zuverlässigen Mechaniker in Saint-Tropez aufgerüstet worden war. Der Mann hatte sich darauf spezialisiert, Fahrzeuge nach den Wünschen seiner finanzstarken Kunden umzubauen. Offensichtlich war Oscar mittlerweile nicht mehr so sehr von dem Erfolg seiner Mission in Hingawana überzeugt wie anfänglich.

An Deck einer Luxusjacht, die im Hafen von Monte Carlo ankerte, Probleme zu lösen, war eine Sache. Aber am anderen Ende der Welt unter einem Affenbrotbaum zu sitzen, umringt von Einheimischen, die einen nicht mit der Neugier betrachteten, die man Fremden üblicherweise entgegenbringt, sondern mit der offenen Feindseligkeit von Menschen, die den Verdacht hegen, die Fremden seien nur in ihr Land gekommen, um sich in ihre Angelegenheiten einzumischen – das war etwas anderes.

Wie hätte er reagiert, wenn ein Ziegenhirte aus Afrika bei ihm aufgetaucht wäre, um ihm vorzuschreiben, wie er seine Geschäfte zu führen oder sein Liebesleben zu organisieren hätte?

Reichte eine beliebige Summe Geldes aus, um diese Menschen von Bräuchen abzubringen, die sie seit Jahrhunderten befolgten?

Villeneuve hatte ihn gewarnt, und das Gespräch mit dem Kaid hatte es bestätigt: Mit Vernunft kam man gegen den primitiven Fanatismus nicht an.

Er war aufgrund seiner Erziehung und aus Überzeugung Atheist – unfähig, sein Heil in Gott zu suchen. Das hatte er nicht einmal in jener schrecklichen Zeit gekonnt, als er sich an die Vorstellung hatte gewöhnen müssen, dass ihm vielleicht nur noch wenige Monate zu leben blieben. Er hätte nie in Betracht gezogen, dass jemand eine friedliche und gesicherte Gegenwart im Diesseits zugunsten eines ungewissen Schicksals im Jenseits ausschlagen könnte – ganz gleich, wie ungebildet er auch sein mochte.

Die abweisenden Blicke der Einheimischen hatten ihn genauso überrascht und verwirrt wie die Tatsache, dass der Wüstenwind, der ihm ins Gesicht peitschte, so brennend heiß war und dass ihm ein paar Stunden später die Kälte der Nacht bis in die Knochen kroch. Am Ende hatte er sich gesagt, dass dieser Teil der Welt ganz einfach unberechenbar war.

»Du darfst dich nie dem Trugschluss hingeben, dass man mit Geld alles kaufen kann«, hatte ihm sein Vater vor seinem Tod erklärt. »Unsere Familie ist das beste Beispiel dafür. An Geld hat es uns wahrlich nicht gemangelt, und trotzdem mussten wir unser Leben lang wie ein Haufen erbärmlicher Zigeuner ziellos durch die Welt wandern, auf der Flucht vor totalitären Herrschern.«

Oscar hatte geglaubt, dass diese Ideologien der Vergangenheit angehörten und niemals wieder auferstehen könnten. Nun musste er der Tatsache ins Auge sehen, dass noch längst nicht alle Menschen im einundzwanzigsten Jahrhundert angekommen waren. In Hingawana herrschte derselbe Geist, der vor langer Zeit seine Eltern und Großeltern zum Auswandern gezwungen hatte.

Verflixt! Was war bloß in ihn gefahren, sich auf so einen Schlamassel einzulassen?

Was hatte er mitten in einer glühend heißen Wüste zu suchen? Zwischen seinen Zähnen knirschte Sand. Warum ging er das Risiko ein, dass ihn ein verrückter Fanatiker, dem einer der reichsten Männer der Welt völlig gleichgültig war, im Schlaf den Hals aufschlitzte?

Verfluchter Mist!

Die Nacht war stockdunkel, nicht ein jämmerliches Licht erhellte das Dorf, in dem es ungewohnt nach Ziegen und Kameldung roch. Nur gelegentlich wurde die trostlose Stille vom Heulen des Windes unterbrochen oder vom Bellen der ausgemergelten Hunde, die durch die schmalen Gassen streunten. Sie hätten genauso gut stinkende Hyänen sein können, die ihre nahe gelegenen Bauten verlassen hatten und in den Gassen nach den spärlichen Abfällen suchten, die von den Bewohnern des Dorfes weggeworfen worden waren.

Oscar hatte einen Riecher für Gefahr.

Über dem Gestank nach Ziegen und Kameldung im Dorf hing ein weiterer, noch stärkerer Geruch, den er sehr gut kannte, obwohl er ihm bis zu dieser Nacht nie begegnet war. In den Gesichtern der Männer, die ihnen bei der Rückkehr vom Treffen im Palast des Kaids entgegengekommen waren, hatte er die tiefe und unverhohlene Feindseligkeit entdeckt, die jetzt noch in der Luft hing.

Mittlerweile mussten die Bewohner jedes kleinen schmutzigen Dorfes im Umkreis von hundert Kilometern wissen, dass eine Hand voll überheblicher Europäer in teuren Wagen aufgetaucht war, um gegen ihre tief verwurzelten Sitten und Bräuche zu verstoßen.

In den Innenhöfen der Häuser, in den kleinen Cafés auf der Straße, auf den Märkten, ja sogar um die Lagerfeuer der Beduinenzelte sprach man über nichts anderes als über die eingebildeten weißen Eindringlinge, die von weither angereist waren und ihnen neue Häuser, Schulen, Moscheen, Krankenhäuser, Strom und herrliche Gärten versprachen, falls sie die zum Tode verurteilte Frau freiließen.

Einige Frauen wagten sich vor und erklärten schüchtern, sie wären froh, wenn sie nicht mehr Tag für Tag die drei Kilometer bis zu dem einzigen Brunnen laufen müssten, der in den Sommermonaten genug Wasser hatte, um dann mit den schweren Wasserkrügen auf dem Kopf unter der sengenden Sonne zurückzukehren.

Manche Männer dachten laut darüber nach, wie schön es wäre, wenn die kleinen Elektropumpen genug Wasser förderten, um jeden Tag ihre Felder bewässern zu können.

Jemand erklärte sogar, dass der Strom nicht nur dazu diente, Energie und Licht zu erzeugen, sondern auch Eis. Da aber kaum jemand aus dem Dorf jemals in Kano gewesen war, wusste so gut wie keiner, was Eis war und wozu es diente.

So gut man es ihnen auch erklärte, kein Dorfbewohner konnte sich vorstellen, wie ein Fernseher funktionierte oder was für wunderbare, herrliche Dinge man auf einem Bildschirm sehen konnte.

Die Jugendlichen hörten nicht auf zu diskutieren.

Die Frauen tuschelten.

Die Männer waren ratlos.

Die Greise dachten nach.

Die Greisinnen nuschelten vor sich hin.

In Hingawana hatte sich in den letzten hundert Jahren nichts verändert. Jetzt tauchte plötzlich ein Dutzend Fremder auf und wollte in drei Monaten alles auf den Kopf stellen.

War es Allahs Wille oder widersprach es seinen Gesetzen?

Am späten Nachmittag hatte Sehese Bangu seine treuesten Anhänger in der Moschee versammelt und unmissverständlich verkündet: »Allahs Zorn möge diejenigen strafen, die es wagen, seine heiligen Gesetze zu brechen. Die Scharia schreibt vor, dass außerehelicher Geschlechtsverkehr mit dem Tode zu bestrafen sei. Weder die verfluchten Ungläubigen noch der Verräter Ibrahim oder sonst jemand auf dieser Welt kann Allahs Gesetze ändern. Aziza Smain muss sterben. Und zwar sobald wie möglich.«

»Aber im selben Gesetz steht auch geschrieben, dass das Urteil erst vollstreckt werden darf, wenn sie nicht mehr genug Milch hat, um ihr Kind zu stillen«, wandte der umsichtige alte Yussuf ein. »Deshalb müssen wir warten.«

»Das weiß ich!«, räumte der Imam widerwillig ein. »Wir müssen warten. Aber ich mache mir große Sorgen. Während wir warten, ziehen die Ungläubigen die Dorfbewohner mit ihren Hirngespinsten auf ihre Seite. Der Satan kennt tausend Wege, um die Schwachen in Versuchung zu führen.«

»Mein Vetter hat das Modell gesehen, das sie dem Kaid gebracht haben. Er sagt, die neue Moschee sei sehr schön und geräumig. Sie soll sogar über eine Klimaanlage verfügen«, wandte zaghaft ein untersetzter Mann ein, der in einer hinteren Ecke des Raumes saß.

»Allah braucht keine Moschee mit Klimaanlage, die anschließend leer bleibt. Ihm ist es lieber, wenn sie klein, bescheiden und stickig ist, aber voll von Gläubigen, die ihn inbrünstig anrufen. Die Moschee, die wir haben, genügt ihm vollkommen.«

Wer hätte gewagt, einem heiligen Mann zu widersprechen, der anscheinend in direktem Kontakt zum Schöpfer stand?

Wer, wenn nicht er, hätte entscheiden können, was Gottes Augen genehm war?

Wenn Sehese Bangu und die drei eigens aus Kano entsandten Richter zu dem Schluss gelangt waren, dass Aziza außerehelichen Geschlechtsverkehr begangen hatte und deshalb zu Tode gesteinigt werden musste, dann würde sie auch gesteinigt werden. Andernfalls war die Autorität derjenigen, die Gesetze erließen und sie anwandten, in Frage gestellt. Niemand würde ihre Urteile noch respektieren.

»Die Ungläubigen wollen unsere Seele kaufen ...«, fuhr der Imam kurz darauf fort, wohl wissend, dass alle, die ihm zuhörten, seine Ansichten teilten. »Diese Teufel glauben, dass sie mit Geld alles haben können. Es geht ihnen nicht in den Kopf, dass es aufrechte Menschen auf der Welt gibt, die sich nicht kaufen lassen. In einer Zeit, in der jenseits unserer Grenzen nur Fäulnis, Sünde und Korruption herrschen, haben wir die Pflicht, unseren Glauben zu bewahren, wenn wir nicht unweigerlich mit dem Rest der Welt untergehen wollen.«

Er hob die Hand, wies mit ausgestrecktem Zeigefinger zum Himmel und erklärte mit dieser theatralischen, aber durchaus ernst gemeinten Geste: »So wahr ich hier stehe, ich werde bis zu meinem letzten Atemzug nicht zulassen, dass man unseren Glauben mit Füßen tritt. Das verspreche ich euch feierlich. Allah ist groß! Er sei gepriesen!«

»Allah ist groß!«, hallte es durch den Raum.

Sie sprachen ihre Gebete und traten dann in die Dunkelheit hinaus, in der sie sich vollkommen selbstverständlich bewegten, da sie die schmalen Gassen ihres kleinen Dorfes in- und auswendig kannten und den Weg nach Haue sogar mit verbundenen Augen gefunden hätten.

Seit sie als Kinder laufen gelernt hatten, waren sie Tausende von Malen durch die schmalen, gewundenen Gassen geschritten, gerade so wie ihre Eltern und Großeltern vor ihnen. Und niemals war einem von ihnen in den Sinn gekommen, dass sich eines Tages irgendetwas daran ändern könnte.

Erst wenn die gewaltigen Steindünen, die sie vor den wütenden Winden des Harmattan schützten, oder die Sonne, die Tag für Tag zwölf Stunden auf die Dächer ihrer Lehmhütten niederbrannte, eines Tages verschwänden, könnte sich in Hingawana vielleicht etwas ändern. Gegenwärtig jedoch waren solche Wunder nicht sehr wahrscheinlich.

Jeden Morgen standen die gewaltigen steinernen Dünen da, wo sie seit Menschengedenken gestanden hatten. Die Sonne brannte genauso unbarmherzig wie seit jeher vom Himmel. Daher waren bis auf den letzten Dorfbewohner alle fest davon überzeugt, dass sich an ihrem gleichförmigen Leben nichts ändern würde, auch wenn sich die Kinder und viele Erwachsene um die schimmernden Wagen der Fremden versammelten, die in einer Ecke des Dorfplatzes geparkt waren. Der große, glänzende hatte getönte Scheiben, so dass sie nicht in sein beunruhigendes Inneres spähen konnten.

Eine Stunde später stand Oscar in Begleitung dreier Männer vor dem Tor zum Palast des Kaids und musste überrascht feststellen, dass nur ihm Zutritt gewährt wurde. Noch erstaunter aber war er, als der Kaid allein in dem weitläufigen Raum auf ihn wartete, wo er seine Gäste zu empfangen pflegte.

»Ich möchte nicht, dass Aziza Gegenstand einer vergifteten öffentlichen Neugier ist«, lautete die einfache Erklärung des Kaids für sein sonderbares Verhalten. »Und das, was du ihr sagen willst, darf nur ich hören. Bist du damit einverstanden?«

»Du entscheidest.«

»Ich habe entschieden.«

Damit klatschte er in die Hände, worauf sich der Vorhang an der hintersten Tür des Raumes öffnete und im Halbdunkel die Silhouette einer Frau auftauchte. Sie blieb einen Augenblick reglos stehen und kam dann mit festen Schritten auf sie zu, bis sie die Mitte des Raumes erreicht hatte.

Oscar hatte das unbeschreibliche Gefühl, nicht eine Frau nähere sich ihnen, sondern eine geschmeidige Katze. Ihre riesigen honigfarbenen Augen setzten sich, wie von einem inneren Licht gespeist, von der glatten dunklen Haut ihres müden und traurigen Gesichtes ab. Sie waren so verwirrend – ein anderes Wort der Beschreibung gab es nicht –, dass sie Oscar augenblicklich das Gefühl gaben, seine weite Reise in die afrikanische Wüste doch nicht vergebens gemacht zu haben.

Das faszinierende Geschöpf war in ein paar jämmerliche Lumpen gehüllt und barfuß. Offenbar war sie bis auf die Knochen abgemagert und schien völlig entkräftet. Doch wer dieser Frau gegenüberstand, dem fiel all das nicht auf, weil er den Blick nicht von ihren Augen abwenden konnte, die ebenso einer Frau wie einem Tiger oder einer Anakonda hätten gehören können.

Selbst der Kaid, der wusste, mit wem sie es zu tun hatten, saß reglos da, ohne ein Wort zu sagen. Es war nur allzu offensichtlich, dass die zum Tode Verurteilte ihn genauso stark beeindruckte wie vor Jahren, am Tag ihrer Hochzeit.

Als koste es ihn eine riesige Anstrengung, sie direkt anzusprechen, sagte er schließlich: »Dieser Mann ist von sehr weit her gekommen, um dir zu helfen.«

Aziza drehte sich halb um, warf dem Fremden einen durchdringenden Blick zu und fragte mit warmer Stimme in einem durchaus passablen Englisch:

»Hat Miss Spencer dich geschickt? Hat sie dich gebeten, mir zu helfen?«

Verwirrt warf Oscar dem Kaid von Hingawana einen fragenden Blick zu. Vielleicht tat er das, weil er sich nicht traute, der jungen Frau direkt zu antworten.

»Ich habe dir erzählt, dass Aziza als junges Mädchen einige Jahre bei einer Weißen gearbeitet hat. Vielleicht glaubt sie in ihrer Einfalt, dass sich alle Weißen kennen«, erklärte der Kaid knapp. »Miss Spencer war ihre einzige Freundin. Vermutlich geht sie davon aus, dass sie dich geschickt hat.«

»Nein«, antwortete Oscar und sah die junge Frau fast entschuldigend an. »Sie hat mich nicht geschickt, ich kenne sie nicht einmal.«

»Warum willst du mir dann helfen?«

»Weil ich nicht will, dass sie dich töten.«

Nun war es Aziza, die sich verdutzt zum Kaid umwandte, als suchte sie eine Erklärung dafür, dass ein Fremder, der nicht einmal ihre treue alte Beschützerin kannte, einen so weiten Weg auf sich genommen hatte, um sie vor dem Tod zu retten.

»Ich weiß selbst nicht, warum«, antwortete Oscar auf die unausgesprochene Frage. »Wir Europäer sind eben manchmal so.«

Die junge Frau dachte einen Augenblick über diese Worte nach und antwortete schließlich: »Wenn du mir helfen willst, dann nimm meine Kinder mit. Ich bin bereits zum Tode verurteilt worden, und niemand kann verhindern, dass sie mich steinigen. Aber es würde mir nichts mehr ausmachen, hingerichtet zu werden, wenn ich wüsste, dass du meine Kinder rettest und sie in Sicherheit bringst.«

»Ich bin gekommen, um zu verhindern, dass man dich steinigt.«

»Du willst dich also gegen Allahs Willen stellen?«, fragte Aziza, als fiele es ihr schwer, eine derart ungeheure Gotteslästerung zu akzeptieren.

»Glaubst du wirklich, es sei Allahs Wille, dass man dich umbringt?«, entgegnete Oscar schroff, fast aggressiv. »Glaubst du, dass der Gott, den du anbetest, so ungerecht sein kann?«

Diese Frage schien die Frau mit den verwirrenden Augen noch mehr zu überraschen als alles andere. Darüber hatte sie noch nie nachgedacht. Sie überlegte erneut und antwortete: »Wenn der Imam sagt, dass Allah meinen Tod fordert, dann ist es so. Er ist sein Stellvertreter auf Erden.«

»Ich wäre da nicht so sicher ...«, mischte sich der Kaid ein und lud die beiden mit einer Handbewegung ein, in einem Abstand von zwei Metern einander gegenüber Platz zu nehmen.

Dann blickte er sich im Raum um, als wollte er sich vergewissern, dass niemand ihn hören konnte, und erklärte mit gedämpfter Stimme: »So sehr sich Sehese Bangu mit dieser Gnade schmückt und so oft seine Anhänger dies auch wiederholen, hat er, soweit mir bekannt ist, nie einen Beweis dafür erbracht, dass der Herr ihm mehr Aufmerksamkeit schenkt als irgendeinem anderen Lebewesen auf der Welt. Du darfst nicht so gleichgültig sein und dich in dein Schicksal fügen. Wir müssen das Ganze von einem praktischen Standpunkt aus betrachten. Es wäre sehr vorteilhaft, wenn wir Schritt für Schritt vorgehen und mit dem anfangen, was meiner Meinung nach das Wesentliche ist. Kennst du die Namen derjenigen, die dir Gewalt antaten?«

»Ja, natürlich.«

»Warum weigerst du dich dann, sie zu nennen?«

»Was hätte ich davon?«

»Darüber entscheide ich und in letzter Instanz die Justiz«, erwiderte der Kaid knapp. »Dein hartnäckiges Schweigen führt dich in den Tod. Nur, wenn du mir die Namen dieser Verbrecher nennst – und du kannst sicher sein, dass ich längst weiß, um wen es sich handelt –, kann ich eine Untersuchung einleiten, um herauszufinden, wer der Vater des Kindes ist.«

»Aber was wäre dann?«, entgegnete die Frau beunruhigt.

»Würde man mir das Kind wegnehmen? Es ist mein Kind, es gehört niemandem außer mir.«

»Nicht einmal die Mutter des Propheten Jesus hätte behaupten können, dass ihr Kind nur ihr gehört«, wies der Kaid sie zurecht. »Und wenn es uns gelänge, festzustellen, wer der Vater ist, hieße das, dass auch er außerehelichen Geschlechtsverkehr gehabt hat. Soweit mir bekannt ist, sind alle vier Verdächtigen verheiratet. Dann müsste auch er schuldig gesprochen und bestraft werden.«

»Du glaubst, ich würde Trost darin finden, noch ein paar Menschen mit ins Grab zu nehmen?«

»Nein, natürlich nicht. Aber ich würde meine Leute nicht kennen, wenn ich nicht wüsste, dass der betreffende Mann – egal, um wen es sich handelt – deine Rettung wäre. Sehese Bangu und die strengen Sittenwächter hätten keine Skrupel, eine wehrlose Witwe steinigen zu lassen. Aber ein Familienvater, der obendrein drei Komplizen hat, die er garantiert belasten würde, ist etwas anderes. Der Kreis der Verurteilten würde immer größer und damit auch die Anzahl seiner Feinde. Überleg mal.«

Aziza dachte eine Weile nach, sah den Fremden an, der den Blick nicht von ihr abwenden konnte, und sagte schließlich auf ihre typisch unbeugsame und zugleich schicksalsergebene Art: »Ich kann dir die Namen nennen, aber ich weiß nicht, wie du herausfinden willst, wer von den vieren Menliks Vater ist.«

»Nichts leichter als das.«

Die junge Frau und der Kaid sahen Oscar gleichermaßen erstaunt an.

»Leicht?«, wiederholte der Hausherr ungläubig. »Was soll das heißen?«

»Man braucht lediglich etwas Blut, Speichel oder ein Haar, um die DNA zu vergleichen«, erklärte Oscar, als läge das auf der Hand. »Unter meinen Begleitern ist ein Arzt, der das Rätsel wahrscheinlich in ein paar Tagen lösen könnte. Er müsste die Proben nur ins Labor nach Paris schicken, von dort kommt dann das Ergebnis.«

»Ich verstehe nicht, wovon du redest«, unterbrach ihn der Kaid. »Wie kann ein Arzt, egal wie gut er sein mag, anhand von Blut, Speichel oder gar einem Haar bestimmen, wer der Vater eines Kindes ist?«

»Das ist der wissenschaftliche Fortschritt.«

»Eure Wissenschaft ist wie Zauberei, und das Letzte, was wir gebrauchen können, ist, dass Sehese Bangu uns der Hexerei anklagt«, entgegnete der Hausa, der den Turban abgenommen hatte und ihn sich nun mit gekonnten Bewegungen wieder um den Kopf wickelte. »Wahrscheinlich würden auch wir gesteinigt.«

»Das Verfahren ist wissenschaftlich anerkannt und wird in allen zivilisierten Ländern der Welt angewandt.«

»Du sagst es, in allen zivilisierten Ländern! Mag sein, dass Nigeria einer der größten Erdölproduzenten der Welt ist und in Lagos zivilisierte Beamte das Sagen haben, aber hier, mitten in der Wüste, an der Grenze zu Niger gibt es nur Ziegenhirten und Kameltreiber.«

»Habt ihr denn im ganzen Dorf keine gebildeten Menschen?«

»Doch, natürlich haben wir welche, aber sie sind nur eine verschwindend kleine Minderheit und verstehen sich auf ganz andere Dinge ...«, erklärte der Kaid, der mittlerweile die anscheinend sehr schwierige Prozedur des Turbanwickelns beendet hatte.

Eine Weile sah er Aziza an, die so reglos mit den Händen im Schoß dasaß, dass man fast den Eindruck hatte, sie atmete nicht mehr.

Dann nickte er und befahl: »Zeig mir deine Brüste.«

Ohne die geringste Verlegenheit entblößte sie ihre Brüste unter dem zerlumpten Kleid und zeigte sie dem Kaid, der sie aufmerksam betrachtete und schließlich besorgt mit der Zunge schnalzte:

»Du bestehst nur noch aus Haut und Knochen, Mädchen, aber deine Brüste sind noch straff. Wenn mich nicht alles täuscht – und immerhin bin ich Vater von fünfzehn Kindern –, hast du noch für zwei Monate Milch. Wir müssen nur zusehen, dass du genug zu essen hast, damit du wieder zu Kräften kommst.«

»Bislang hat sich niemand um mich Sorgen gemacht, und plötzlich findet ihr mich alle wichtig. Ich bin doch kein Hammel, den man für das Schlachtfest mästet«, protestierte die junge Frau energisch.

»Nein, aber die meisten hoffen offensichtlich darauf. Wenn sie damit durchkommen, hätten wir nicht nur die Gelegenheit verpasst, wie zivilisierte Menschen zu leben statt wie Tiere. Auch mein Ansehen und meine Autorität wären ernsthaft in Frage gestellt.«

Oscar, geblendet und völlig in den Bann gezogen von der Nacktheit dieser Frau, gelang es schließlich, den Blick von ihren prallen Brüsten abzuwenden, die allen Gesetzen der Schwerkraft zu trotzen schienen.

Entschieden sagte er: »Der Kaid hat Recht. Jedes zusätzliche Kilo, jeder zusätzliche Tropfen Milch wird nicht nur dir und deinem Sohn zugute kommen, sondern deinem ganzen Volk.«

»Mein Volk will nur, dass man mich zu Tode steinigt.«

»Wir werden dafür sorgen, dass es seine Meinung ändert.«

Die Verurteilte senkte den Kopf, betrachtete ihre Hände, die sie nach wie vor im Schoß hielt, und antwortete: »Als meine Cousine Tuberkulose hatte, wurde sie mit dem Fett von Kamelhöckern geheilt und nahm zwanzig Kilo zu. Notfalls verschlinge ich ein ganzes Kamel, um meine Kinder zu retten.«

»Und wirst du uns die Namen der Schuldigen verraten?«

»Ich werde darüber nachdenken.«

Am späten Nachmittag tauchte im Südwesten eine Staubwolke auf, die stetig größer wurde, bis sie sich über den ganzen Horizont ausgebreitet hatte. Einige Dorfbewohner hielten sie zunächst für einen Sandsturm, obwohl sie aus einer Richtung kam, aus der um diese Jahreszeit gewöhnlich kein Wind wehte.

Doch es dauerte keine halbe Stunde, bis das laute Dröhnen der Motoren ihnen eine Kolonne von zwanzig Fahrzeugen ankündigte, die gleichmäßig vorrückten wie ein feindliches Heer, fest entschlossen, das Dorf zu erobern.

Etwa dreihundert Meter vor den ersten Hütten des Dorfes kam die Karawane zum Stehen. Grüppchen von geschäftigen Arbeitern stiegen aus und begannen sofort damit, die Lastwagen auszuladen, um noch vor Anbruch der Nacht ein komfortables Zeltlager zu errichten.

Als die Sonne unterging und sich die Dunkelheit langsam über das Land senkte, sprang ein mächtiger Generator an und brummte leise vor sich hin. Gleichzeitig flammten vor den Augen der verblüfften Dorfbewohner Hunderte von Glühbirnen auf. Kaum jemand hier hatte schon einmal elektrisches Licht gesehen.

Oscar begann, sein Versprechen zu erfüllen, und das ebenso geschickt, wie er seine diversen Unternehmen leitete.

Drei Köche waren damit beschäftigt, gewaltige Mengen Hammelfleisch zu schmoren, das zusammen mit schmackhaftem Couscous serviert wurde. Jeder, der darum bat, bekam zu essen. Es gab Berge von frischem Obst, Honiggebäck, eisgekühlte Erfrischungsgetränke und heißen, stark gezuckerten Tee.

Etwas abseits errichtete ein halbes Dutzend Männer eine große, helle Kinoleinwand, über die kurz darauf ein Abenteuerfilm flackerte, der im Dschungel spielte. Die Dorfbewohner standen mit offenem Mund da und konnten nur noch staunen.

In weniger als vier Stunden hatte das einundzwanzigste Jahrhundert seine Flügel über die Dächer von Hingawana gebreitet, schneller und wuchtiger als die stärksten Winde des Harmattan seit Menschengedenken.

Bereits am Mittag des nächsten Tages pumpte eine elektrische Hydraulikanlage aufbereitetes Wasser aus einem tiefen Brunnen in ein drei Kilometer langes Rohr, das zu einem wunderhübschen Springbrunnen mitten auf dem Dorfplatz führte. Die Frauen versammelten sich darum, als sei er das Wunder, auf das sie seit ihrer Geburt gewartet hatten.

Am Rande des Dorfes entstand wie von Zauberhand ein Fertighaus mit zwei Schlafzimmern, einem Wohnzimmer, Küche und Bad, die beide über fließendes Wasser verfügten, sowie einer großen überdachten Terrasse. Es war für Aziza und ihre beiden Kinder bestimmt.

Und jeder Dorfbewohner, der es wünschte, konnte kostenlos seine Lumpen gegen schöne bunte Kleider eintauschen.

Doch von all den wunderbaren Neuerungen, die die fremden Weißen mitbrachten, löste das Fußballfeld die größte Begeisterung aus: mitsamt zwei nagelneuen, weiß gestrichenen Toren, Netzen, Lederbällen, den roten Hemden und weißen Hosen oder grünen Hosen und gelben Hemden der beiden Mannschaften sowie den schwarzen Fußballschuhen mit passenden Socken.

Am späten Nachmittag, als die Hitze des Tages allmählich nachließ, gaben Fremde und Einheimische unter den lauten Anfeuerungen und dem tosenden Beifall ihrer jeweiligen Anhänger ihre Ballkünste zum Besten.

Oscar wusste genau, was er tat.

In Afrika liebt man den Fußball.

Die wenigen Bewohner von Hingawana, die eine ungefähre Vorstellung davon hatten, wer George Bush war, verabscheuten ihn, Ronaldo dagegen war jedem im Dorf bekannt und wurde von allen bewundert.

Sogar der Kaid konnte der Versuchung nicht widerstehen, dem Spektakel beizuwohnen. Gefolgt von zwei Dienern, die sich jede Stunde dabei abwechselten, ihn mit einem ausladenden roten Sonnenschirm vor den Sonnenstrahlen zu schützen, begab er sich hoch zu Ross langsam und majestätisch zum Fußballfeld. Dort beobachtete er vom Sattel aus den Verlauf der seltsamen Begegnung.

Villeneuve hatte die Rolle des Schiedsrichters übernommen, die er streng und unparteiisch ausfüllte.

Am Ende gewannen die Einheimischen fünf zu drei.

Der Torhüter der Gastmannschaft, ein Elektriker, konnte besser Kabel verlegen als Bälle halten.

Nach dem Spiel begaben sich alle gemeinsam in die Duschräume, wo sich die Fremden mit eigenen Augen davon überzeugten, dass es für die meisten Spieler der gegnerischen Mannschaft die erste Dusche ihres Lebens war.

Die Sonne stand bereits tief am Horizont. Der Sonnenschirm war mittlerweile überflüssig, weshalb der Kaid seine Diener mit einer Handbewegung entließ.

Dann ritt er auf die Stelle zu, wo Oscar auf dem Verdeck seines Geländewagens das Spiel beobachtet hatte, und rief: »Du überraschst mich. Normalerweise besticht man die Führer, damit sie gegen die Interessen des Volkes handeln. Du dagegen versuchst, ein ganzes Volk zu kaufen, damit es sich gegen die Interessen seiner Führer auflehnt.«

»Du findest also, dass man ein Volk kauft, wenn man ihm zu essen und trinken gibt oder harmlose Vergnügen wie Abenteuerfilme oder Fußballspiele bietet?«, entgegnete Oscar in einem Ton, der Überraschung, aber auch eine Spur Ironie ausdrückte.

»Ich bin nicht so viel herumgekommen wie du. Mein Vater schickte mich nur für ein Jahr nach London, aber ich habe trotzdem etwas gelernt, wenn auch nicht viel. Zugegeben, deine Absichten sind aufrichtig und lobenswert, aber wenn man jemandem viel mehr gibt, als er zu haben gewohnt ist, gilt das meiner Meinung nach als Bestechung«, erwiderte der Hausa. »Du folgst dem Beispiel der Römer. Brot und Spiele.«

»Aber in einer Arena, in der es keine Gladiatoren mehr gibt und die Gläubigen nicht von Raubtieren zerfleischt werden. Genau das will ich ja verhindern, ein makabres Schauspiel. Dieselben Menschen, die sich für Fußball begeistern und ihre Mannschaft anfeuern, ohne irgendwem damit Schaden zuzufügen, geraten von einem Augenblick auf den anderen in Wallung und steinigen eine unschuldige Frau langsam und grausam zu Tode.«

»Da hast du Recht«, gestand der Kaid. »Du weißt, dass du auf meine Hilfe zählen kannst, aber ich habe Bedenken, dass dir alles aus dem Ruder laufen könnte. Wenn du mich fragst, sind es zu viele Veränderungen auf einmal, und sie kommen zu schnell.«

»Aber deine Leute scheinen glücklich und zufrieden zu sein.«

»Das ist das Schlimme, mein Freund!«, sagte der Kaid und tätschelte seinem Schimmel den Hals. »Mein Volk war nie glücklich und zufrieden. Meine Vorfahren wussten, wie man mit Hunger, Durst, Leid und Entbehrungen fertig wird. So kamen sie auf die Welt, und so verließen sie sie wieder.«

Er grinste von einem Ohr zum anderen wie ein Lausbub.

»Aber ich kann dir versichern, sie haben nicht die geringste Ahnung davon, wie man mit dem Überfluss umgeht, den du ihnen vor die Nase setzt.«

»Das bringe ich ihnen schon bei«, antwortete Oscar gelassen.

»Du bist damit aufgewachsen, du hast es im Blut. Ich weiß nicht, ob man das in ein paar Unterrichtsstunden lernen kann, und ich bin mir auch nicht sicher, ob es sich überhaupt lohnt, etwas zu lernen, das man wieder vergessen muss, sobald du weg bist. Dann werden die Menschen unglücklicher und trauriger sein als zuvor.«

»Wir lassen ihnen alles hier«, versprach Oscar. »Ich halte immer Wort.«

»Daran habe ich keinen Augenblick gezweifelt«, versicherte der Kaid, der sich im Sattel offensichtlich genauso wohl fühlte wie auf einem der weichen Kissen in seinem alten Palast. »Vom ersten Augenblick an wusste ich, dass du zu den Männern gehörst, die genau wissen, was sie wollen, und keine Ruhe geben, bis sie ihr Ziel erreicht haben. Aber ich warne dich. Dieses Mal hast du es mit einem Feind zu tun, gegen den du noch nie gekämpft hast: dem Glauben.«

»Dem Glauben oder dem Fanatismus?«

»Fanatismus ist der Glaube der Unwissenden, aber gerade deshalb ist er auch unberechenbarer und gefährlicher. Fanatiker schalten ihren Verstand aus, deshalb sind sie so leicht zu beeinflussen.«

»Ich sehe, dass du in London eine Menge gelernt hast.«

»Das lernt man nicht in London, sondern in Nigeria«, entgegnete der Kaid, während er sanft am Zaum des Pferdes zog.

»So, gleich ruft der Muezzin zum Gebet. Ich muss so wie jeden Abend in die Moschee, um zu sehen, was der verfluchte Hundesohn von Sehese Bangu im Schilde führt.«

Gemächlich ritt der Kaid davon. Oscar blieb reglos sitzen und sah ihm besorgt nach. Villeneuve tauchte neben ihm auf und deutete mit dem Kinn auf den Reiter, der sich allmählich in der Dämmerung verlor.

»Und? Was sagt er?«

»Er macht sich Sorgen, was ich sehr gut verstehen kann. Er ist ein kluger Mann und fürchtet genauso wie ich, dass die Angelegenheit sich schwieriger gestalten könnte, als wir gedacht haben.«

»Ich habe dich gewarnt. Oft reicht guter Wille allein nicht aus, vor allem in Gegenden wie dieser.«

»Was für andere Mittel stehen uns zur Verfügung?«, erwiderte Oscar ungehalten. »Ich kann nur das tun, was ich gelernt habe.«

»Ja, ich weiß«, pflichtete ihm der Journalist bei. »Trotzdem begreife ich nicht, warum du es tust.«

»Wahrscheinlich, weil der Kapitän genauso gehandelt hätte.«

»Kapitän Cousteau?«

»Wer sonst?«

»Dass er Afrikanerinnen vor dem Tod gerettet haben soll, ist mir neu.«

»Er wollte alles retten. Die Tiere, die Meere, das Land, ja sogar die Luft, die wir atmen«, erklärte Oscar lächelnd. »Ich gehöre einer Generation an, die vom Kapitän gelernt hat, das Leben, die Natur und wehrlose Geschöpfe zu respektieren. Viele haben ihn vergessen, doch meine Erinnerung an ihn ist sehr lebendig. Hätte er es mit einem solchen Fall zu tun gehabt, hätte auch er versucht, ihn auf meine Art zu lösen – da bin ich ganz sicher.«

»Wirklich, manchmal frage ich mich, ob du ganz richtig im Kopf bist.«

»Die Mühe kannst du dir sparen«, antwortete Oscar gelassen. »Ich bin es nicht. Und ich gebe zu, dass ich mich wie ein dummer Junge aufführe, der seine Helden anhimmelt und immer noch an die Güte und die Gerechtigkeit glaubt. Das gefällt mir nun mal. Ich kann es mir leisten und habe ohnehin nichts Besseres zu tun.«

Oscar beobachtete, wie die letzten Zuschauer den Fußballplatz verließen und angeregt über die Ereignisse der seltsamen Begegnung plauderten. Er wandte sich zu Villeneuve um und lächelte leicht.

»Damals, als ich so furchtbar krank und schwach war, dass ich an manchen Tagen nicht einmal die Kraft hatte, ein

Buch zu halten, da habe ich diesen alten Mann bewundert. Er war weltberühmt, er hätte sich auf sein Altenteil zurückziehen und das Leben genießen können. Trotzdem zog er es vor, an Bord der ›Calypso‹ zu bleiben, den Stürmen zu trotzen und sein Leben unter Haifischen zu riskieren. Er lebte so, als wäre jede Minute die letzte und als ob er auf dieser Welt noch tausend Dinge zu erledigen und zu entdecken hätte. ›Wenn ich wieder gesund werde, will ich werden wie er‹, schwor ich mir damals. Tja, nun bin ich gesund, und ich werde mir alle Mühe geben, ihm nachzueifern, obwohl mir natürlich klar ist, dass ich mich nie mit ihm messen kann.«

Villeneuve ließ einen vielsagenden Blick über seine Umgebung schweifen und erwiderte spöttisch: »Hm, bist du da nicht auf dem Holzweg? Cousteau war ein Mann des Meeres, und soweit ich weiß, befinden wir uns hier am Rande der Sahara, fast zweitausend Kilometer vom Meer und dem ersten Hai entfernt.«

»Ich habe einmal einen Satz gelesen, der mich sehr beeindruckt hat. ›Der Geist eines Seemanns kann ins Landesinnere eindringen, die Männer des Landes dagegen fürchten das Meer, weshalb sich ihr Geist nie weiter als ein paar Meter von der Küste entfernt.‹«

»Dem kann ich nur beipflichten«, nickte Villeneuve eifrig. »Das Einzige, was mir am Meer gefällt, ist das Rauschen.«

Am späten Vormittag des nächsten Tages erhielt Oscar eine Nachricht von einem der Anstreicher, die Azizas neuem Haus den letzten Schliff verpassten.

Die junge Frau wünschte, ihn zu sprechen.

Nervös wie ein Abiturient, der sein Abschlusszeugnis entgegennimmt, machte er sich auf den Weg zu ihr. Als er sich dem Haus näherte, entdeckte er verblüfft, dass sie am großen Fenster ihres Wohnzimmers stand und ihm mit einer Handbewegung zu verstehen gab, einige Meter entfernt stehen zu bleiben.

»Entschuldige, wenn ich dich auf diese Art empfange«, erklärte sie. »Aber das Gesetz verbietet, dass ich einen Mann im Haus empfange, wenn ich nicht in Begleitung von zwei Frauen oder einem engen Verwandten bin. Man könnte mich erneut des außerehelichen Geschlechtsverkehrs beschuldigen. Und dich auch.«

»Mein Gott, das hätte noch gefehlt!«

»Wenn man mich noch einmal anzeigt, müsste die Strafe sofort ausgeführt werden. Ich hätte keine Aussicht mehr auf Begnadigung. Und dich würden sie zu Stockhieben oder einer langen Haftstrafe verurteilen.«

»Wenn das so ist, bleibe ich lieber hier stehen, obwohl mir die Sonne ganz schön zusetzt.«

»Darüber wollte ich mit dir sprechen.«

»Über die Sonne?«, entgegnete Oscar verblüfft.

»Über die Sonne, den Sand und den Wind«, erklärte die junge Frau. Sie hatte gebadet, sich das Haar gekämmt und ein schlichtes grünes Kleid angezogen, das ihre schräg stehenden riesigen Augen, deren Farbe sich offenbar nach

Tageszeit und Laune veränderte, noch stärker zur Geltung brachte. Sie trug keinerlei Schmuck, und trotzdem strahlte ihre Schönheit wie ein kostbarer Edelstein unter der sengenden Sonne.

»Verstehe ich nicht.«

»Es ist ganz einfach«, erwiderte sie, und dann erhellte ein leichtes Lächeln ihr ernstes, sorgenvolles Gesicht. »Aber vorher möchte ich dir für das Haus danken. Es ist beinahe noch schöner als der Palast des Kaids.«

»Trotzdem habe ich das Gefühl, dass dir irgendetwas daran nicht gefällt«, antwortete Oscar, dem mittlerweile der Schweiß in Strömen über die Stirn lief. Die Sonne brannte ihm unbarmherzig auf den Rücken.

»Das Haus an sich gefällt mir sehr«, widersprach sie. »Es ist wunderbar, nur steht es falsch herum.«

»Falsch herum?«, wiederholte Oscar verdutzt. »Was meinst du mit falsch herum? Das Dach ist oben und das Fundament steht auf dem Boden. Wie sollte es sonst stehen?«

»Es ist nach Norden ausgerichtet.«

»Na und?«

»In dieser Gegend wohnt man nicht in einem Haus, das sich nach Norden öffnet. Im Norden liegt die Wüste. Vom Norden her weht die meiste Zeit im Jahr der Wind. Sobald man die Tür oder die Fenster öffnet, dringt der Sand bis in die Küche und vermischt sich mit dem Getreide. An manchen Tagen ist der Harmattan derart stark, dass man die Tür erst gar nicht aufbekommt, wenn sie nach Norden geht.«

»Bemerkenswert«, antwortete der Monegasse. »Darauf wäre ich nie gekommen.«

»Du konntest das natürlich nicht wissen, aber wenn du dir die Hütten und Häuser im Dorf angesehen hättest, wäre dir nicht entgangen, dass alle Maueröffnungen nach Süden hinausgehen. Wir bauen die Gassen nicht aus Platzmangel oder aus einer Laune heraus so schmal, sondern damit sie uns Schutz vor Sonne und Wind bieten.«

»Jetzt, wo du es sagst ... Mit solchen Dingen habe ich natürlich noch keine Erfahrung, und meine Techniker auch nicht.«

»Ja, deshalb wollte ich dich darauf aufmerksam machen. Als ich vor ein paar Tagen im Palast des Kaids auf dich wartete, konnte ich einen Blick auf das Modell werfen, so nennt man es doch, oder? Und auf die Zeichnungen und Pläne von dem wunderschönen Dorf, das du bauen willst. Wenn du es aber so baust, wie es auf den Plänen gezeichnet ist, mit breiten Straßen und Häusern, von denen sich die Hälfte nach Norden öffnet, werden die Leute bald wieder in ihre alten Hütten zurückkehren.«

In ihren unglaublichen Augen leuchtete ein schelmischer Funke, als sie hinzufügte: »Was aber noch schlimmer ist: Wenn du den Dorfbewohnern deine Pläne zeigst, werden sie dich auslachen.«

»Wäre das so schlimm?«

»Sehr schlimm sogar. Ich kenne mein Volk«, erklärte die junge Frau. »Wenn die Leute nicht zu dir aufschauen und dich bewundern, werden sie dich niemals respektieren. Du würdest weder mich noch eines meiner Kinder retten können.«

»Ich verstehe. Das leuchtet mir ein.«

»Gut. Da du meine einzige Hoffnung bist, weiter am Leben zu bleiben, muss ich auf dich genauso aufpassen wie du auf mich. Allein, dass du dieses Haus falsch herum gebaut hast, wird Sehese Bangu ausnutzen, um dich in den Augen der anderen lächerlich zu machen. Solche Fehler darfst du dir nicht leisten.«

»Nächstes Mal frage ich dich vorher. Du bist sehr klug, und ich lerne schnell. Übermorgen hast du ein neues Haus, das richtig herum gebaut ist.«

»Ein neues Haus?«, wiederholte Aziza entsetzt. »Das ist nicht nötig. Dieses gefällt mir. Du musst nur die Tür an die andere Wand setzen.«

»Kommt nicht in Frage. In meinen Unternehmen gelten

feste Grundsätze: Beim kleinsten Fehler wird alles erneuert. Übermorgen hast du ein noch schöneres Haus mit dem Eingang im Süden. Welche Farbe wäre dir am liebsten?«

»Bist du völlig verrückt geworden?«

»Ja, das bin ich schon lange«, entgegnete Oscar, an dem mittlerweile der Schweiß in Strömen herablief. »Sag mir, wann du dem Kaid die Namen geben wirst, um die er dich gebeten hat.«

»Glaubst du wirklich, dass ich das tun sollte?«

»Er hat gesagt, es sei deine einzige Hoffnung, falls du am Leben bleiben willst.«

»Aber was würde aus meiner Schwester und ihren Kindern, wenn man Hassan ins Gefängnis steckt? Ihnen stünde dasselbe Schicksal bevor wie mir. Früher oder später würde man auch sie steinigen.«

»Das glaube ich nicht. Wenn dem Gesetz Genüge getan wird und die wahren Schuldigen für ihre Verbrechen bestraft worden sind, werden andere es sich zweimal überlegen, ob sie ein Verbrechen begehen, für das sie in Zukunft nicht mehr straffrei ausgehen würden.«

»Da bin ich mir nicht so sicher.«

»Vertrau mir«, ermahnte sie Oscar, der das Gefühl hatte, gleich einem Hitzschlag zu erliegen. »Außerdem wärst du die erste Frau, der es gelingen könnte, die menschenverachtenden Sitten und Gebräuche zu verändern, die das Leben der Menschen beherrschen. Bislang hat es niemand gewagt, gegen sie anzugehen. Du könntest ein Vorbild für alle Frauen werden.«

»Das ist mir nicht wichtig«, gab sie mit rauer, aber fester Stimme zurück. »Ich will nur, dass meine Kinder gerettet werden. Und wenn möglich, auch mein Leben. Ich möchte sehen, wie sie aufwachsen.«

»Dann gib dem Kaid die Namen.«

»Der Preis ist zu hoch.«

»Der Preis für ein Leben ist nie zu hoch. Das Leben ist das

Wertvollste, was wir auf dieser Erde besitzen. Und deines steht nun auf dem Spiel.«

»Das meiner Schwester auch.«

»Deine Schwester wäre nicht in Gefahr. Schlimmstenfalls könnte ich ihr die Möglichkeit verschaffen, sich irgendwo anders niederzulassen, ohne sich Sorgen um ihre Zukunft machen zu müssen. Dir übrigens auch. Du weißt ja, am Geld soll es nicht scheitern.«

»Ja, daran scheint es dir nicht zu mangeln, aber meine Schwester liebt ihren Mann. Ich glaube nicht, dass sie glücklich wäre, wenn er im Gefängnis sitzt. Egal, wie viel Geld du ihr gibst.«

»Dieser Mann gehört ins Gefängnis, und daran ist er selbst schuld«, entgegnete Oscar überraschend barsch. »Er hatte mehr als jeder andere auf der Welt die Pflicht, dich zu beschützen, schließlich hast du unter seinem Dach gelebt. Stattdessen vergewaltigt er dich mit seinen Freunden. Wäre ich in deiner Lage, würde ich keinen Augenblick zögern, ihn den Löwen zum Fraß vorzuwerfen.«

»Du bist es aber nicht. Zum Glück ist sonst niemand in meiner Lage. Oder ist das ein Unglück? Sag dem Kaid, dass ich darüber nachdenken will und ihm morgen Bescheid gebe.«

»Ich hoffe, dass du vor allem an dich und deine Kinder denkst. Ich muss gehen. Wenn ich auch nur eine Minute länger in dieser Sonne stehen muss, falle ich tot um.«

Mit letzter Kraft taumelte er im grellen Licht des afrikanischen Mittags zu dem komfortablen, klimatisierten Wohnwagen zurück, in dem er sein Büro eingerichtet hatte. Nach einer ausgiebigen Dusche, die ihn wieder in die Welt der Lebenden zurückversetzte, trommelte er die wichtigsten Mitarbeiter seiner Mannschaft in einem großen weißen Zelt zusammen, das ihnen als Hauptquartier diente. Ohne sich lange mit einer Vorrede aufzuhalten, erklärte er: »Wir müssen die Häuser umdrehen!«

Die Versammelten brauchten eine Weile, bevor sie reagierten.

»Was soll das heißen?«, fragte schließlich der Chefingenieur.

»Nun, soeben habe ich meine erste afrikanische Lektion gelernt. Und ich werde das seltsame Gefühl nicht los, als wäre es nicht die letzte gewesen«, erklärte Oscar überzeugt. »Hier bestimmt ausschließlich die Natur den Lauf der Dinge, und wer sich ihr in den Weg stellt, hat das Nachsehen.«

»Könnten Sie sich etwas genauer ausdrücken?«

»Ich will es versuchen«, gab Oscar zurück und nickte mehrmals. »In Europa sind wir ein starkes Unternehmen, das ganze Stadtteile, Brücken oder Jachthäfen bauen kann. Hier draußen, in der afrikanischen Einöde, haben wir es mit einer anderen Welt zu tun. Deswegen ist es unerlässlich, dass wir uns Rat holen, wenn wir nicht bei jedem Schritt ins Fettnäpfchen treten wollen. Das Haus, das wir praktisch im Handumdrehen für Aziza gebaut haben, ist unbewohnbar, weil es sich nach Norden öffnet. Ich möchte, dass bis morgen früh alle Pläne dementsprechend geändert werden. Die Häuser müssen enger aneinander gebaut werden, mit schmalen Gassen, die vor dem Wind schützen, und mit breiten Markisen wie in Andalusien oder Marokko.«

Er machte eine Pause und fuhr dann energisch fort: »Hört auf das, was die Einheimischen sagen; ich will nicht, dass sich ein solcher Fehler wiederholt.«

»Zu Befehl, Chef.«

»Übermorgen soll diese Frau ein noch größeres und schöneres Haus erhalten, mit einem großen überdachten Eingang nach Süden hin! Ist das klar?«

Sie nickten.

»Na schön, dann nichts wie an die Arbeit, und dass mir keiner die Kelle aus der Hand legt, bis Aziza in ihrem neuen Haus schlafen kann.« Dann hob er die Hand. »Ach ja, und baut ihr einen Pool!«

»Einen Pool?«, fragte der Bauleiter besorgt. »Einen echten Pool mitten in der Wüste?«

»Jawohl! Falls es euch noch nicht aufgefallen ist, ein Pool in der Wüste ist erheblich nützlicher als einer im Schnee.«

»Schon möglich, aber woher sollen wir in der Wüste Fiberglas, wasserfeste Farbe, Pumpen und Filter für einen Pool bekommen? Ganz zu schweigen von der Tatsache, dass die Einheimischen uns vermutlich geradewegs in die Wüste schicken, wenn wir das ganze Wasser aus ihren schäbigen Brunnen aufbrauchen.«

»Fiberglas, Farbe, Pumpen und Motoren, Filter und alles andere lasst ihr einfliegen. Das Wasser holt ihr mit Tanklastern aus dem Niger oder irgendeinem anderen Fluss in der Nähe.«

»Na, prima. Aber schließlich ist es nicht mein Geld.«

»Du sagst es. Wer das Geld hat, bestimmt, was gemacht wird.«

»Niemand bezweifelt das, Chef. In weniger als einer Woche kann die Dame in ihrem Pool baden. Versprochen.«

»Darum geht es nicht, mein Junge!«, wies Oscar ihn zurecht. »Der Pool soll nicht gebaut werden, damit die Dame, wie du sie nennst, darin schwimmen kann. Das wird sie wahrscheinlich nie tun, weil sie vermutlich gar nicht schwimmen kann. Wir bauen den Pool, um allen zu zeigen, dass wir Dinge schaffen, die sonst niemand fertig brächte. Das beeindruckt die Menschen. Der Beweis dafür ist, dass die Bewohner aus den benachbarten Dörfern bereits hier aufkreuzen und eifersüchtig beobachten, was in Hingawana vor sich geht.«

»Solange sie nicht anfangen, andere Frauen zum Tode zu verurteilen, um dasselbe zu bekommen ...!«, gab der Chefingenieur spöttisch zurück. »Nicht, dass die Medizin die Krankheit verschlimmert und wir ein ganzes Leben damit verbringen, in Nigeria Dörfer zu bauen.«

»Jedem von euch steht es frei, zu gehen ...«, erwiderte Oscar ruhig. »Ihr alle arbeitet seit Jahren für mich. Bislang habt ihr immer gutes Geld verdient, und die Arbeit war nicht sonderlich hart. Nun ist der Augenblick gekommen, mehr von euch zu verlangen. Wahrscheinlich fragt ihr euch längst, was zum Teufel wir hier verloren haben. Aber das ist meine Privatsache, und ich werde erreichen, was ich mir vorgenommen habe – koste es, was es wolle!«

»Wäre es nicht klüger und vor allem billiger, ein paar Söldner anzuheuern, um die Frau mit Gewalt zu befreien?«, fragte Villeneuve aus der Menge. »So, wie es aussieht, würden sie auf keinerlei Widerstand stoßen.«

»Ich gebe zu, dass ich mit einem solchen Gedanken gespielt habe, aber dann habe ich ihn verworfen«, antwortete Oscar aufrichtig. »Ich glaube nicht, dass man mit Gewalt etwas verändern kann. Vermutlich bin ich dieser Überzeugung, weil meine Familie ein Leben lang vor der Gewalt fliehen musste. Ich habe sie immer abgelehnt, und wenn ich sie selbst anwenden würde, weil es mir gelegen kommt, müsste ich meine eigenen Ideale verraten. Ich baue mehr auf Dialog und Überzeugungskraft.«

»Und auf die Macht des Geldes ...«, rief jemand dazwischen.

»Jawohl, auch auf die Macht des Geldes«, wiederholte Oscar selbstbewusst. »Dafür ist es da.«

»Aber mit dem Geld, das du für die Häuser, einen Pool, den Fußballplatz und alles andere ausgeben willst, könntest du viel dringendere Probleme lösen. Vor allem auf einem Kontinent, wo die Menschen an Hunger sterben«, gab Max Theroux zu bedenken.

Er war der Arzt, der ihn seit seiner Kindheit behandelte und sich nicht davon hatte abbringen lassen, ihn auf dieser Expedition zu begleiten.

»Mehr als die Hälfte der afrikanischen Bevölkerung leidet unter Hunger, Tuberkulose, Malaria und Aids, ganz zu schweigen von Dürrekatastrophen, Überschwemmungen und endlosen Kriegen. Willst du meine ehrliche Meinung hören? Ich halte es für übertrieben, so viel Geld auszugeben, um einen einzigen Menschen zu retten, während Millionen von Kindern auf der Welt sich selbst überlassen werden.«

Oscar antwortete nicht sofort. Er schenkte sich Limonade aus einer Kanne ein, die in einer Ecke des Zeltes auf dem Tisch stand, und nickte ein um das andere Mal vor sich hin. Als er schließlich antwortete, sah er nicht seinen Freund an, der ihn so viele Jahre aufopfernd behandelt und ihm in Todesnähe zur Seite gestanden hatte, sondern richtete sich an die Versammelten, die bereits neugierig auf seine Erklärung warteten.

»An dem, was du gesagt hast, ist etwas Wahres«, räumte er schließlich ein. »Die Ausgaben sind in der Tat unverhältnismäßig hoch, wenn man bedenkt, wie wenig für die vielen anderen bedürftigen Menschen zur Verfügung steht. Deren Leben ist genauso viel wert, wie das dieser Frau. Trotzdem, ich habe lange darüber nachgedacht. Weder mein gesamtes Vermögen noch tausend andere wie das meine könnten die unermesslichen Probleme eines Kontinents lösen, den die Welt vergessen hat. Es ist euch bestimmt nicht entgangen, dass die Medien uns ständig mit Bildern von Müttern bombardieren, die ihre ausgehungerten Kinder in den Armen halten. Trotzdem bewirken sie so gut wie nichts. Denn das geht schon so lange so, dass die Menschheit praktisch immun gegen diese Bilder des Elends geworden ist ...« Sein Blick schweifte langsam über die Männer. »Oder stimmt das nicht?«

»Doch, leider hast du Recht«, räumte Villeneuve ein. »Als Journalist weiß ich, dass eine ständig wiederholte Nachricht auf kein Interesse mehr stößt, egal, wie schrecklich sie sein mag.«

»Eben!«, rief Oscar. »Seit ich denken kann, sehe ich diese Bilder. Sie berühren mich immer noch, aber sie schockieren mich nicht mehr.«

Er hielt inne, als wollte er seinen Worten Nachdruck verleihen.

»Aber als ich im Radio hörte, mit welcher Selbstverständlichkeit Aziza ohne ein Wort der Klage über ihr Schicksal berichtete, das in Wirklichkeit das eines ganzen Kontinents ist, da traf es mich wie ein Blitz. Ich war tief berührt, ja, betroffen«, fügte er hinzu und trommelte dabei mit den Fingerspitzen leicht auf den Tisch. »Und wollt ihr wissen, warum? Weil mir in diesem Augenblick bewusst wurde, dass Aziza ein Medium ist. Es gibt Frauen, die schöner, attraktiver, gebildeter und intelligenter sind, aber sie hat etwas, das man weder fassen noch erklären kann. Sie hat Charisma. Sie besitzt eine Magie, die unsere Blicke anzieht. So, wie ein besonders fotogener Mensch das Auge der Kamera anzieht und von dieser in einen Filmstar verwandelt wird, obwohl er sich ansonsten von anderen Menschen nicht besonders abhebt.«

»Das stimmt«, nickte der Arzt. »Diese Frau zieht die Aufmerksamkeit auf sich wie ein Magnet. Und man fühlt sich in ihrer Gegenwart wie das sprichwörtliche Kaninchen vor der Schlange.«

»Genau! Sie versetzt ihre Zuhörer und vor allem den, der sie ansieht, in eine Art Hypnose. Sie fesselt jeden, mit dem sie zusammentrifft, Mann oder Frau. Gerade deshalb bin ich fest davon überzeugt: Wenn es uns gelingt, sie vor dem Tod zu retten, was zugegebenermaßen nicht leicht sein dürfte, kann ihr Foto für die Hungernden in Afrika viel mehr tun als die Flut von Bildern in den Medien.«

»Willst du etwa einen Star aus ihr machen?«, entgegnete Theroux irritiert.

»Sie ist bereits einer«, antwortete Oscar ohne zu zögern. »Vor allem, weil sie Wahrhaftigkeit ausstrahlt, wenn sie das entsetzliche Leid, das ihr widerfahren ist, vollkommen stoisch und ohne Groll akzeptiert. Das ist das wahre Afrika. Ein Kontinent, der klaglos sein grausames Schicksal erträgt, und obendrein von einem fanatischen Fundamentalismus beherrscht wird, der die Unerbittlichkeit der Natur noch zu übertreffen sucht.«

»Aber wie wollen Sie dagegen angehen?«, fragte der Chefingenieur, der die kontroverse Diskussion aufmerksam verfolgt hatte.

»Das ist mir noch nicht klar«, antwortete Oscar aufrichtig. »Ich weiß nur, dass wir als Erstes dafür sorgen müssen, diese Frau zu retten. Ich habe einen guten Riecher für Geschäfte und spüre meistens, wo Gewinn zu holen ist, ohne mich eingehender damit zu befassen. Mein sechster Sinn sagt mir, dass Aziza ein Rohdiamant ist, der eine Menge Gewinn abwerfen wird. Dieser käme allerdings nicht mir zugute, und zum Glück brauche ich ihn auch nicht. Er ist für diejenigen bestimmt, die es wirklich nötig haben, dass man sich um ihr Elend kümmert.«

Emir Ouday Moulay traf spät in der Nacht in Hingawana ein.

Er war müde und äußerst schlecht gelaunt. Die abgenutzten Reifen des klapprigen Pick-ups, der ihn von seinem komfortablen, klimatisierten Haus in Kano zu dem gottverlassenen, heißen Dorf an der Grenze gebracht hatte, waren unterwegs zwei Mal geplatzt, und der Motor war ständig heiß gelaufen. Die Fahrt, die ohnehin anstrengend genug war, entwickelte sich zu einem wahren Albtraum.

Er wollte nur noch eine Kleinigkeit essen und sofort danach schlafen gehen.

Umso unangenehmer war die Überraschung, als Sehese Bangu plötzlich aufgebracht in dem staubigen kleinen Zimmer auftauchte, in dem er eingekehrt war. Auf die Bequemlichkeit im Palast des Kaids hatte der Emir demonstrativ verzichtet.

Bangu küsste ihm unterwürfig die Hand und sagte mit schriller Stimme, die den Emir noch mehr auf die Palme brachte:

»Sei gegrüßt, großer Herr! Gesegnet sei die Stunde, in der Allah dich schickt, und gesegnet seist auch du, dass du so schnell auf meinen Hilferuf reagiert hast. Niemand ist würdiger als du, um …«

Der Emir unterbrach ihn mit einer brüsken Geste, die Zeugnis von seiner Gemütsverfassung ablegte.

»Erspar mir das dumme Geschwätz, und komm auf den Punkt!«, fuhr er ihn an. »Was ist so dringend, dass du so einen Aufruhr veranstaltest?«

»Es ist wegen der Fremden, Herr. Diesem Haufen von Ungläubigen, die über uns hergefallen sind wie die Heuschrecken, um unsere Seelen zu fressen.«

»Ja«, antwortete der Emir und schüttelte sichtlich angewidert den Kopf. »Ich habe von ihnen gehört und auch von den erstaunlichen Dingen, die sie im Dorf anstellen. Trotzdem verstehe ich nicht, warum es um Leben oder Tod geht und meine Anwesenheit so dringend ist, wie du mir hattest ausrichten lassen.«

»Sie wollen verhindern, dass die Frau gesteinigt wird, die du rechtmäßig wegen außerehelichen Geschlechtsverkehrs zum Tode verurteilt hast.«

»Unsinn!«, entgegnete der Emir ungehalten. »Gesetz ist Gesetz, niemand kann sich ihm widersetzen.«

»Kaid Ibrahim Shala, dieser verfluchte Verräter, steckt mit den Ungläubigen unter einer Decke. Er unterstützt sie. Außerdem schlagen sich offensichtlich immer mehr Dorfbewohner auf ihre Seite, weil sie von den weißen Teufeln verführt wurden.«

»Ja, auch das ist mir zu Ohren gekommen«, räumte der Emir widerwillig ein. »Aber weder dieser Dummkopf Ibrahim noch die ganze Einwohnerschaft können verhindern, dass das Urteil der Scharia vollstreckt wird. Nur du, ich und meine beiden Richterkollegen wären berechtigt, das Todesurteil aufzuheben, und von denen denkt bestimmt keiner daran, Kano zu verlassen.«

»Das könnte sich allerdings bald ändern. Vor allem wenn zweifelsfrei ermittelt wird, wer Aziza Smain vergewaltigt hat«, erklärte der Imam der Moschee von Hingawana. »Einer der Täter muss notgedrungen der Vater des Kindes sein. Dann wären wir gezwungen, das Gerichtsverfahren neu aufzurollen, oder etwa nicht?«

Zum ersten Mal schien Ouday Moulay seinen sprichwörtlich kühlen Kopf zu verlieren. Er straffte nervös den Rücken und brummte missmutig: »In der Tat! Es wäre mehr als ärgerlich, wenn man herausfände, wer der Vater des Kindes ist.

In diesem Fall verlangt das Gesetz der Scharia, dass beide bestraft werden.«

»Diese Gefahr besteht.«

»Warum sollte man jetzt herausfinden, wer der Vater ist, wenn es vorher nicht möglich war? Während des Verfahrens hatte die Frau Zeit genug, um die Männer zu beschuldigen, die sie vergewaltigten. Trotzdem hat sie es nicht getan.«

»Aber nur, weil einer der Haupttäter ihr Schwager war. Und weil sie Angst hatte, man würde ihr die Kinder wegnehmen.«

»Und du glaubst, dass sie ihre Meinung geändert hat?«

»Ich fürchte, dass sie kurz davor ist. Mittlerweile scheint sie zu glauben, die hochnäsigen Fremden könnten mit Unterstützung des Kaids verhindern, dass man ihr die Kinder wegnimmt.«

»Verflucht!«, rief der erschöpfte Emir gereizt. »Scheint so, als könnte die Angelegenheit unangenehmer werden, als ich mir vorgestellt hatte.«

»Ja, vor allem, wenn man bedenkt, wie dumm diese Trottel sind. Sie haben keinen Hehl aus ihrer Tat gemacht und überall im Dorf damit geprahlt. Ein paar Geldscheine haben schon so manchem die Zunge gelöst. Und davon haben die Ungläubigen anscheinend mehr als genug.«

»Diese Schwachköpfe sind offenbar nicht nur feige Vergewaltiger, sondern obendrein so dämlich, dass sie es eigentlich gar nicht verdienen, dass wir ihre Haut retten. Trotzdem ist es meine Pflicht, dem Gesetz der Scharia Geltung zu verschaffen. Deshalb bin ich hier. Kennst du die Männer?«

»Ja, natürlich.«

»Dann sorg dafür, dass sie sich morgen in aller Frühe bei dir zu Hause einfinden«, befahl Moulay. »Und jetzt will ich schlafen, ich bin hundemüde.«

Seine Anweisungen wurden genauestens befolgt. Bei Sonnenaufgang warteten Hassan el Fasi, Mubarrak Hussein und Koto Kamuni mit bleichen Gesichtern und wackligen Beinen im Hof vor dem Haus des Imam. Er wohnte direkt neben der alten, baufälligen Moschee.

Als die Sonne vier Finger breit über dem Horizont stand, tauchte im Eingang des Gebäudes der Hausherr in Begleitung des strengen Emirs Moulay auf. Die drei Männer erhoben sich ehrfürchtig. Einem zitterten die Beine vor Angst, und er hatte Mühe, die Tränen zurückzuhalten.

Der mürrische Richter, der für seine harten Strafen berüchtigt war, musterte einen nach dem anderen. Dann setzte er sich auf einen Stuhl im Hof, schüttelte den Kopf und fragte: »Ich sehe nur drei. Wo steckt der vierte Übeltäter?«

»Dem wurde so bange, dass er sich aus dem Staub gemacht hat«, gestand Sehese Bangu schüchtern. »Niemand weiß, wo er ist, und ich glaube nicht, dass er sich in nächster Zeit wieder blicken lassen wird.«

»Der scheint mir der Klügste von allen gewesen zu sein«, murmelte der Emir.

»Und ihr drei hirnlosen Idioten! Warum habt ihr das getan?«, fragte er. Als er keine Antwort erhielt, erklärte er: »Ich kann verstehen, dass diese Frau eine Versuchung für einen Mann ist. Aber das heißt noch lange nicht, dass ich eure Tat entschuldige. Wer war der Anstifter?«

Mubarrak Hussein und Koto Kamuni warfen instinktiv Hassan el Fasi einen Blick zu, der mit gesenktem Kopf seine Schuld eingestand.

»Kein Wunder, das war zu erwarten«, sagte der Emir nachsichtig. »Du hast sie jeden Tag vor den Augen gehabt, und deine Begierde hat dich blind gemacht. Trotzdem hattest du nicht den Mut, ein derart schändliches Verbrechen allein zu begehen. Das bedeutet aber nicht, dass diese beiden stinkenden Kamele auch nur einen Deut weniger schuldig wären als du.«

»Ich wollte es nicht!«, schluchzte Hussein. »Ich schwöre es bei meiner Mutter. Ich habe mich geweigert, aber die beiden haben mich gezwungen.«

»Kein Mensch kann zu einer solchen Tat gezwungen werden. Hätte sich dein Geist widersetzt, dein Körper hätte nicht auf die weiblichen Reize reagiert. In meinen Augen bist du noch verwerflicher als die anderen. Du hast die Frau nicht nur vergewaltigt, sondern dich obendrein der Feigheit und Unterwürfigkeit schuldig gemacht.«

Der Emir seufzte, um seiner abgrundtiefen Verachtung Ausdruck zu verleihen.

Doch dann fügte er in einem versöhnlicheren Ton hinzu: »Aber bin ich nicht gekommen, um euch zu bestrafen, obwohl ich glaube, dass ihr es verdient hättet, sondern um dafür zu sorgen, dass das Urteil, das wir damals fällten, vollstreckt wird.«

Die drei Männer sahen sich erleichtert an. In ihren Augen schimmerte neue Hoffnung auf.

»Wie können wir dir helfen?«, fragte Azizas Schwager unterwürfig.

»Sorgt dafür, dass die Fremden den Dorfbewohnern nicht länger den Kopf verdrehen. Sie wollen nur ein Todesurteil verhindern, das auf unabänderlichen Gesetzen beruht.«

»Was sollen wir tun?«

»Die Wartezeit verkürzen, damit das Urteil so schnell wie möglich vollstreckt werden kann.«

»Aber sie stillt das Kind noch.«

»Das weiß ich.«

»Und dann?«

»Und dann, und dann!«, wiederholte der Emir bissig und kratzte sich gedankenverloren den dichten Bart. »Ich bin gekommen, um euch zu sagen, was ihr tun sollt – nicht, wie ihr es tun sollt.«

»Aber du bist im Gegensatz zu uns ein weiser Mann.«

»Gerade deshalb denke ich nicht daran, euch zu erklären, welche Schritte ihr in diesem heiklen Fall zu unternehmen habt.«

Er drohte ihnen mit dem Finger.

»Als Mann des Gesetzes kann ich euch nur sagen, dass Aziza Smain nicht hingerichtet werden darf, solange sie das Kind stillt.«

»Sie hat genug Milch für ein paar Monate«, gab Sehese besorgt zu bedenken.

»Schon möglich«, stimmte der Emir zu. »Aber um ein Kind zu stillen, braucht man nicht nur genug Milch in der Brust.«

»Was denn sonst?«, fragte der ängstliche Hussein verwirrt.

»Denkt mal darüber nach«, erklärte der Emir verschlagen. »Euer Leben hängt davon ab, nicht das meine. Und nun muss ich gehen. Kaid Shala erwartet mich.«

Gemächlich machte er sich auf den Weg. Auf seinen großen Gehstock gestützt, dessen Griff aus dem krummen Hauer eines Flusspferdes geschnitzt war, kämpfte er gegen die feinen Sandkörner des heißen Harmattan-Windes an, der einen Sandsturm ankündigte. In wenigen Stunden würde er Hingawana und seine Umgebung in eine wahre Hölle verwandeln. Das würde die Fremden vermutlich in Angst und Schrecken versetzen. Um so besser.

Doch schließlich kam Moulay am Palast des Kaids an. Diener mussten ihm eine Schüssel mit Wasser bringen, damit er sich den Sand vom Gesicht und von den Händen waschen konnte.

Anschließend nahm er neben dem Hausherrn Platz, der ein Glas kochend heißen Tee und Datteln servierte und ihm beiläufig erklärte, scheinbar um die Angelegenheit herunterzuspielen: »Es ist das erste Mal, dass du nach Hingawana kommst und es vorziehst, in einem schäbigen Zimmer zu übernachten, wo es von Kakerlaken wimmelt, anstatt in meinem Palast. Gibt es einen Grund?«

»Ich kam erst sehr spät an. Da ich mich nicht angekündigt hatte, wollte ich dich nicht stören.«

»Was ist der Grund für deinen plötzlichen Besuch?«

»Uns wurde berichtet, in Hingawana versuche eine Gruppe von Ungläubigen mit allen Mitteln zu verhindern, dass das Gesetz der Scharia angewendet wird.«

»Die Fremden waren bereits bei mir.«

»Das Gesetz der Scharia ist heilig, das ist dir bekannt.«

»Es ist heilig, wenn es richtig angewendet wird, was hier nicht der Fall war«, gab der Kaid ruhig zurück. »Das ist dir ebenso bekannt.«

»Du wagst es, ein Urteil in Frage zu stellen, an dem ich beteiligt war?«, fragte der Emir mit unterschwellig drohendem Ton und zupfte nervös an seinen Augenbrauen, um damit seinen Zorn zu besänftigen. »Das hieße, dass du meine Unparteilichkeit und meine Ehre in Zweifel ziehst.«

»Ich ziehe nichts in Zweifel, lieber Freund. Am allerwenigsten deine Unparteilichkeit oder deine Ehre«, beschwichtigte der Kaid gelassen, als hätte die Drohung ihn gar nicht erreicht. »Ich stelle nur fest, dass eine wesentliche Frage im Verfahren unbeantwortet blieb. Zu einem außerehelichen Geschlechtsverkehr gehören immer zwei. Man kann ihn schlecht mit sich selbst begehen. Das wäre bestenfalls Selbstbefriedigung, und darauf steht nicht die Todesstrafe.«

»Vom Masturbieren bekommt man kein Kind«, erwiderte der Emir trocken. »Wenn es ein Kind gibt, dann gab es auch Geschlechtsverkehr.«

»Wenn es ein Kind gibt, dann gibt es einen Vater, der genauso schuldig ist wie die Mutter«, erwiderte der Hausherr lächelnd und schenkte dem Emir Tee nach. »Es sei denn, wir machen uns ein christliches Wunder zu Eigen.«

»Du spielst mit dem Feuer, Ibrahim. Ich warne dich, das kann böse Folgen für dich haben.«

»Ich wüsste nicht, warum. Ich sage die Wahrheit, um das Leben und die Rechte meiner Untergebenen zu schützen, Ouday.«

»Weil du ein Urteil in Frage stellst, das du seinerzeit selbst bestätigt hast. Wenn du deine Meinung änderst, wären die Behörden von Kano und auch ich genötigt zu glauben, was die Leute reden: dass du dich vom Geld der Ungläubigen hast besudeln lassen.«

»Ich habe nichts von den Fremden bekommen. Sie haben mir nichts angeboten. Selbst wenn sie es versucht hätten, wäre es zwecklos gewesen. Du müsstest mich lange genug kennen, um das zu wissen. Sie haben lediglich bewirkt, dass ich über meine Trägheit oder Feigheit – wie du es auch nennen willst – nachgedacht habe. Wenn alles beim Alten bleibt, werde ich das Urteil genauso widerwillig akzeptieren müssen wie beim ersten Mal. Wenn aber Aziza beschließt, die Namen der Männer zu nennen, die sie vergewaltigten, hielte ich es nur für gerecht, den Fall angesichts dieser neuen Beweislage erneut zu verhandeln.«

»Warum hat sie diese Namen nicht im ersten Verfahren preisgegeben?«, fragte der Emir und bearbeitete weiter wütend seine Brauen. »Soweit ich mich erinnern kann, hat niemand sie am Sprechen gehindert.«

»Wahrscheinlich hatte sie Angst. Sie war allein und wehrlos. Jetzt ist das anders.«

»Weil diese Fremden sie beschützen.«

»Und ich auch.«

»Du hast dich also auf die Seite der Ungläubigen geschlagen?«

»Nicht auf die Seite der Ungläubigen, Ouday, sondern auf die der Gerechtigkeit. Zugegeben, ich habe einen Fehler begangen, aus Angst. Aber ich bin entschlossen, ihn nicht zu wiederholen. Aziza hat es nicht verdient, zu sterben. Ich versichere dir, dass ich alles unternehmen werde, was in meiner Macht steht, um diesen Tod zu verhindern.«

Der bärtige Emir stützte sich mit einer Hand auf seinen Gehstock aus dem Hauer eines Flusspferdes, hielt dem Kaid mit der anderen das Glas hin und bat schweigend um frischen Tee.

Eine Zeit lang dachte er nach, und als er sich seiner Argumente sicher fühlte, sagte er mit tiefer, ernster Stimme: »Du machst einen großen Fehler. Es geht nicht darum, ob diese Frau allein stirbt oder zusammen mit denen, die dieses Kind der Sünde mit ihr zeugten. Wir dürfen unter gar keinen Umständen zulassen, dass uns eine Hand voll hergelaufener Ungläubiger ihren Willen aufzwingt, unser Volk mit ihren Ideen verseucht und unsere uralten Gesetze verhöhnt.«

»Was aber, wenn sie, wie in diesem Fall, Recht haben?«

»Verstehst du nicht, dass unsere Sitten und Gebräuche und die heiligen Gesetze des Islam auf dem Spiel stehen? Ich will nicht bestreiten, dass wir in diesem speziellen Fall vielleicht etwas überstürzt entschieden haben. Aber das ist allein unsere Sache. Es war ein Fehler, begangen in gutem Glauben.«

»Er wird eine Unschuldige das Leben kosten«, entgegnete der Kaid unbeeindruckt.

»Auch die Christen machen Fehler, auch sie verurteilen Unschuldige; aber wir gehen nicht zu ihnen nach Hause, ziehen ihre Institutionen und ihre Religion in den Dreck und versuchen, ihnen den Verurteilten für ein paar Fußbälle und bunte Trikots abzukaufen. Wir wollen gleiches Recht für alle. Wir respektieren sie, und deshalb verlangen wir, dass auch sie uns respektieren.«

»Respektieren wir sie wirklich? Wenn ich mich recht entsinne, flogen einige von uns vor nicht allzu langer Zeit nach New York. Allerdings nicht mit Fußbällen oder Trikots im Gepäck, sondern mit Flugzeugen, die Tod und Zerstörung brachten.«

»Und die Konsequenzen hast du gesehen«, erwiderte der Emir ungerührt. »Dieser barbarische Akt hat niemandem genutzt. Ich war unter den Ersten, die die Gräueltaten der Terroristen verurteilt haben. Es ist jedoch sehr schwer, sie im Zaum zu halten. Schließlich erfüllen sie das göttliche Gebot, den wahren Glauben auf der ganzen Welt zu verbreiten. Dass unsere Religion die einzige ist, die ständig wächst und neue Anhänger gewinnt, während die anderen sich in einem Prozess des Verfalls befinden, ist der beste Beweis dafür, dass unser Glaube der einzig wahre ist. Mohammed war der letzte der Propheten, trotzdem sind wir Moslems schon in der Überzahl.«

»So habe ich es noch nie gesehen«, antwortete der Kaid unsicher. »Diese Informationen gelangen nicht bis in unseren entlegenen Winkel der Welt.«

»Glaub mir, die Christen sterben aus, weil sie ihrem Glauben nicht mehr treu sind. Die Zeit der Kreuzzüge ist längst vorbei. Von den vielen, die getauft wurden, üben nur wenige ihren Glauben aus. Die Juden dagegen werden nicht weniger, aber auch nicht mehr. Sie speisen sich nur vom eigenen Blut, und andere lassen sich selten zu ihrem Glauben bekehren. Den Hindus und Buddhisten geht es genauso wie den Christen, bei ihnen überleben höchstens die Traditionen. Einzig der Islam treibt neue Wurzeln. Noch in diesem Jahrhundert wird sich über die Hälfte der Menschheit gen Osten verneigen und bekennen, dass es keinen Gott außer Allah gibt und Mohammed sein Prophet ist.«

»Das werde ich nicht mehr erleben, aber ich würde mich freuen, wenn das, was du sagst, tatsächlich einträfe.«

»Der Tag wird kommen, so wahr uns Gläubigen das Paradies versprochen ist. Und wer mit zwei Konvertiten an der Hand an die Tore des Paradieses klopft, dem steht dort ein besonderer Platz zu. Daher werden wir in dem Maße wachsen, wie unsere Feinde schrumpfen.«

»Von solchen Entwicklungen verstehe ich nicht allzu viel«, gestand der Kaid aufrichtig. »Ich respektiere deine Weisheit und stimme deinen Argumenten zu. Trotzdem bin ich immer noch der Meinung, dass Azizas Tod niemandem nützt.«

»Doch. Er beweist, dass wir Moslems uns nicht kaufen lassen, egal, wie viel Geld man uns bietet.«

»Auf Kosten einer Gläubigen.«

»Sie ist bloß eine Frau.«

»Aber eine sehr bemerkenswerte Frau.«

»Eben!«

»Eben?«, wiederholte der Kaid verdutzt. »Was willst du damit sagen?«

»Dass Gott die Frauen schuf, damit sie Kinder gebären, den Haushalt führen und ihren Männern Lust bereiten, aber nicht, damit sie sich überall einmischen und Unruhe stiften. Sieh dir doch den Westen an, sein Untergang wurde an dem Tag besiegelt, an dem die Frauen die so genannte Gleichberechtigung erlangten.«

Emir Moulay hielt inne, zupfte erneut an seinen misshandelten Augenbrauen und fuhr dann überzeugt fort: »In manchen Ländern des Westens führen die Frauen inzwischen schon die Geschäfte und bekleiden sogar höchste Ämter im Staat. In den Ländern, in denen Frauen an die Macht gelangt sind, herrschen mittlerweile Anarchie und Chaos. Die Homosexualität breitet sich aus, und die Männer sind von einer derartig grauenhaften Lebensangst erfüllt, dass sie allmählich unfruchtbar werden.«

»So schlimm, wie du es darstellst, ist es nicht«, widersprach der Kaid zaghaft, aber sichtlich unsicherer und unruhiger als zuvor. »Ich befürworte nicht, dass man den Frauen mehr Rechte geben sollte. Unsere Religion hat die Rolle der Frau in der Gesellschaft genau festgelegt. Trotzdem musst du zugeben, dass die Frauen in unserer Gesellschaft allzu oft den Kürzeren ziehen und benachteiligt werden. Wäre es nicht so, hätte dieses absurde Verfahren gegen Aziza nie stattgefunden, und wir wären nicht in dieser peinlichen Lage. Wir haben die ganze Welt gegen uns aufgebracht und werden als Barbaren beschimpft.«

»Barbaren sind mir lieber als verkommene Schwächlinge. Die Geschichte lehrt uns, dass sich die Völker letztlich immer durchgesetzt haben, die von den dekadenten Zivilisationen verächtlich Barbaren genannt wurden«, erwiderte der Mann aus Kano ruhig. »Im Grunde genommen sollten wir uns freuen, wenn die Frauen unserer Feinde immer mehr Macht gewinnen, weil wir sie dann viel leichter besiegen können. Wenn es ernst wird, haben Frauen nämlich nur ein Ziel: ihr Heim und ihre Kinder zu retten. Das liegt ihnen von jeher im Blut.«

»Du sprichst darüber, als befänden wir uns schon in einem offenen Krieg mit allen Menschen, die nicht unserem Glauben anhängen.«

»Selbstverständlich! Genau so ist es. Wir führen einen fortwährenden Krieg, in dem wir Meter um Meter vorrücken und unseren Feinden keine Atempause gönnen. Und solange wir unseren Glauben nicht verraten, wird uns niemand aufhalten können. Er wird sich immer weiter verbreiten, er hat einen unaufhaltsamen Siegeszug angetreten.«

»Wie weit?«

»Bis es keinen einzigen Menschen mehr auf dieser Welt gibt, der nicht fünf Mal am Tag zum wahren Gott betet. Erst dann wird das Werk des Herrn vollendet sein, und die wahre Ewigkeit kann beginnen.«

Am späten Nachmittag flaute der Wind allmählich ab. Den ganzen Tag hatte er ununterbrochen Sand und Staub aus dem Innern der nahe gelegenen Wüste aufgewirbelt und ins Dorf geweht. Obwohl die Sonne noch nicht untergegangen war, hatte man den Eindruck, längst habe sich die Nacht über Hingawana gesenkt.

Gelegentlich hörte man am Boden den dumpfen Aufprall eines Vogels, der den unwirtlichen klimatischen Bedingungen nicht gewachsen gewesen war und seine Schwingen mitten im Flug für immer geschlossen hatte.

Jedes Mal stürzte sich ein wildes Knäuel hungriger Hunde auf den Kadaver, und niemand machte sich die Mühe, sie zu bändigen.

Der Harmattan verlor sich endlich im Süden wie ein unerwünschter Besucher, der stets im unpassendsten Augenblick erscheint und erst geht, wenn es ihm gefällt. Sand und Staub senkten sich auf die Lehmdächer der Behausungen, langsam wie Schlick auf den Grund eines Sees. Schließlich wurde es im ganzen Dorf dunkel.

Die Glühbirnen in den Gassen erloschen, die abendliche Filmvorstellung wurde abgesagt, und aus dem Springbrunnen auf dem Dorfplatz floss kein sauberes Wasser mehr. Der feine Sand hatte die Luftfilter des Generators dermaßen verstopft, dass man ihn hatte abschalten müssen, bevor er endgültig zusammenbrach.

Die meisten Klimaanlagen in den Zelten hörten auf zu summen. Nur die in den Fahrzeugen liefen noch eine Zeit lang weiter, dann zeigten auch sie erste Zeichen der Ermüdung und gaben eine nach der anderen den Geist auf.

»Südlich des Niger regnet es Wasser, nördlich davon Sand«, lautete eine alte Redensart, die sich wie so viele andere Redensarten auf jahrhundertelange Beobachtung und Erfahrung stützte.

Da, wo der Niger und sein größter Nebenfluss, der Benue, sich vereinen, bildeten sie eine klare Trennungslinie und teilten das Land in zwei Hälften: eine Zone extremer Feuchtigkeit und eine, in der absolute Trockenheit herrschte.

Regenwald und Wüste standen sich wie Feinde an den beiden Ufern des breiten Flusses gegenüber, der sich träge durch das am dichtesten bevölkerte Land des afrikanischen Kontinents schlängelte. Das Einzige, was die beiden so unterschiedlichen Landstriche gemeinsam hatten, war die unerträgliche Hitze.

Im Süden herrschte klebrige Schwüle, in der man bei jeder Bewegung Schweiß in Strömen vergoss.

Im Norden dominierte trockene Hitze wie in einem Backofen.

In Hingawana hing obendrein ständig feiner Sand in der Luft, der die Augen der Bewohner reizte und bis in ihre Lungen drang. Ständig hörte man sie hüsteln oder sich räuspern. Zunge, Gaumen, Nasenlöcher und Kehle fühlten sich an wie Schmirgelpapier.

Die Einheimischen hatten sich daran gewöhnt.

Die Europäer schnappten nach Luft wie Fische auf dem Trockenen.

Der Strom fiel aus, und die leistungsstarken Kühltruhen, die Oscars Crew mitgebracht hatte, verwandelten sich in stinkende Fallen. Tonnen von Lebensmitteln begannen in kürzester Zeit zu verfaulen.

Nichts davon war in den Plänen der weißen Europäer vorgesehen gewesen.

Niemand hatte es voraussehen können.

Oscar starrte verwundert in das braune Nichts, das ihn umgab, und fragte sich ein um das andere Mal, welche Überraschungen die Zukunft noch bereit halten mochte in diesem verwünschten Stück Land, wo der Schöpfer offensichtlich alle Übel der Welt zusammengetragen hatte.

Kurz zuvor hatte er durch den staubigen Dunst gesehen, wie eine Gruppe von Männern entschlossenen Schrittes in die Moschee gegangen war, um Gott für die Gaben zu danken, die er ihnen Tag für Tag zukommen ließ. Bei ihrem Anblick fragte er sich, wofür sie sich eigentlich bedankten, denn offensichtlich gab es keinen gottverlasseneren Ort auf der Welt als Hingawana.

Was konnte einen Menschen dazu bewegen, sich in einer derart öden Gegend niederzulassen?

Die Einheimischen durften sich den Luxus leisten, so gewissenlos zu sein, wie sie wollten. Ganz gleich, welche Sünden sie im Leben begangen hatten, die Hölle, in der sie für ihre unzähligen Verfehlungen schmoren würden, müsste ihnen im Vergleich mit ihrem täglichen Leben fast gemütlich und bequem erscheinen.

Jede Veränderung, selbst eine Bestrafung, wäre eine Wohltat für den, der seit seiner Geburt gezwungen war, in einer so menschenfeindlichen und unwirtlichen Landschaft zu leben.

Und doch hatte dieses Land eine so atemberaubende und außergewöhnliche Frau hervorgebracht. Es fiel ihm schwer, das zu verstehen.

Gab es eine plausible Erklärung für diesen Widerspruch?

Nein.

Oscar, der sich selbst gern als Illusionär und Träumer sah, obwohl er zuweilen mit der eiskalten Berechnung eines Skeptikers handelte, war zutiefst verwirrt. Zum ersten Mal seit seiner Genesung als Junge hatte er das Gefühl, dass ihm alles entglitt.

Mit einem Harmattan hatte er nicht gerechnet.

Das plötzliche Aufkommen des wütenden Sandsturms mit seinem ohrenbetäubenden Lärm und wilden Tumult hätte ihn vermutlich nicht besonders überrascht. Aber dass es einen Wind gab, der so heiß und staubig war, dass er nur lähmende Erstarrung hinterließ, wenn er endlich weiterzog, hätte er sich nie im Leben vorstellen können.

»Denn Staub bist du, und zum Staub wirst du zurückkehren.«

Man hätte meinen können, dass er bereits selbst zu Staub geworden war. Nach vier oder fünf Stunden hatten sich auch die feinsten Sandkörner zu Boden gesenkt. Ein undurchdringlicher Vorhang dunklen Staubs verdunkelte das ganze Universum, tat sich bei jedem Schritt vor Mensch und Tier auf und schloss sich hinter ihnen sofort wieder.

Man sah nicht den Mond, geschweige die Sterne am Himmel, nicht einmal die Hand vor Augen.

Als er auf die Idee kam, eine Taschenlampe anzuknipsen, gab sich der traurige Lichtstrahl sofort geschlagen: Keinen halben Meter tief vermochte er in die zerbrechliche Mauer aus Abermillionen von mikroskopisch kleinen Partikeln einzudringen, die um ihn herumschwebten.

In dieser Nacht erinnerte die Luft in Hingawana an das schmutzige Wasser einer Kloake.

Plötzlich fiel ihm ein, wie er sich vor sechs Jahren in den Kopf gesetzt hatte, in den gefährlichen Unterwasserhöhlen bei Cassis zu tauchen. Das glasklare Wasser hatte sich von einer auf die andere Minute in eine trübe Masse verwandelt. Die Bewegungen seiner Schwimmflossen hatten den feinen Sand am Grund aufgewirbelt. Um ein Haar hätte er die Orientierung verloren und wäre für immer auf dem Grund des Meeres geblieben, wie unzählige andere Taucher vor ihm.

Er war mit dem Leben davongekommen und hatte sich geschworen, nie wieder in einer Meereshöhle zu tauchen.

Hingawana war so still und friedlich wie ein abgeschiedener Friedhof. Er schloss die Augen, konnte aber nicht schlafen, da ihn das Atmen unsägliche Mühe kostete. Kaum war er kurz eingenickt, wachte er schweißüberströmt wieder auf und hatte das Gefühl, gleich zu ersticken.

In der Morgendämmerung, wenn man es überhaupt so nennen konnte, drang das diffuse Licht nur mühsam bis zu den Lehmdächern der Behausungen vor. Da hörte man Schreie in der Ferne. Sie wurden immer lauter, bis schließlich die kleine Kalina auf den Dorfplatz gelaufen kam und schluchzend an dem nun versiegten Springbrunnen stehen blieb.

»Meine Mutter! Meine Mutter! Sie haben meine Mutter getötet!«

Hastig liefen die Menschen zu ihrem Haus. Die Tür stand weit offen. Sie stürmten hinein und entdeckten den halb entblößten Körper von Aziza in einer Blutlache auf dem Boden.

Doch sie war nicht tot, nur bewusstlos. Augenblicklich machte sich Theroux daran, die klaffende Wunde am Kopf zu verbinden.

Niemand schien die wahre Tragödie zu begreifen, die sich im Haus ereignet hatte. Bis die Frau wieder zu sich kam und mit schwacher, kaum hörbarer Stimme flüsterte: »Mein Sohn! Wo ist mein Sohn?«

Die Anwesenden sahen sich fragend an.

Wo war der Junge?

Sie suchten das Haus bis zum letzten Winkel ab und auch seine unmittelbare Umgebung, doch von dem Kind fehlte jede Spur.

Kaid Shala, der herbeigeeilt war, sobald man ihm von den Ereignissen berichtet hatte, wurde totenbleich, als er erfuhr, was geschehen war. Bestürzt trat er aus dem Haus und setzte sich im Schatten der Mauer auf den sandigen Boden.

Oscar folgte ihm. Er nahm neben ihm Platz, lehnte sich ebenfalls an die Mauer und fragte ohne Umschweife: »Glaubst du, dass sie ihn getötet haben?«

Kaid Shala beschränkte sich auf ein gottergebenes Achselzucken und antwortete: »Tot oder lebendig, was macht das schon? Wenn sie ihn getötet haben, muss er wenigstens nicht mehr leiden. Wenn nicht, wird er durch die Hölle gehen und als Sklave in irgendeiner Kakaoplantage verrecken. Der Kleine ist so gut wie verloren, wir können nichts mehr für ihn tun. Weit schlimmer ist die Tatsache, dass Aziza keinen Sohn mehr hat, den sie stillen kann. Das Urteil muss umgehend vollstreckt werden.«

»Das ist doch nicht möglich!«

»O doch. In dieser Hinsicht lässt die Scharia keinerlei Spielraum mehr. Am siebten Tag nach dem Ende der Stillzeit muss die Todesstrafe vollzogen werden.«

»Und du würdest eine derartige Ungerechtigkeit einfach akzeptieren?«, entgegnete Oscar angewidert.

Er weigerte sich hartnäckig, zu glauben, was er da hörte.

»Jetzt geht es nicht mehr um ein, sondern schon um zwei Verbrechen. Der Junge war das unschuldigste Opfer in dieser zwielichtigen Angelegenheit.«

»Hör zu!«, antwortete der Kaid schroff, mit einem Unterton von Bitterkeit. »Gesetz ist Gesetz. Wer sich dagegen auflehnt, riskiert, mit einer Fatwa belegt zu werden – von den Ulema in Kano, die nur vom Fanatismus getrieben sind. Die verfolgt ihn bis ans Ende der Welt.«

»Was ist das?«

»Du weißt nicht, was eine Fatwa ist?«, wiederholte der Kaid. »Ein Gerichtsurteil, meistens ein Todesurteil. Und alle Moslems, egal welcher Herkunft, sind aufgerufen, ja sogar verpflichtet, den Verurteilten hinzurichten, ganz gleich, wo er sich befindet.«

»So wie bei dem indischen Schriftsteller, der ›Die Satanischen Verse‹ geschrieben hat?«

»Genau so! Übrigens heißt er Salman Rushdie. Diesen Namen kennt jeder Gläubige auf der Welt, denn alle Moslems sind verpflichtet, seinem Leben ein Ende zu machen. Und wer die Möglichkeit dazu hat und sich weigert, das göttliche Urteil zu vollstrecken, ist verdammt, bis in alle Ewigkeit in der Hölle zu schmoren.«

»Aber ein intelligenter Mann wie du kann doch nicht an

einen so hanebüchenen Unfug glauben!«, erwiderte Oscar verblüfft. »Du bist viel zu zivilisiert, um eine derartige Barbarei gutzuheißen!«

»Was ich glaube oder nicht, steht nicht zur Debatte«, erklärte der Kaid bestimmt. »Seit ich denken kann, habe ich einen Glauben gelebt, der mich zu dem gemacht hat, was ich bin. Ich habe Antworten und Trost in ihm gefunden, wenn ich sie brauchte. Weder kann noch will ich einen Teil seiner Prinzipien in Frage stellen, wenn ich vom Ganzen meinen Nutzen habe. Man kann kein halber Moslem sein. Manchmal muss man Dinge akzeptieren, die einem nicht passen.«

»Aber man muss auch die Freiheit haben, selbst zu entscheiden, was gut und was schlecht ist.«

»Wenn ich darüber zu entscheiden hätte, käme ich wahrscheinlich zu dem allzu menschlichen Schluss, dass alles, was mir gut tut, auch wirklich gut ist, und dass das, was mir nicht passt, schlecht ist. Aber das ist ein Trugschluss; viel zu oft ist das, was für den einen gut ist, schlecht für einen anderen. Die Scharia bestimmt unsere Normen und Bräuche, und wir müssen uns ihr unterwerfen.«

»Du enttäuschst mich.«

»Die Menschen in meiner Umgebung zu enttäuschen, einschließlich meiner selbst, ist Teil meines Lebens. Ich habe mich längst daran gewöhnt«, räumte der Kaid mit größter Selbstverständlichkeit ein. »Mein Vater wollte, dass ich Ingenieur werde, aber in London hielt ich es nicht länger aus als ein Jahr. Meine vier Ehefrauen vertrauten auf meine Treue, aber ich habe eine nach der anderen betrogen. Meine Söhne suchten ein Vorbild in mir, aber ich konnte ihnen den Weg nicht weisen.«

Er lächelte grimmig.

»Mein Stamm legte sein Schicksal in meine Hände, und ich war nicht einmal in der Lage, eine unschuldige, wehrlose Witwe zu beschützen. Wahrscheinlich bin ich es nicht wert, den Posten zu bekleiden, den ich innehabe. Und meine einzige Ausrede ist, dass ich weit und breit niemanden kenne, der es auch nur einen Deut besser machen könnte.«

»Wenn es dich tröstet, so kann ich dir versichern, dass ich bislang noch keinem Führer begegnet bin, und sei er noch so wichtig, der seine Stellung verdient hätte«, erklärte Oscar überzeugt. »Aber was schlimmer ist, keiner dieser so genannten Anführer ist ehrlich oder klug genug, es zuzugeben. Und nun sag mir, was ich für Aziza tun kann.«

»Zweierlei«, antwortete der Kaid wie aus der Pistole geschossen. »Erstens, bring die Kleine von hier weg, und sorg dafür, dass sie eine gute Ausbildung bekommt. Wenn sie bliebe, würde sie in einem der unzähligen Bordelle landen. Aziza wäre dir unendlich dankbar. Sie könnte mit einem ruhigen Gewissen sterben.«

»Und zweitens?«

»Töte sie.«

Oscar schüttelte heftig den Kopf, als könnte er nicht glauben, was er soeben gehört hatte. Er brauchte eine Weile, um sich wieder zu fassen, ehe er fragte: »Habe ich richtig gehört?«

»Ja!«

»Ich soll sie töten, nachdem ich herkam, um sie vor dem Tod zu retten?«

»Du hättest ihren Tod lediglich hinausschieben können. Früher oder später müssen wir alle sterben, nicht einmal Allah kann gegen seine eigenen Gesetze verstoßen. Du kamst, um zu verhindern, dass sie gesteinigt wird. Noch ist es nicht zu spät. Hilf ihr, in Würde zu sterben. Ich bin sicher, dass dein Arzt ein Mittel hat, das schmerzlos wirkt. Ich werde behaupten, sie wäre an ihrem Kummer gestorben, nachdem sie ihren Sohn verloren hatte. So ersparen wir ihr die Qualen.«

»Warum ausgerechnet ich?«

»Weil du mehr als die anderen daran interessiert bist. Du bist von sehr weit hergekommen, um zu verhindern, dass man sie steinigt, und du hast eine Menge Zeit und Geld investiert. Außerdem kannst du sicher sein, dass kein Moslem es tun würde, weil das Gesetz unmissverständlich festlegt, wie sie sterben muss: durch Steinigung.«

»Das könnte ich nicht. Obendrein bezweifle ich, dass ich sie dazu überreden könnte. Wie ich verstanden habe, ist Selbstmord in eurem Glauben verboten.«

»Selbstverständlich! Genauso wie im christlichen Glauben, auch wenn ihr euch nicht daran haltet. Aber vergiss nicht, dass Azizas Mutter eine Fulbe war.«

»Was hat das damit zu tun? Sind die Fulbe etwa keine Moslems?«

»Doch, die Mehrzahl gehört unserem Glauben an, aber die Fulbe haben trotzdem viele Bräuche beibehalten, die dem Islam widersprechen, etwa das Ritual der Mutprobe, das nichts anderes ist als eine Art Selbstmord.«

»Worin besteht dieses Ritual?«

»Über solch bestialische Praktiken will ich kein Wort verlieren«, erwiderte der Kaid kurz angebunden. »Aber ich kann dir versichern, dass die stoische Gelassenheit, ja fast Gleichgültigkeit, mit der Aziza sich in ihr Schicksal fügt, ganz gewiss auf das Blut der Fulbe zurückzuführen ist, das in ihren Adern fließt. Die Fulbe, die wir auch Peul oder Bororo nennen, was so viel heißt wie ›die Verstreuten‹, weil sie ständig wie Nomaden umherziehen, gelten zu Recht als der unabhängigste und stolzeste Stamm in ganz Afrika. Die Legende besagt, dass sie direkte Nachfahren des Königs Salomon und der Königin von Saba sind.«

»Was für ein Unsinn!«

»Mag sein, dass es nur eine dumme Legende ist, die jeder Grundlage entbehrt, unbestreitbar aber kamen sie vor Tausenden von Jahren aus Äthiopien. Es gibt nicht wenige, die wegen ihrer schräg stehenden Augen meinen, sie stammten aus Zentralasien.«

Kaid Shala hielt inne und seufzte, als berührte er dieses Thema nicht gern. Dann fuhr er fort.

»Ich kenne diese Wilden sehr gut, und ich kann dir versichern, dass ihre Fähigkeit, zu leiden, und ihre fast unmenschliche Gleichgültigkeit gegenüber Schmerz sogar mich beeindrucken, der ich in einer der unwirtlichsten Gegenden der Welt aufgewachsen bin. Manchmal kommt es mir vor, sie würden umso stärker und glücklicher, je mehr sie leiden.«

»Bei uns nennt man so etwas Masochismus.«

»Damit hat es nichts zu tun«, gab der Kaid zurück. »Soweit ich weiß, ist Masochismus eine Art sexueller Verirrung. Für die Fulbe aber sind Durst, Hunger, extreme Hitze, körperliche Strafen oder das Nächtigen unter freiem Himmel Mittel, mit denen sie sich immer wieder klar machen, dass sie zum stärksten und widerstandsfähigsten Menschenschlag gehören, der auf der Welt existiert oder je existiert hat. Ihren eigenen Worten zufolge besteht ihr Schicksal darin, ewig umherzuwandern, ohne ein bestimmtes Ziel. Niemals ist es ihnen in den Sinn gekommen, eine Stadt oder ein Dorf zu bauen, nicht einmal eine schäbige Hütte, die sie vor dem rauen Klima schützt.«

»Aber wo wohnen sie dann?«

»Da, wo die Nacht sie überrascht. Sie ziehen am Rand der Sahara umher, ständig auf der Suche nach Weideland für ihre Herden, die für sie heilig sind. Heute sind sie hier, und in einem Monat an der Grenze zu Libyen, Hunderte von Kilometern entfernt. Einmal taten sie sich zusammen, um uns zu unterwerfen. Da sie es aber nie lange am selben Ort aushalten, ging bald wieder jeder seines Weges.«

»Aziza aber wurde hier geboren.«

»Ja, ihr Vater, Menlik Smain, war der eigensinnigste Mensch, den ich je kennen gelernt habe. Er war Karawanenführer. Auf einer seiner Reisen lernte er Azizas Mutter kennen. Sie war wunderschön. Er setzte sich in den Kopf, sie zu seiner Frau zu machen. Um ihr zu beweisen, wie mutig er war, ging er auf Löwenjagd, bewaffnet nur mit einem langen Stock mit einer Schlinge, wie Hundefänger sie benutzen. Er wurde schwer verletzt, sein Körper war von Narben überzogen, aber es gelang ihm, das Tier zu töten.«

»Und du glaubst, dass Aziza diese Eigenschaften ihrer Eltern geerbt hat?«

»Die Schönheit, die sie von ihrer Mutter hat, ist unverkennbar, und was die Tugenden ihres Vaters angeht, so hat sie unter Beweis gestellt, dass sie mindestens so mutig und stur ist wie ihr Vater.«

»Du betrachtest Sturheit als Tugend?«

»Das kommt darauf an.«

»Worauf?«

»Auf den Gang der Dinge«, erklärte Kaid Shala mit einem spöttischen Lächeln. »Wenn die Sturheit siegt, ist sie eine Tugend, endet sie dagegen in einer Niederlage, so ist sie ein Makel. Es ist derselbe Weg, den man mit derselben Begeisterung geht. Nur weiß man erst am Ende, ob man in die richtige oder falsche Richtung gelaufen ist.«

»Wenn das stimmt, dann habe ich das ungute Gefühl, in die falsche Richtung zu laufen«, gestand Oscar. »Nichts ist so gekommen, wie ich es mir vorgestellt hatte …«

Er wollte noch etwas hinzufügen, als Theroux auftauchte, sich mit einem roten Taschentuch den Schweiß von der Stirn wischte und sagte: »Die Frau möchte dich sprechen.«

Dann wandte er sich dem Kaid zu: »Und dich auch.«

»Wie geht es ihr?«

»Sie ist ziemlich gefasst. Ich habe den Eindruck, sie hat sich damit abgefunden, dass der Junge tot ist.«

Er wrang das Taschentuch aus wie einen Scheuerlappen und sagte: »Es hat den Eindruck, als sei ihr ein Stein vom Herzen gefallen.«

»Keiner Mutter fällt ein Stein vom Herzen, wenn ihr Kind stirbt.«

»Es sei denn, sie ist überzeugt, dass das Schicksal, das ihr Kind erwartet, schlimmer ist als der Tod«, erwiderte der Arzt und schüttelte bedrückt den Kopf. Während er wieder auf das weiße Zelt zuging, murmelte er: »Und nach allem, was ich seit unserer Ankunft gesehen habe, könnte sie durchaus Recht haben.«

Als Oscar und der Kaid kurz darauf den großen Raum betraten, der auch als Esszimmer diente, saß Aziza aufrecht auf einem Stuhl an dem kleinen Tisch und erwartete sie.

Sie glich einer Sphinx oder einer jener verstörenden Ritualmasken aus Eichenholz, die afrikanische Künstler mit einfachen Messern schnitzen.

»Hast du deinen Angreifer erkannt?«, fragte der Hausa sie als Erstes, während er sich neben sie setzte.

»Nein.«

»Und du hast auch keine Ahnung, wer es gewesen sein kann?«

»Ich habe dieselbe Ahnung wie du, aber ich könnte niemanden beschuldigen, ohne zu befürchten, dass ich mich irre.«

Die junge Frau sah ihn traurig an und setzte dann hinzu: »Ich will dich nur darum bitten, die Hinrichtung zu beschleunigen. Der Tod, so grausam und schmerzhaft er auch sein mag, wird niemals so brutal sein wie diese zermürbende Warterei. Ich hoffe, dass du das verstehst.«

»Natürlich«, antwortete der Kaid. »Ich werde alles tun, was in meinen Kräften steht, um dich zu erlösen. Aber die Anweisung muss von Sehese Bangu oder Ouday Moulay kommen, da sie dem Gericht angehörten, das dich verurteilt hat. Ich vollstrecke das Urteil nur.«

»Ich verlasse mich auf dich.«

Mit einer Handbewegung rief Aziza ihre kleine Tochter heran, die im Zimmer nebenan wartete. Das Mädchen trat zu ihr, den Blick gesenkt, als starrte sie auf ihre nackten Füße. Aziza schob sie sanft in Oscars Richtung.

»Bring sie fort!«, bat sie mit flehender Stimme. »So rasch wie möglich, denn ich will nicht, dass sie sieht, wie es mir in den kommenden Tagen ergeht.«

Sie hielt inne, biss sich auf die Lippen und fügte hinzu: »Wenn du tatsächlich gekommen bist, um mir zu helfen, habe ich nur einen Wunsch. Bevor ich sterbe, will ich wissen, dass meine Tochter sich nicht länger in einem menschenverachtenden, unbarmherzigen Land befindet, in dem ihr eines Tages dasselbe Schicksal blühen würde wie mir. Wirst du mir diesen Wunsch erfüllen?«

»Übermorgen ist sie bei mir zu Hause, und ich werde sie aufziehen wie meine eigene Tochter«, antwortete Oscar und legte dem Mädchen die Hand auf die Schulter, als nähme er sie unter seine Fittiche. »Ich schwöre es bei dem, was mir am heiligsten ist.«

»Du musst nicht schwören. Ich weiß, dass du es tun wirst.«

Aziza strich ihrer Tochter übers Haar, wohl wissend, dass die Kleine sie nicht verstehen konnte.

»Und sorg dafür, dass sie mich vergisst.«

»Ich glaube nicht, dass man dich je vergessen kann, am allerwenigsten deine Tochter«, erklärte Oscar.

»Du musst es wenigstens versuchen, damit sie nicht ihr ganzes Leben darunter leidet. Sie ist noch klein und kann nicht verstehen, was mit mir geschieht. Wenn du ihr nichts von mir erzählst und von der schrecklichen Welt, in die sie hineingeboren wurde, werden sich ihre Erinnerungen allmählich auflösen wie Salz im Wasser. Sie soll nicht in dem Bewusstsein aufwachsen, dass ihre Mutter gesteinigt wurde wie eine Hündin. Ihr Herz würde krank werden vor Hass und Verbitterung.«

»Vielleicht hast du Recht«, murmelte Oscar.

»Ich weiß es!«, beharrte die Verurteilte. »Wenn sie ein neues Leben in einer zivilisierten Welt haben soll, dann muss es vollkommen neu sein, sonst lastet ihre Herkunft wie Blei auf ihr.«

Dann hob sie den Zeigefinger.

»Und sorg dafür, dass sie niemals an Gott glaubt!«

»An Allah?«

»An keinen Gott! Es wird ihr unsägliches Leid ersparen. Ich weiß aus Erfahrung, wie sehr es schmerzt, wenn die Menschen einen Menschen im Stich lassen. Aber noch viel schmerzhafter ist es, wenn dich die Götter verraten, an die du von klein auf geglaubt hast.«

Es folgte eine lange Stille, bis Kaid Shala sehr leise und schwerfällig sagte: »Wenn du weder an Allah noch an die alten Götter deines Stammes glaubst, warum versuchst du nicht, eines weniger schmerzhaften Todes zu sterben?«

»Was meinst du?«

»Der Arzt der Fremden könnte dir ein Mittel verabreichen, das dir die Qualen einer Steinigung erspart.«

»Bittest du, ein gläubiger Kaid, mich etwa, Selbstmord zu begehen?«

»Es ist nur ein Vorschlag.«

»Und was würde ich damit erreichen?«

»Du würdest dir die körperlichen Schmerzen ersparen.«

»Meine Mutter war eine Fulbe. Wie du weißt, verachten die Fulbe jeglichen körperlichen Schmerz. Mir ist bewusst, dass mein Tod schrecklich sein wird und ich höllische Qualen erleiden werde. Aber ich will das Schicksal annehmen, damit die ganze Welt erfährt, dass Gerechtigkeit in diesem Land eine Farce ist. Millionen von Stimmen sollen sich gegen diejenigen erheben, die derartige barbarische Methoden anwenden.«

Noch einmal strich Aziza ihrer Tochter sanft übers Haar und sagte, als wären ihre Worte direkt an sie gerichtet: »Es ist nicht die Zeit, an mich zu denken, sondern an all die Frauen, denen dasselbe Schicksal bevorsteht. Wenn ich mich umbrächte, wäre mein Opfer umsonst.«

Eine Stunde später begannen sie, das Lager aufzulösen.

Sie legten die Zelte zusammen, bauten das Gerüst für die Leinwand ab, wickelten nacheinander die dicken Kabel auf und verstauten die Tische, an denen sich zuvor Männer, Frauen und Kinder an Couscous, Lammfleisch, Obst, Süßigkeiten und Eis satt gegessen hatten, wieder in den Lastwagen.

Der Generator wurde angeworfen und brachte ein letztes Mal sauberes Wasser aus dem Brunnen in das Dorf, bis er schließlich ganz verstummte, um die Rückreise ins ferne Europa anzutreten.

Genauso schnell, wie der Fortschritt in dem kleinen Dorf Hingawana Einzug gehalten hatte, verschwand er wieder.

Normalerweise wehte der Harmattan zwei bis drei Tage.

Dieser Fortschritt hatte nicht einmal eine Woche gedauert.

Erneut wich das einundzwanzigste Jahrhundert dem fünfzehnten.

Dem vierzehnten.

Oder gar dem zwölften.

In den Gesichtern der Kinder, denen wenigstens die Bälle, Trikots, Fußballschuhe und die beiden Tore mit den dazugehörigen Netzen blieben, zeigte sich mehr als in Worten oder Klagen die grenzenlose Trauer und Enttäuschung.

Die Menschen hatten geglaubt, der Himmel habe sie mit einer Fülle herrlicher Wunder beschenkt, und plötzlich mussten sie feststellen, dass man sie unsanft in die schmucklose Wirklichkeit zurückstieß, in der sie seit jeher gelebt hatten.

Die Frauen seufzten bei dem Gedanken, dass sie am nächsten Morgen erneut unter der sengenden Sonne den beschwerlichen Weg bis zum Brunnen zurücklegen müssten, um allein mit der Kraft ihrer Arme einen Eimer warmes, trübes und übel riechendes Wasser aus dem Brunnen zu ziehen.

Einige Männer trauerten den üppigen Festessen nach – weit besser als das von Kaid Shala einmal im Jahr zum Opferfest – und den spannenden Abenteuerfilmen mit den hübschen, sehr blonden, sehr geschminkten und dafür umso leichter bekleideten Frauen.

»Schlimmer als nichts zu haben ist es, alles zu verlieren.«

Wer auf diesen nüchternen Satz gekommen war, wusste sehr wohl, wovon er redete. Auf seine schlichte und etwas plumpe Art sprach er eine viel tiefere und subtilere Weisheit aus: Das, was man nicht kennt, existiert nicht, und was nicht existiert, kann man weder lieben noch vermissen.

Sehnsucht überdauert in den Herzen der Menschen am längsten.

Es ist leichter, einen geliebten Menschen zu verlassen, als von ihm verlassen zu werden.

In einer sehr kurzen Zeitspanne hatten die Bewohner von Hingawana eine Fülle von Dingen kennen und schätzen gelernt, die ihnen vorher fremd gewesen waren. Sie vermissten sie, noch ehe die Lastwagen die Grenzen des Dorfes verlassen hatten.

Oscar hatte eingesehen, dass seine Hoffnungen auf Erfolg allein von der Reaktion der Einheimischen abhingen. Daher gab er Anweisung, dass die Lastwagen das Dorf einzeln verlassen sollten, im Abstand von zwanzig Minuten.

Auf diese Art wollte er die riesige Enttäuschung derjenigen verstärken, die nun mit ansehen mussten, wie sich ihre Träume einer nach dem anderen in Luft auflösten.

Viele kleine bittere Schlucke hinterlassen einen übleren Nachgeschmack im Mund als ein großer.

»Willst du einen Aufstand provozieren?«, fragte Villeneuve.

Der große Küchenlaster fuhr langsam durch die einzige Straße des Dorfes und schwängerte die Luft mit dem Duft nach frisch gebratenem Lammfleisch, ehe er sich in der Weite des Horizonts verlor, wo sich niemand mehr an seinen zahlreichen schmackhaften Gerichten würde laben können.

»Ganz und gar nicht! Aber diese Menschen sollen begreifen, welch hohen Preis sie zahlen müssen, wenn sie sich unbedingt daran ergötzen wollen, eine Frau zu Tode zu steinigen.«

»Das müssten sie doch längst eingesehen haben.«

»Davon gehe ich aus! Und deshalb habe ich im ganzen Dorf verbreiten lassen, dass die Lastwagen zurückkehren und ihnen alles wiederbringen, wenn sich die Dorfbewohner geschlossen weigern, an der Steinigung teilzunehmen.«

»Ein verdammt gefährliches Spiel ...«, wandte der Journalist ein.

»Was haben wir zu verlieren?«

»Eine Menge. Das solltest du allmählich begriffen haben. Diese fanatischen Fundamentalisten verstehen keinen Spaß. Ich habe dich schon in Monaco gewarnt. Nun hast du es am eigenen Leib erfahren. Hier gibt es mehr Fundamentalisten als Wüstenechsen.«

»Trotzdem sind sie eine Minderheit.«

»Aber eine, die zu allem entschlossen ist und vor nichts zurückschreckt, um der Mehrheit mit Terror und Gewalt ihren Willen aufzuzwingen. Du brauchst nur die Geschichte der Menschheit unter die Lupe zu nehmen, und du wirst sehen, dass der Fundamentalismus ein Krebsgeschwür in immer neuer Gestalt ist. Man kann es bezwingen, doch stets bildet es neue Metastasen. Diese haben hier die Form unversöhnlicher, intoleranter Emire und Imame. Bei uns im Westen zeigen sie sich in der brutalen Überheblichkeit von herrschsüchtigen politischen Führern. Zwar liegen zwischen diesen beiden Formen tausend Jahre kultureller Entwicklung, doch sind sie durch ihren Stumpfsinn gleichermaßen gefährlich.«

»Hitler, Franco oder die argentinischen und brasilianischen Militärs waren noch schlimmer; trotzdem hat meine

Familie sie überlebt«, entgegnete Oscar verächtlich und fuhr dann fort: »Wenn ich meinen vielen Nachnamen gerecht werden will, muss ich mich diesem Problem stellen, so wie meine Großeltern und Eltern vor mir.«

»Indem du davor fliehst wie sie?«

»Ganz im Gegenteil. Indem ich bis zur letzten Minute ausharre, weil es diesmal nicht darum geht, meine eigene Haut zu retten, sondern die eines anderen.«

Dann zeigte er mit dem Finger auf den Journalisten und setzte hinzu: »Und jetzt bitte ich dich, so schnell wie möglich mit dem Mädchen zu verschwinden. Nimm die erste Maschine, die du kriegen kannst. Sobald du in Monaco gelandet bist, rufst du mich auf der Stelle an, damit ich Aziza endlich sagen kann, dass ihre Tochter in einem zivilisierten Land in Sicherheit ist.«

»Ich würde lieber bleiben und dir helfen«, erwiderte Villeneuve. »Du könntest einen anderen damit beauftragen.«

»Ich möchte nicht, dass einer von euch während der Hinrichtung noch hier ist.«

Villeneuve warf ihm einen Blick von der Seite zu und hielt ihm dann offen vor: »Komm du mir bloß nicht auf dumme Gedanken! Das wäre fatal an einem solchen Ort. Vergiss nicht, dass du es mit einem Haufen von Halbwilden zu tun hast.«

»Nicht alle sind Halbwilde. Denk nur an den Kaid oder an Aziza. Außerdem lassen sich selbst Raubtiere zähmen. Man muss nur wissen, wie, und über die notwendigen Mittel verfügen. Trotzdem will ich unter allen Umständen vermeiden, dass Dritte die Folgen meiner Entscheidungen ausbaden müssen. Meine Männer werden mit den Lastwagen in Kano warten, falls ich Hilfe brauche. Und du bringst die Kleine so schnell wie möglich nach Monaco in Sicherheit.«

»Warum beauftragst du nicht jemand anderen damit?«

»Weil ich *dich* darum gebeten habe! Es ist kein Befehl, sondern die Bitte eines Freundes, der freie Hand braucht.«

Eine Stunde später traten Villeneuve und Kalina ihre lange Reise in den Westen an. Kurz darauf sprach ein Diener des Kaids bei Oscar vor und forderte ihn auf, so rasch wie möglich in den Palast zu kommen.

Als er dort ankam, saß der Kaid mit dem Emir im Schatten des Vorhofes. Höflich forderte man ihn auf, Platz zu nehmen und servierte ihm ein Glas stark gezuckerten heißen Tee.

»Ich habe dich rufen lassen, weil Emir Ouday Moulay dich sprechen will. Er möchte auch, dass ich an dem Gespräch teilnehme, um Missverständnisse auszuschließen, da sein Englisch nicht so gut ist wie das meine. Bist du damit einverstanden?«

»Selbstverständlich!«, antwortete Oscar. »Was hat er mir mitzuteilen?«

Der Emir nahm sich Zeit. Er zupfte an seinen Brauen und erklärte schließlich: »Ich habe dich rufen lassen, um dir ein für alle Male etwas klar zu machen. Unter keinen Umständen werde ich zulassen, dass du weitere Schritte unternimmst, um das gegen Aziza gefällte Urteil zu hintertreiben. Niemals werde ich etwas Derartiges zulassen. Es wird vollstreckt, und zwar durch die Bewohner des Dorfes, so wie es die Scharia vorschreibt. Die Gesetze der Scharia sind unveränderlich.«

»Was ist, wenn sich die Dorfbewohner weigern?«

»Das werden sie nicht tun.«

»Und wenn doch?«, beharrte Oscar. »Wie willst du ein ganzes Dorf zwingen, Steine auf ein unschuldiges, hilfloses Wesen zu werfen?«

»Nichts leichter als das!«, entgegnete der Emir abschätzig. »Wer sich weigert, läuft Gefahr, selbst verurteilt zu werden. Schließlich gibt es bei uns etwas, das Fatwa heißt. Das ist ein Urteil, das gleichermaßen Gläubige wie Ungläubige trifft – egal, für wie bedeutend sie sich halten oder wo sie sich verstecken.«

»Soll das etwa eine Drohung sein?«, fragte Oscar gelassen.

»Sieh es, wie du willst«, lautete die knappe Antwort des Emirs, der sich größte Mühe gab, seinen aufkommenden Zorn hinter den Worten zu verstecken. »Ich habe dich gewarnt. Wer gegen unsere Sitten und Bräuche verstößt, kann unter keinen Umständen damit rechnen, ungestraft davonzukommen, ganz gleich, wie reich oder mächtig er sein mag.«

Nun war es Oscar, der sich Zeit zum Antworten nahm. Er trank seinen Tee aus und stellte das Glas langsam auf dem ausladenden Tisch ab.

»Na schön, dann will ich dir von unseren Sitten und Gebräuchen erzählen. Wenn uns jemand droht, zahlen wir es ihm mit gleicher Münze heim. Wenn jemand versucht, uns anzugreifen, schlagen wir mit doppelter Härte zurück. Ich nehme an, man hat dir erzählt, dass ich einer der reichsten Männer der Welt bin. Ich kann mich überall verstecken und mich von einem ganzen Heer von Profis beschützen lassen.«

Er hielt inne und drohte dem Emir mit dem Finger.

»Solltest du, dein Vasall Sehese Bangu oder deine Kumpane in Kano es wagen, eine Fatwa gegen mich auszusprechen oder mir ein Haar zu krümmen, werde ich ein Kopfgeld auf euch aussetzen. Eine Million Euro für jeden von euch. Ein kleiner, ganz kleiner Bruchteil meines Vermögens. Ich kann dir versichern, dass es eine Menge professioneller Killer auf der Welt gibt, die nicht davor zurückschrecken würden, für einen nochmaligen Bruchteil davon ihre eigenen Eltern umzubringen. Sag mir, wo würdet ihr euch verstecken?«

Der Emir Ouday Moulay wurde so blass, dass man sein Gesicht kaum von dem weißen Turban unterscheiden konnte. Er warf einen raschen Blick auf den Kaid, der ihnen mit gleichgültigem Ausdruck heißen süßen Tee nachschenkte, und fragte mit vor Wut zitternder Stimme: »Hast du das gehört?«

»Ich bin nicht taub.«

»Und du hast nichts dazu zu sagen?«

»Darf ich dich daran erinnern, dass ich lediglich Zeuge bin? Ich beschränke mich darauf, euch mein Haus und meine Dienste zur Verfügung zu stellen.«

»Er wagt es, mir mit dem Tod zu drohen!«

»Nachdem du ihm gedroht hast.«

»Aber ich habe das Gesetz auf meiner Seite.«

»Ja, ein Gesetz, das nicht einmal die Hälfte der Einwohner in diesem Land anerkennt«, erwiderte der Kaid. »Außerdem kann ihm niemand auf der Welt das Recht streitig machen, sich zu verteidigen, wenn er angegriffen wird.«

Langsam stellte er die Teekanne auf den Tisch zurück und setzte dann ebenso langsam hinzu: »Ich teile die Ansichten dieses Fremden mit den vielen unaussprechlichen Nachnamen keineswegs, und doch muss ich ihm das Recht zusprechen, sich mit allen Mitteln zu verteidigen.«

»Er ist bloß ein Ungläubiger, der gekommen ist, um sich in unsere Angelegenheiten einzumischen!«

»Das ist richtig. Aber so, wie wir von ihm erwarten, dass er unsere Bräuche respektiert, sollten wir auch die seinen respektieren. Offensichtlich lauten diese ›Auge um Auge, Zahn um Zahn‹. Es geht um deine Augen und deine Zähne, nicht um die meinen. Du musst wissen, was du tust!«

»Das hätte ich nicht von dir erwartet«, entgegnete der Emir zähneknirschend.

»So wie ich es nie erwartet hätte, dass du als Vorsitzender des Gerichts eine unschuldige Frau aus meinem Dorf zum Tode verurteilen würdest. Gegen meine Bitte.«

»Es war meine Pflicht.«

»Nein!«, widersprach Kaid Shala streng. »Deine Pflicht war es, Recht zu sprechen. Du weißt genau, dass dieses Urteil alles andere als gerecht war. Für dein Handeln bist du selbst verantwortlich, und deshalb musst du die Folgen tragen. Wenn alle Richter unangreifbar wären, lebten wir in ewiger Ungerechtigkeit.«

»Deine Worte merke ich mir.«

»Das ist mir völlig egal. Es gab eine Zeit, da habe ich dich gefürchtet. Aber diese bedauerliche Angelegenheit hat mir zu verstehen gegeben, dass das eigene Gewissen einem viel mehr Angst machen kann als der gefährlichste Mensch der Welt. Die Vorstellung, was du gegen mich unternehmen könntest, wird mir nicht in dem Maße den Schlaf rauben wie der allnächtliche Gedanke an meine eigene Feigheit. Ich habe genügend Mut und Erfahrung, um mich dem stärksten Gegner zu stellen. Wie ich mein eigenes Gewissen zum Schweigen bringen soll, habe ich nie gewusst.«

»Ich erkenne dich nicht wieder.«

»Allah sei Dank!«, rief der Hausherr. »Aber wenn es dir ein Trost ist, so kann ich dir versichern, dass es mir ganz genauso geht. Eins steht allerdings fest, ich fühle mich erheblich besser in meiner Haut als früher.«

»Ich kam nicht in dein Haus, um mich von dir beleidigen zu lassen.«

»Nein, natürlich nicht. Genauso wenig, wie um die Wahrheit zu hören. Sie ist es nämlich, die dich beleidigt, nicht ich. Als Kaid bin ich nicht verpflichtet, meine Hände durch die Steinigung einer Frau mit Blut zu besudeln, die meinem Stamm angehört. Das heißt, dass niemand eine Fatwa gegen mich aussprechen kann, ohne eindeutig gegen die Gesetze zu verstoßen. Wenn es dir oder deinen Freunden in den Sinn käme, gegen mich vorzugehen, hätte ich dasselbe Recht, mich zur Wehr zu setzen, wie dieser Fremde hier.«

Kaid Shala grinste von einem Ohr zum anderen, als er schloss: »Ich habe nichts gegen dich persönlich, aber ich kann es nicht abwarten, diesem elenden Hundesohn von Sehese Bangu den Hals umzudrehen.«

Gekränkt sprang Ouday Moulay auf und verließ den Hof, wobei er mühsam versuchte, Haltung zu bewahren. Kaum war er verschwunden, nahm der Kaid seinen Turban ab und wickelte ihn sich mit überraschender Gelassenheit um den Kopf.

»Es kommt mir vor, als wäre er die ganze Zeit aus Blei gewesen, aber nun ist er wieder aus Stoff«, erklärte er. »Was dir auf der Seele liegt, macht dir den Kopf schwer, und solange du es nicht loswirst, findest du keinen Frieden.«

»Du warst sehr mutig.«

»Wenn man immer nur ein Feigling war, fällt es einem leicht, Mut zu zeigen«, gestand der Hausherr. »Es hat mich krank gemacht, dass ich meiner Aufgabe nicht gerecht werden konnte. Als Anführer hätte ich die Angehörigen meines Stammes beschützen müssen. Nun habe ich mein Selbstwertgefühl wiedergefunden, und das ist das Höchste, wonach man trachten kann. Hätte es mich nicht solche Mühe gekostet, wäre es kein Verdienst.«

Er steckte das Ende des Turbans fest, schob sich eine Dattel in den Mund und fragte: »Und was gedenkst du nun zu tun?«

»Wenn ich das nur wüsste!«, räumte Oscar unsicher ein. »Was rätst du mir?«

»Ich bitte dich!«, rief der Kaid und warf den Dattelkern geschickt auf einen dafür bestimmten Teller. »Wieso fragst du mich um Rat, wenn du ihn ohnehin nicht beherzigen wirst? Mittlerweile kenne ich dich gut genug, um zu wissen, dass du genau das tun wirst, was du dir vorgenommen hast. Und wenn du wirklich nicht weißt, wie es weitergehen soll, wirst du in der Stunde der Wahrheit das tun, was dir in diesem Augenblick richtig erscheint.«

»Du bist ein überaus kluger Mann, trotzdem kannst du mir glauben: Ich bin wirklich völlig ratlos. Meine einzige Idee ist, dass wir Aziza unbedingt dazu überreden müssen, uns die Namen ihrer Vergewaltiger zu nennen.«

»Dazu ist es zu spät«, lautete die schlichte Antwort. »Das Urteil muss binnen sieben Tagen vollstreckt werden. Die Zeit reicht nicht mehr aus, um einen Aufschub zu erwirken, vor allem, weil sich die Richter sofort querlegen würden.«

Kaid Shala schüttelte niedergeschlagen den Kopf.

»Ich fürchte, dass uns dieser Weg mittlerweile verschlossen ist.«

»Was dann?«

»Keine Ahnung«, gab Kaid Shala zu. »Aber eins solltest du wissen. Ich werde versuchen, meine Leute davon zu überzeugen, Aziza nicht zu steinigen. Nicht wegen der vielen Dinge, die du ihnen angeboten hast, sondern weil es eine Schande ist, wenn ihre Nachbarn sich an einer derartigen Ungerechtigkeit beteiligen. Trotzdem muss ich dich warnen. Sollte es mir nicht gelingen, die Dorfbewohner umzustimmen, werde ich meine Pflicht erfüllen und nicht zulassen, dass du oder sonst jemand die Hinrichtung verhindert. Habe ich mich deutlich ausgedrückt?«

»Durchaus.«

»Nun, ich bin sehr froh, dass du mich verstehst. In mir wirst du immer einen Verbündeten finden. Aber du musst auch begreifen, dass ich weder meinen Ruf noch meinen Besitz, meine Stellung oder gar meine Familie in Gefahr bringen darf, indem ich mich einer alten Tradition widersetze, die letztendlich die Sitten und Gebräuche meines Volkes seit Menschengedenken bestimmt. Dabei spielt es keine Rolle, ob zum Guten oder Schlechten.«

»Ich respektiere deine Entscheidung. Sie ist konsequent und ehrt dich«, erkannte Oscar an. »Ich danke dir für alles, was du für mich und diese arme Frau tust. Ich verstehe sehr wohl, dass alles seine Grenzen hat, obwohl das schwer zuzugeben ist. Ich bin so vermögend, dass ich mich mittlerweile an die Vorstellung gewöhnt habe, ich könnte immer alles erreichen, was ich mir vorgenommen habe. Nicht unbedingt, weil ich glaube, dass alles auf der Welt einen Preis hat, sondern weil ich aus Erfahrung weiß, dass zu jedem Gipfel, und sei er noch so unerreichbar, ein verborgener Pfad führt.«

Stunden später saß Oscar in der geöffneten Tür seines Wagens und versuchte, die frische Nachtluft zu genießen. Zum ersten Mal, seit er diesen Kontinent betreten hatte, konnte er frei atmen. Und während er in die Dunkelheit starrte, fragte er sich, wo der Anfang jenes verborgenen Pfades zu finden sein könnte, der zum Gipfel führte. Er hatte sich vorgenommen, ihn zu erklimmen, doch erschien er ihm von Stunde zu Stunde unbezwinglicher.

Immer wieder sah er Azizas Bild vor sich und schüttelte verzweifelt den Kopf. Er konnte und wollte sich nicht damit abfinden, dass eine so außergewöhnliche Frau zu Tode gesteinigt werden sollte.

Er fragte sich, wie sie ihn dermaßen in ihren Bann ziehen konnte. Ihre Augen, der Klang ihrer Stimme und die Art, wie sie sich bewegte, gingen ihm nicht aus dem Sinn. Und er verfluchte sich dafür, dass diese Frau so viel Macht über ihn gewinnen konnte, nachdem er so viele andere abgewiesen hatte, die kultivierter, eleganter und seiner gesellschaftlichen Stellung und seiner Lebensweise näher gewesen waren.

In dem Versuch, einen Ausweg aus der Falle zu finden, die er sich selbst gestellt hatte, schenkte er sich ein großzügiges Glas von seinem besten Cognac ein. Gerade als er ohne große Begeisterung daran nippen wollte, tauchte wie ein Gespenst aus der Dunkelheit der Nacht eine Gestalt neben ihm auf.

Es war ein Mann. Er schien nicht besonders groß zu sein, aber sehr schlank. Er hatte zimtbraune Haut, ein heiteres Gesicht, graue Bartstoppeln und schlohweißes Haar. Abgesehen von seiner vornehmen Haltung fielen vor allem die tiefen, eindrucksvollen Narben auf, mit denen sein Körper übersät war. Offenbar war er in jungen Jahren unzählige Male ausgepeitscht worden.

Er war barfuß und nur mit einem Lendenschurz bekleidet, von dem eine breite Machete herabhing. Über den Schultern trug er einen Bogen, einen Köcher mit Pfeilen und eine kleine zusammengerollte Matte aus Stroh, in der Hand eine lange Lanze mit bedrohlich scharfer Stahlspitze, die er wie einen Gehstock benutzte.

Die beiden Männer betrachteten sich schweigend, dann fragte der Mann mit tiefer Stimme:

»Sprichst du Französisch?«

»Ja, natürlich«, antwortete Oscar, verwirrt von der sonderbaren Erscheinung. »Ich stamme aus Monaco.«

»Dieses Land ist mir leider unbekannt«, entgegnete der Einheimische. »Hauptsache, du verstehst Französisch. Bist du der Europäer, der hierher gekommen ist, um Aziza Smain zu helfen?«

»Ja, und wer bist du?«

»Mein Name ist Usman Zahal Fodio.«

»Ja?«

»Ich bin ein Fulbe!«

»Aha?«

»Azizas Mutter war meine Schwester.«

»Bist du gekommen, um Aziza zu helfen?«

»So ist es.«

»Ein bisschen spät, meinst du nicht?«

»Ich war bei meiner Herde, sehr weit weg, an den Ufern des Tschadsees. Seetti schickte nach mir, aber ich bekam die Nachricht erst vor einer Woche.«

»Wer ist Seetti?«

»Azizas Schwester. Hassans Frau.«

»Weißt du, dass dieser Hassan der Hauptverantwortliche ist?«

Der Fulbe nickte knapp.

»Seetti hat es mir erzählt. Und sie hat mir auch anvertraut, dass er für das Verschwinden des Jungen verantwortlich ist. Ich werde ihn und seine Komplizen in die Wüste bringen und ihnen die Eingeweide aufschlitzen. Sie sollen langsam verrecken. Sehr langsam, und ich werde mich in aller Ruhe neben sie setzen und zusehen.«

»Verstehe«, antwortete Oscar. »Glaubst du etwa, dass du deiner Nichte mit einer derartig grausamen Tat helfen kannst?«

»Ich bin gekommen, um sie mitzunehmen«, erklärte Usman. Dann hockte er sich, auf seine lange Lanze gestützt, auf den Boden. In dieser Stellung, die einem Europäer schrecklich unbequem vorgekommen wäre, schien er stundenlang ausharren zu können.

»Seetti wird ihr sagen, dass wir morgen Nacht aufbrechen.«

»Verstehe. Aber wieso bist du gekommen, um mir das zu erzählen?«

»Weil du Seetti und ihre Kinder in Sicherheit bringen musst. Sie ist ebenfalls meine Nichte, und sie trifft keine Schuld für das, was geschehen ist. Hassan ist ihr Mann, und sie liebte ihn, obwohl er sie schlug und misshandelte. Da sie nun aber weiß, dass er auch für das Verschwinden des Kleinen verantwortlich ist, hasst sie ihn. Bliebe sie, stünde ihr dasselbe Schicksal wie ihrer Schwester bevor, und ihre Kinder würden wahrscheinlich versklavt. Mein Vorschlag ist: Du kümmerst dich um Seetti und ihre Kinder, und ich bringe Aziza in Sicherheit.«

»Dein Vorschlag ist vernünftig, und im Prinzip bin ich einverstanden, trotzdem würde ich gern wissen, wohin du Aziza bringen willst.«

»Über die Grenze zu den Bergen von Aïr in Niger. Dort wird niemand wagen, ihr ein Haar zu krümmen, denn ihr Clan ist mächtig.«

»Wie lange wirst du brauchen, um diese Berge zu erreichen?«

»Ich allein sechs Tage, aber Aziza wird müde und entkräftet sein. Wahrscheinlich brauchen wir doppelt so lange.«

Oscar schüttelte den Kopf.

»Diese Strapaze steht sie nicht durch.«

»Sie ist eine Fulbe.«

»Aber sie ist halb verhungert. Sie besteht nur noch aus Haut und Knochen. Hast du sie gesehen?«

»Noch nicht.«

»Wenn du sie siehst, wirst du verstehen, was ich meine. Anscheinend hat ihr Körper alles, was sie in den letzten Monaten zu sich nahm, in Milch für das Kind umgewandelt. Als hätte er gewusst, dass sie sterben würde, wenn sie keine Milch mehr hat. Es ist, als hätte sie ihren Lebenswillen verloren. Und den kann man nicht von heute auf morgen wiedergewinnen.«

»Es bleibt ihr gar nichts anderes übrig, denn davon hängt ihr Leben ab«, murmelte der Mann mit den tausend Narben. »Und sollte sie unterwegs sterben, wird sie zumindest einen würdigen Tod haben, wie es einem Mitglied des Clans meines Großvaters Usman Dan Fodio gebührt, der vor vielen Jahren über das ganze Land herrschte.«

»Hör zu«, sagte Oscar geduldig. »Ich habe von deinem mächtigen Großvater gehört und auch von dem Mut und der Ausdauer der Fulbe, aber ich glaube nicht an Wunder. Außerdem habe ich diese weite Reise nicht auf mich genommen, damit Aziza an Erschöpfung stirbt. Also denk dir eine andere Möglichkeit aus, sie lebend aus dieser Hölle herauszubekommen.«

Kaid Shala ließ Hassan el Fasi zu sich rufen. Zwei Stunden musste er in dem kleinen Vorraum warten, und als er ihn schließlich in seinem Arbeitszimmer empfing, bedeutete er ihm mit einer knappen Kopfbewegung, auf einer harten Holzbank Platz zu nehmen, die sich an der gesamten hinteren Wand des Raumes entlangzog.

Eine Weile musterte er ihn mit gerunzelter Stirn und strengem Blick. Als Hassan schließlich der Schweiß in Strömen herablief und seine Hände zu zittern begannen, erklärte er verächtlich: »Wenn du mich auch nur ein einziges Mal unterbrichst, mir widersprichst oder versuchst, dich zu rechtfertigen, lasse ich dich in den Kerker werfen und auspeitschen. Ich habe deine Lügen satt. Und ich schwöre dir, ich meine es ernst.«

Er hielt inne und zündete seine Wasserpfeife an, als wollte er dem Mann Zeit genug geben, um über seine Worte nachzudenken. Er nahm einen tiefen Zug und blies den Rauch langsam und genüsslich wieder aus.

Erst dann erklärte er lustlos: »Ich habe erfahren, dass du die anderen dazu angestiftet hast, gemeinsam mit dir deine Schwägerin Aziza zu vergewaltigen. Obendrein ist mir zu Ohren gekommen, dass du für die Entführung des Jungen mitverantwortlich bist, wenn auch nicht als treibende Kraft. Aber das spielt jetzt keine Rolle.«

Seine Augen funkelten vor Zorn, und er hob drohend den Zeigefinger, als Hassan den Mund öffnen wollte.

»Kein Wort, sonst lasse ich dir die Zunge abschneiden!«, warnte er wütend. »Versuch nicht, alles abzustreiten, ich kenne die Wahrheit. Ich könnte dich und die Schweinehunde

Hussein und Kamuni foltern lassen, bis ihr die Wahrheit sagt. Aber ich fürchte, dass es nichts nutzen würde. Weil Emir Moulay und dieser Mistkerl Sehese Bangu es trotzdem fertig brächten, die Gerechtigkeit zu verhöhnen und euch freizulassen. So handhabt man hier die Dinge, und damit muss ich mich abfinden.«

Wieder machte er eine Pause, nahm eine Dattel aus der silbernen Schale zu seiner Linken und begutachtete sie ausgiebig, bevor er sie in den Mund steckte und genüsslich darauf kaute.

Dann legte er den Kern auf einen kleinen Teller und sagte: »Ich kann euch eure Verbrechen nicht nachweisen. Und wahrscheinlich kämt ihr sogar ungestraft davon, wenn ich es könnte. Das heißt aber noch lange nicht, dass ich gewillt bin, euch davonkommen zu lassen.«

Er lächelte, als wäre das, was nun folgte, nichts weiter als ein harmloser Scherz.

»Was deine Strafe anbelangt, so befinden sich deine Frau und deine Kinder auf dem Weg nach Kano. Von dort aus bringt man sie ins Ausland. Es ist dafür gesorgt, dass du sie nie wieder siehst.«

»Das ist nicht wahr!«, heulte Hassan auf, so bestürzt, dass er weder Worte noch Tränen zurückhalten konnte, ungeachtet der Drohung, die der Kaid zuvor ausgesprochen hatte. »Das ist nicht wahr!«

»Doch, es ist wahr«, erwiderte der Kaid knapp. »Ich selbst habe heute Morgen alle nötigen Papiere ausgestellt. In weniger als einer Stunde startet ihre Maschine. Wenn alles wie geplant verläuft, verbringen sie morgen bereits ihre erste Nacht in Europa.«

»Möge Allah mir beistehen!«

»Seinen Beistand wirst du bitter nötig haben. Ab sofort musst du zusehen, wie du allein zurechtkommst, ohne Familie, geächtet, verachtet und verfolgt.«

Er zwinkerte ihm zu, als wäre alles nur ein grausamer

Scherz. »Mir ist zu Ohren gekommen, dass unter den vielen Neugierigen, die aus allen Landesteilen herbeieilen, um sich an der Steinigung zu ergötzen, auch einige Krieger der Fulbe sind. Es ist anzunehmen, dass diese Krieger in Wahrheit gekommen sind, um den schändlichen Tod einer Stammesangehörigen zu rächen.«

Erneut lächelte er verschmitzt und sagte: »Du müsstest es eigentlich wissen, besser als jeder andere, dass deine Frau Seetti und ihre Schwester Aziza direkte Nachfahren des berühmten Königs Usman sind. Sein Clan ist immer noch der am meisten gefürchtete und respektierte im ganzen Land. Nicht umsonst heißt es, sie schlitzten ihren Feinden den Bauch auf und ließen sie in der Wüste verrecken.«

Ein kehliger Laut entrang sich Hassans Brust, wie das Stöhnen eines verwundeten Tieres, unmenschlich.

Mehr brachte er nicht heraus, nicht weil der Kaid ihm das Sprechen ausdrücklich verboten hatte, sondern aus Angst, aus purer Todesangst.

Kaid Shala schien immer mehr Gefallen an dem Kummer, dem Entsetzen und der unübersehbaren Verzweiflung des Mannes zu finden, der ihm am anderen Ende des geräumigen Saals gegenüber saß.

Er führte eine neue Dattel zum Mund und fuhr gleichgültig fort: »Ich bin nur überrascht, dass du und deine elenden Komplizen gedacht habt, ihr könntet jeden Frevel begehen und damit durchkommen, solange ihr dem Imam und dem Emir in den Hintern kriecht. Dass eine Frau wie Aziza einen Haufen von Idioten derart reizen kann, dass sie vorübergehend den Kopf verlieren und zu Verbrechern werden, kann ich ja irgendwie nachvollziehen. Ihr seid Idioten, und ihr werdet es bis zu eurem letzten Tag bleiben. Aber dass ihr euch die Hände an einem unschuldigen Neugeborenen schmutzig macht, dafür werdet ihr bis in alle Ewigkeit in der Hölle schmoren.«

»Der Junge lebt.«

Die Stimme war nur ein leises kaum verständliches Winseln. Der Kaid beugte sich vor und fragte: »Was hast du da eben gesagt?«

»Der Junge lebt«, wiederholte Hassan etwas lauter. »Wir haben ihn Fholko übergeben, dem Kaufmann aus Benin, damit er ihn an die Sklavenhändler aus Gabun verkauft. Er weiß, wo sich der Junge befindet.«

»Diese Kaufleute aus Benin sind wie die Hyänen. Sie ernähren sich von Aas. Und du, ein Moslem, bringst es fertig und verkaufst ihm den Kleinen, der womöglich dein eigener Sohn ist, obwohl du weißt, was für ein schreckliches Schicksal ihn erwartet? Du bist ein noch größeres Scheusal, als ich dachte.«

Kaid Shala dachte eine Weile nach. Offensichtlich verwirrte ihn diese neue Lage. Schließlich machte er eine ungeduldige Handbewegung, als wollte er einen üblen Geruch vertreiben.

»Verschwinde!«, befahl er. »Bei deinem Anblick wird mir übel. Ich kann nur hoffen, dass die Fulbe dich bald finden und dir den Bauch aufschlitzen. Raus!«

Zitternd vor Angst taumelte Hassan el Fasi, dessen Welt innerhalb weniger Minuten wie ein Kartenhaus eingestürzt war, aus dem Raum und übergab sich, kaum dass er auf der Straße stand. Der wütende Kaid versuchte, sich zu beruhigen, indem er erneut seine silberne Wasserpfeife entzündete, sich in die weichen Kissen zurücklehnte und die Augen halb schloss. Seit Tagen zerbrach er sich vergeblich den Kopf bei der verzweifelten Suche nach einer Lösung für tausend verschiedene Probleme, für die es offensichtlich keinen Ausweg gab.

Er erinnerte sich an die Zeit seiner Kindheit. Sein Vater hatte ihn in die Savanne geschickt, um auf die Herden aufzupassen, die dort grasten. Sein Leben war äußerst eintönig und verlief in ruhigen Bahnen, bis es April wurde. Dann war es vorbei mit der Ruhe. Die verfluchten Dromedare wurden brünstig, rannten wie wild umher, bissen sich gegenseitig und verstrickten sich in grausame Revierkämpfe, Man hätte hundert Arme gebraucht, um zu verhindern, dass sie sich gegenseitig umbrachten.

Es war zwar nicht April, aber die Lage war ähnlich. Aus dem ganzen Land strömten Menschenmengen nach Hingawana, in der Absicht, sich an dem blutigen Schauspiel der Hinrichtung zu ergötzen.

So blieb er lange liegen und suchte angestrengt nach einer Lösung, die seine Autorität nicht untergraben und seinen Wunsch, Aziza zu retten, und seine Pflicht, dem Gesetz Genüge zu tun, gleichermaßen befriedigen würde. Schließlich senkten sich die Schatten der Nacht. Seine Hauptfrau Yasmin trat ein, um ihn zum Abendessen zu rufen, und als sie sein ernstes Gesicht sah, fragte sie ihn sehr besorgt: »Was ist los mit dir?«

»Was mit mir los ist?«, gab er die Frage zurück, ohne sie anzusehen. »Ich bin dermaßen ratlos, dass ich zum ersten Mal bereue, als Kaid über Menschen zu regieren, die ich in Wirklichkeit gar nicht kenne.«

»Wovon redest du?«, fragte sie überrascht. »Hast du den Verstand verloren? Es gibt keinen einzigen Dorfbewohner, den du nicht persönlich kennst.«

»Ich sehe sie jeden Tag und spreche mit ihnen, aber in Wahrheit habe ich keine Ahnung, was sie wollen oder was sie denken.«

Er musterte sie neugierig.

»Was denken eigentlich die Frauen in Hingawana über die Steinigung einer unschuldigen Mutter?«

Die alte Yasmin, die im Ehebett seit vielen Jahren von jüngeren Frauen abgelöst worden war, aber trotzdem oder vielleicht auch gerade deshalb die beste Beraterin und engste Vertraute ihres Mannes war, setzte sich neben ihn, griff zärtlich nach seiner Hand und lächelte.

»Ich nehme an, dass jede anders darüber denkt, Liebster.

Als Mann fällt es dir schwer, das zu akzeptieren, aber jede Frau hat ihre eigene Art, die Dinge zu sehen. Auch wenn sie Angst hat, ihre Meinung in der Öffentlichkeit zu äußern, weil sie sich vor den Konsequenzen fürchtet.«

»Verstehe. Und du? Was denkst du?«

»Über Azizas Hinrichtung?« Als ihr Mann nickte, erklärte sie: »Ich glaube, dass letzten Endes alles in Allahs Händen liegt.«

»Das ist keine Antwort, mein Schatz«, protestierte Kaid Shala. »Ich will wissen, was dir lieber wäre – dass sie stirbt oder dass sie gerettet wird?«

»Ich kann dir keine andere Antwort geben. Wenn Allah will, dass sie gerettet wird, dann wird sie gerettet. Und ich würde mich mit ihr freuen. Wenn er aber will, dass sie stirbt, dann hat er seine Gründe dafür, und über die dürfen wir nicht urteilen.«

Kaid Shala betrachtete sie lange Zeit. Er schüttelte langsam und bedächtig den Kopf.

Obwohl sie seit einer Ewigkeit Mann und Frau waren, hatte er das Gefühl, als sähe er sie zum ersten Mal so, wie sie in Wirklichkeit war.

»Willst du mir weismachen, dass es dir völlig egal ist?«, fragte er ungläubig. »Empfindest du denn überhaupt kein Mitleid mit einer armen Frau, die so viel gelitten hat? Die einen so grausamen Tod erwartet?«

»Was hätte sie von meinem Mitleid, wenn ich doch nichts für sie tun könnte?«, entgegnete seine Frau mit unschlagbarer Logik. »Allah ist derjenige, der Mitleid mit ihr haben müsste. Aber vielleicht hat er keines, weil er ihr längst einen Platz im Paradies versprochen hat als Belohnung für das viele Leid, das sie geduldig ertrug.«

»Weißt du eigentlich, was du da sagst?«, fragte ihr Mann, der seinen Ohren kaum traute.

»Natürlich«, entgegnete Yasmin. »Hast du mir nicht selbst beigebracht, dass es für einen Gläubigen nicht das größte

Übel ist, das Leben, sondern den Glauben zu verlieren? Soweit ich weiß, hat Aziza sich ihren Glauben bewahrt und ihn auch niemals verraten.«

»Ich wünschte wirklich und wahrhaftig, ich wäre mir da so sicher wie du«, sagte der Kaid, nahm eine Dattel und legte sie dann nachdenklich wieder zurück. »Ich gebe dir Recht. Es gibt kein schöneres Ziel, als nach einem Platz im Paradies zu trachten. Aber dieses arme Geschöpf, diese arme Frau musste einen allzu grausamen Weg zurücklegen, um dorthin zu gelangen.«

»Darüber hat nur Allah zu entscheiden.«

»Wahrscheinlich.«

»Was also sind dann ein paar Jahre des Leids, wenn am Ende das ewige Glück auf sie wartet?«

»So gut wie nichts, ich gebe es zu. Aber auch, wenn du davon überzeugt bist, dass es Allahs Wille ist, will ich dich bitten, dass du nicht zum Dorfplatz gehst, um sie zu steinigen, selbst wenn du glaubtest, dass sie so auf direktem Weg ins Paradies gelangt.«

»Das hatte ich auch gar nicht vor. Schließlich bin ich deine Ehefrau. Wenn du Mitleid mit ihr hast, ist es meine Pflicht, deine Gefühle zu teilen. Außerdem habe ich nicht das geringste Verlangen, mich an einer solchen Grausamkeit zu beteiligen.«

Sie hielt inne und fragte fast ängstlich: »Wann ist es so weit?«

»Spätestens am Donnerstag muss die Hinrichtung vollstreckt sein. So sieht es das Gesetz vor, aber ich fürchte, dass Ouday Moulay sie auf übermorgen vorverlegen wird.«

»Und das kannst du nicht verhindern?«

»Nein. Schlimmer noch: Es ist meine Pflicht, dafür zu sorgen, dass niemand die Hinrichtung vereitelt.«

»Du meinst die Fremden?«

»Möglich. Trotzdem glaube ich nicht, dass ihr Anführer, dieser Mann mit dem unaussprechlichen Namen, so dumm sein könnte. Er würde das Risiko eingehen, dass man eine Fatwa gegen ihn ausspricht, und dann müsste er ein Leben lang auf der Flucht sein. Wer hat es schon gern, wenn Millionen von Menschen den ausdrücklichen Befehl erhalten, einen aufzuspüren und zu töten, wo immer man sich befindet.«

Erschöpft, obwohl er den ganzen Tag nur nachgedacht hatte, erhob sich der Kaid und sagte auf dem Weg ins Speisezimmer: »Wenn er nicht völlig verrückt ist, was durchaus sein könnte, macht er sich morgen auf den Heimweg. Hier ist nichts mehr zu holen.«

Oscar Schneeweiss Gorriticoechea war, wie er selbst immer wieder gern beteuerte, ziemlich verrückt. Auf der anderen Seite war er klug genug, um zu wissen, wann er sich aus dem Staub machen musste. Am kommenden Morgen parkte er seinen schimmernden Geländewagen vor Azizas Haus. Er richtete Lautsprecher und Mikrophon seines Funkgeräts aus, rief sie ans Fenster und sagte lächelnd:

»Du kannst mit deiner Tochter reden. Sie ist bereits in Europa, bei mir zu Hause. Sag ihr, was du willst.«

Die unglückliche Frau zögerte einen Augenblick. Dann sprach sie mit ungewöhnlich lauter Stimme auf ihre Tochter ein. Oscar verstand kein Wort.

So wusste er nicht, was zwischen Mutter und Tochter gesagt wurde, doch es musste ein sehr aufwühlendes Gespräch sein, denn plötzlich brach Azizas Stimme ab, und sie brachte kein weiteres Wort heraus.

Schließlich gab sie Oscar mit einer Handbewegung zu verstehen, dass er den komischen und zugleich so wundersamen Apparat abstellen sollte.

Daraufhin bat Oscar Villeneuve am anderen Ende der Leitung, sich gut um die Kleine zu kümmern, unterbrach die Verbindung und wartete geduldig, bis sich Aziza wieder gefasst hatte.

Am Ende erklärte er: »Ich habe mein Versprechen gehalten. Deine Tochter ist in Sicherheit. Ich werde für sie sorgen, als wäre sie mein eigenes Kind. Deine Schwester, deine Nichten und Neffen sind ebenfalls in Sicherheit, und ich will die Hoffnung nicht aufgeben, dass ihr euch eines Tages alle wiederseht.«

»Allah hat dich mit großer Zuversicht gesegnet, das bezweifle ich nicht«, erwiderte Aziza. »Aber ich habe mich schon vor langer Zeit in mein Schicksal ergeben. Jetzt, da ich weiß, dass meine Kleine in Sicherheit ist, fürchte ich den Tod nicht mehr.«

»Dass du den Tod nicht fürchtest, heißt doch nicht, dass du ihn suchen musst!«

»Ich habe mich bereits mit ihm abgefunden und bin dir dankbar für alles, was du für mich getan hast. Es ist Zeit, sich zu verabschieden«, erklärte Aziza, die ihre Fassung inzwischen wiedergewonnen hatte. »Viele Menschen werden kommen, um die Hinrichtung zu sehen. So etwas ist immer ein großes Spektakel für manche Leute. Unter ihnen könnte es einige Fanatiker geben, die einem Fremden liebend gern die Kehle durchschneiden würden. Ich wäre viel ruhiger, wenn ich wüsste, dass du weit weg bist.«

»Erinnerst du dich an deinen Onkel? Usman Zahal Fodio?«

»Nein.«

»Er war der Bruder deiner Mutter.«

»Ich weiß, aber ich glaube, ich habe ihn nie persönlich getroffen.«

»Nun, er ist hier.«

»In Hingawana?«, fragte Aziza erstaunt. »Warum ist er nicht zu mir gekommen?«

»Er hat deine Schwester besucht. Vorgestern Nacht habe ich mit ihm gesprochen. Er hat mir versichert, er würde es nicht zulassen, dass man seinen Stamm entehrt, indem man eine seiner Angehörigen umbringt. Seitdem ist er verschwunden.«

»Was kann ein einziger Mann schon gegen eine Meute anrichten, die fest entschlossen ist, mich zu steinigen?«, erwiderte die junge Frau resigniert. »Sie werden ihn umbringen.«

»Ich hatte den Eindruck, dass er ein stolzer Krieger ist. Er lässt sich nicht ohne weiteres unterkriegen. Wie ein Gespenst tauchte er plötzlich neben mir auf und verschwand wieder im Dunkel der Nacht.«

»Ich erinnere mich, wie meine Mutter erzählte, er habe mehr als zwanzig Löwen erlegt«, sagte Aziza. »Aber wenn er es tatsächlich schaffen würde, mich herauszuholen, wären die moslemischen Fanatiker tief gekränkt und würden sich an jedem Fulbe rächen, der ihnen über den Weg liefe. Es käme zu heftigen Zusammenstößen mit Hunderten von Toten. Ich will nicht der Auslöser für ein Blutbad sein.«

»Ist es dir lieber, dass sie dich wie ein Tier abschlachten, obwohl sie wissen, dass du unschuldig bist?«

»Ja. Eher will ich im rechten Augenblick sterben und ein reines Gewissen haben, als später ständig von den Gedanken gequält zu werden, dass meine Feigheit Hunderten von Unschuldigen, die nichts damit zu tun hatten, das Leben kostete.«

»Deine Haltung ehrt dich«, entgegnete Oscar. »Und ich will gern zugeben, dass allein diese Worte aus deinem Mund meine lange, beschwerliche Reise aufwiegen. Aber auch wenn ich sie respektiere, bin ich der Meinung, dass du in erster Linie an dich denken solltest und an deine Kinder, die dich brauchen.«

»Du hast versprochen, dich um Kalina zu kümmern. Menlik ist wahrscheinlich längst tot.«

»Und wenn nicht?«, fragte Oscar. »Würde es sich nicht lohnen zu leben. Sei es nur, um den Versuch zu unternehmen, ihn zurückzubekommen?«

Die Frau mit den honigfarbenen Augen blickte ihn geradezu flehend an und fragte mit kaum hörbarer, gebrochener Stimme: »Was willst du damit sagen? Weiß man etwas über Menliks Schicksal? Lass es mich hören, bitte!«

Oscar nickte kaum merklich. »Gestern Nacht ging ich zum Kaid, um mich von ihm zu verabschieden. Er sagte mir, er wüsste nicht so recht, ob er es dir sagen oder dich lieber im Unklaren lassen sollte. Er war überzeugt, dass er es dir mit seinem Schweigen leichter machen würde.«

Er hielt einen Augenblick inne und fügte dann hinzu: »Offensichtlich haben sie deinen Sohn einem Kaufmann überlassen, damit er ihn an die Kinderhändler verkauft.«

Die arme Frau, die so vom Unglück verfolgt war, stöhnte vor Schmerz auf. Mit beiden Händen umklammerte sie instinktiv ihren Bauch, als wollte sie das Kind beschützen, das sie neun Monate darin getragen hatte.

»Möge sich Allah seiner erbarmen!«, schluchzte sie. »Kleine Jungen fallen immer in die Hände perverser Lüstlinge.«

»Deiner nicht«, widersprach Oscar. »Ich habe meinen Männern bereits Anweisungen erteilt, dass man diesen Mann aus Benin ausfindig macht, wo auch immer er sich befindet. Ich werde Menlik aus den Händen der Sklavenhändler befreien, koste es, was es wolle.«

Er machte eine Pause und setzte absichtsvoll hinzu: »Aber dazu brauche ich dich. Du bist die Einzige, die ihn unter den Tausenden von gleichaltrigen Kindern wiedererkennen kann.«

Die Sonne ging gerade unter. Zwei große Lastwagen erschienen auf der staubigen Sandpiste, die sechzig Kilometer entfernt in die asphaltierte Landstraße nach Kano mündete.

Die Dunkelheit senkte sich allmählich über Hingawana, und auf dem Dorfplatz versammelten sich alle Bewohner und die Besucher, die von weither gekommen waren, um an dem großen Ereignis am nächsten Morgen teilzunehmen.

Gespannt beobachteten sie, wie die dröhnenden Lastwagen in einer Entfernung von weniger als einem Kilometer vor dem Dorf stehen blieben. Plötzlich flammten unzählige Lichter auf, so dass sie aussahen wie riesige Jahrmarktsbuden.

Gleichzeitig tönte eine arabische Stimme aus dem großen Lautsprecher, den man auf dem Kabinendach des ersten Lastwagens aufgestellt hatte: »Geschenke! Wir bringen Geschenke für alle, die keine Steine auf Aziza Smain werfen! Essen, Kleidung, Medikamente, Brillen, Fahrräder, Fußbälle, Radios, Spielzeug! Ihr könnt nehmen, was ihr wollt, aber ihr müsst versprechen, keine Steine auf die junge Frau zu werfen, die euch nichts getan hat!«

Vier Einheimische stiegen aus den nebeneinander geparkten Fahrzeugen und klappten die großen Seitenflügel der Anhänger hoch, damit die neugierige Menschenmenge, die sich mittlerweile um die Laster versammelt hatte, die vielen wunderbaren Dinge im Innern in Augenschein nehmen konnte.

»Das alles gehört euch!«, wiederholte eine verführerische Stimme ohne Unterlass. »Nehmt euch, was ihr wollt! Aber vergesst nicht, dass Allah jeden verfluchen wird, der heute etwas nimmt und morgen auch nur einen einzigen Stein auf Aziza Smain schleudert!«

Ein unruhiges Raunen flog durch die Menschenmenge. Männer, Frauen und Kinder sahen sich an und bestaunten anschließend die zahllosen Versuchungen, die vor ihnen ausgebreitet waren. Den armen, einfachen Bewohnern jenes vergessenen nigerianischen Dorfes am Ende der Welt erschien der Inhalt der Lastwagen wie der kostbare Schatz aus Ali Babas Höhle.

Jeder Gegenstand war mit Bedacht ausgesucht und angeordnet worden. Alles war neu und funkelte im Licht der eigens darauf gerichteten Scheinwerfer. Es schien, als warteten all diese herrlichen Dinge nur darauf, dass eine gierige Hand, die niemand hindern würde, nach ihnen schnappte.

Die Einheimischen staunten mit offenem Mund. Ihre Augen leuchteten vor Verlangen beim Anblick der nagelneuen, metallic-blauen Fahrräder und der feinen roten Seidenballen, aus denen sich die Frauen mit Hilfe der Nähmaschinen, die ganz vorn in der ersten Reihe standen, die schönsten Kleider nähen könnten.

Unaufhörlich umschmeichelte sie die verführerische Stimme.

»All das könnt ihr haben! Es gehört euch, wenn ihr versprecht, Aziza nicht zu steinigen.«

Die Spannung wuchs.

Plötzlich stob die aufgebrachte Menschenmenge auseinander, um Platz für Kaid Shala zu machen. Langsam bahnte er sich einen Weg durch die Versammelten und blieb vor dem ersten Lastwagen stehen. Er sah sich alles ausgiebig an, wohl wissend, dass sämtliche Augen auf ihn gerichtet waren und die kleinste Bewegung oder Geste aufmerksam verfolgten.

Er dachte einen Augenblick nach und wandte sich an die Menschenmenge, die ihn beobachtete, als wüsste er sämtliche Antworten auf ihre Fragen.

Schließlich griff er nach einer Sonnenbrille und sagte: »Möge mich Allah verfluchen, wenn ich einen einzigen Stein auf Aziza werfe.«

Anschließend drehte er sich zu einer alten Frau neben sich um und blickte sie an.

»Was hättest du denn am liebsten?«

»Eine Nähmaschine«, antwortete die Frau wie aus der Pistole geschossen.

»Nimm sie mit, aber vorher sprich mir nach: ›Möge Allah mich verfluchen, wenn ich einen einzigen Stein auf Aziza Smain werfe.‹«

Mit beiden Händen packte die Alte das schwere Gerät und sagte mit zitternder Stimme: »Möge Allah mich verfluchen, wenn ich einen einzigen Stein auf Aziza Smain werfe!«

Kaid Shala lächelte und lud die anderen mit breiter Gebärde ein, sich in die Schlange einzureihen. Er verkündete mit seiner ganzen Autorität: »Einer nach dem anderen, und dass mir keiner Streit anfängt! Jeder darf sich nehmen, was er will, aber er muss vorher den Eid schwören.«

Damit verschwand er in der Dunkelheit der Nacht und kehrte in seinen Palast zurück. Bevor er eintrat, sah er sich noch einmal zu Azizas neuem Haus um und nickte lächelnd.

Wenig später tauchte eine lautlose Gestalt aus dem Dunkel auf, schlich sich wie ein Gespenst an der Hauswand entlang bis zur Tür und klopfte leise.

Die Tür öffnete sich einen Spalt breit und Azizas fragendes Gesicht wurde sichtbar. Usman begrüßte sie im Dialekt der Fulbe: »Guten Abend, Nichte! Es freut mich, dich endlich kennen zu lernen, auch wenn die Umstände nicht gerade günstig dafür sind. Am besten brechen wir gleich auf!«

»Zwei bewaffnete Männer halten Wache vor dem Haus!«, antwortete die junge Frau im selben Dialekt wie er.

»Mach dir keine Sorgen. Das sind bloß dumme Hausa. Deine Cousins haben sich längst um sie gekümmert. Los, beeil dich. Und nimm ein paar Kleider mit, die du in letzter Zeit getragen hast.«

Minuten später stahlen sich beide aus dem Haus, an der

Mauer und den beiden Unglücksraben vorbei, die bewusstlos am Boden lagen, warfen einen kurzen Blick auf die hell erleuchteten Lastwagen in der Ferne und verloren sich in der Dunkelheit der Nacht.

Fast im Laufschritt marschierten sie etwas länger als eine halbe Stunde, bis sie eine Gruppe hoher Felsen erreichten. Sie gingen um sie herum und stießen auf zwei junge Krieger, die an einem Lagerfeuer hockten und auf sie warteten.

»Das sind meine Söhne, Kabul und Gaskel«, erklärte Usman. »Sie werden uns beschützen und falsche Fährten legen, falls man uns verfolgt. Sie haben das von mir gelernt. Du kannst dich ein wenig ausruhen. Wir müssen die Savanne erreichen, ehe die Sonne aufgeht.«

Aziza grüßte die jungen Männer mit einem leichten Nicken. Obwohl sie an die Anmut der Frauen ihres Stammes gewohnt waren, starrten sie Aziza voller Bewunderung an. Schließlich sagte ihr Vater lächelnd: »Man sieht, dass du die Tochter meiner Schwester bist. Du hast denselben Körper und dieselben Augen. Sie aber hatte dir etwas voraus. Sie war kein Mischling.«

»Ich schäme mich nicht für mein Hausablut«, erwiderte Aziza schlicht. »Zumindest habe ich es nicht getan, bis geschah, was geschah.«

»Kein Fulbe würde jemals einer Frau Gewalt antun!«, sagte der Jüngere ihrer Cousins, Gaskel. »Sich an einem Schwächeren zu vergreifen ist die schlimmste Feigheit, die man als Krieger begehen kann.«

»Die Hausa sind keine Krieger«, rief sein Bruder verächtlich. »Bloß Händler. Sie scheuen nicht einmal vor Menschenhandel zurück. Händler sind hinterhältig und feige, das weiß jeder.«

»Darf ich dich daran erinnern, dass mein Vater ein furchtloser Karawanenführer war? Er musste sogar einen Löwen erlegen, um die Liebe meiner Mutter zu gewinnen«, entgegnete Aziza gekränkt. »Und er war ein Hausa.«

»Ja, das stimmt. Dein Vater war ein unglaublich mutiger Mann«, schlichtete Usman den Streit. »Ich erinnere mich voller Bewunderung und Respekt an ihn, schließlich habe ich seine Wunden verarztet. Aber ich bin überzeugt, dass auch in seinen Adern das Blut der Fulbe floss. Unsere Großväter haben einst das ganze Land ringsum beherrscht.«

Usman nahm aus der Ledertasche, die um seine Schulter hing, ein großes Gefäß aus den Hörnern eines Zebu-Rindes, öffnete es und schüttete etwas von der Flüssigkeit, die sich darin befand, auf seine Hand. Dann rieb er sich damit gründlich die Beine und Fußsohlen ein und reichte das Gefäß anschließend der jungen Frau.

»Reib dich damit ein«, sagte er in einem Ton, der keinen Widerspruch duldete.

Aziza nahm den Behälter und verzog dann angeekelt das Gesicht.

»Bei Allah!«, rief sie. »Das stinkt wie die Pest! Was ist das denn?«

»Urin.«

»Urin?«, wiederholte die junge Frau entsetzt. »Was für welcher?«

»Der eines Löwenmännchens.«

»Wozu soll das gut sein?«

»So können ihre Hunde unsere Fährte nicht aufnehmen, falls sie überhaupt welche haben«, sagte Usman ruhig. »Zieh alles aus, was du am Leib hast, und gib es meinen Söhnen. Auch den Schmuck.«

»Warum?«

»Weil sie in die andere Richtung laufen und mit deinen Sachen eine falsche Fährte legen werden. So kann ich dich leichter in Sicherheit bringen.«

»Was ist, wenn unsere Verfolger sie erwischen?«

»Sie erwischen sie nicht. Meine Söhne sind ausdauernde Läufer. Und falls sie sie tatsächlich einholen sollten, finden sie bloß drei Fulbe vor, die ihre Herde hüten. Einen Tagesmarsch entfernt wartet noch einer meiner Söhne mit der Rinderherde auf sie.«

»Du hast an alles gedacht.«

Der stolze Krieger deutete auf die Weite der dunklen Nacht und sagte: »Wir sind in der Savanne und in der Wüste zu Hause, das ist unsere Welt, zu der auch du gehörst. Und in dieser Welt sind die Hausa bloß ein Haufen furchtsamer Eindringlinge.«

Er sprang auf und breitete ein schwarzes Stück Stoff vor ihr aus.

»Wickel dich darin ein, wir brechen auf! Bis zur Grenze ist es noch ein weiter Weg.«

Kurz darauf machte er sich auf den Weg. Die junge Frau folgte ihm wortlos. Unmittelbar darauf verloren sie sich in nordwestlicher Richtung in der Nacht.

Usmans Söhne löschten das Feuer und begannen, sämtliche Spuren, die sie in der Umgebung hinterlassen hatten, zu beseitigen.

Kurz darauf setzten sich die beiden Krieger in die entgegengesetzte Richtung in Bewegung und schleiften Azizas Kleider, die sie an ein kurzes Seil gebunden hatten, hinter sich über den Boden. Hätte sie jemand gesehen, hätte er nicht daran gezweifelt, dass sie ihren schnellen Rhythmus bis zum Morgengrauen durchhalten würden.

Der Sonnenaufgang überraschte Usman und seine Nichte in der Nähe eines Hains aus dichten Akazien, Zwergpalmen und Sträuchern, die um eine kleine Wasserstelle wuchsen. Trotz des brackigen Aussehens sprangen sie hinein und tauchten tief unter. Nicht nur, um ihren Durst zu stillen und sich zu erfrischen, sondern vor allem, um sich des üblen Gestanks nach Löwenurin zu entledigen. In dieser Umgebung bot er keinen Schutz mehr, sondern stellte im Gegenteil eine ernst zu nehmende Gefahr dar.

»Um diese Jahreszeit streifen hier vereinzelte Löwenrudel herum«, erklärte Usman. »Und ein Löwenmännchen hat es nicht gern, wenn jemand sein Revier mit Duftmarken versieht, die nicht die seinen sind.«

Er ließ Aziza an der Wasserstelle zurück, damit sie sich ausruhen konnte, und bahnte sich einen Weg durch das dichte Gestrüpp. Nach einer halben Stunde kehrte er mit einem jungen Warzenschwein zurück, das er erlegt hatte. Er bat Aziza, ein Feuer anzuzünden, und begann geschickt, das Tier mit seinem Messer zu häuten.

»Heißt das, wir sollen Schweinefleisch essen?«, fragte sie beunruhigt.

Der alte Mann betrachtete sie ein wenig verwirrt, doch schließlich begriff er und schüttelte lächelnd den Kopf.

»Das ist kein richtiges Schwein, Kleines«, klärte er sie auf. »Nur ein winziges Wildschwein, und ich glaube kaum, dass Mohammed etwas gegen Wildschweine einzuwenden hatte. Aber selbst wenn, ab jetzt bist du eine Fulbe. Merk dir das. Du wirst dich wohl oder übel an unsere Bräuche gewöhnen müssen. Dein Hausa-Blut hat dir nicht besonders gut getan, fürchte ich.«

Aziza war so nachdenklich, dass sie eine Weile brauchte, um zu reagieren.

Schließlich nickte sie und erklärte: »Wenn ich mich schon nicht zu Tode steinigen lasse, obwohl die Scharia es verlangt, dann kann ich auch das Fleisch eines Tieres essen, das wie ein Schwein aussieht, anstatt zu verhungern. Womit soll ich das Feuer anfachen?«

Usman sah sie überrascht an. Dann zeigte er auf seine Ledertasche, die am Boden lag.

»Mit dem Feuerzeug natürlich«, sagte er. »Es ist in meiner Tasche.«

Eine Stunde später genossen sie den köstlichen Wildschweinbraten. Und als sie fertig waren, seufzte die Frau mit den honigfarbenen Augen befriedigt und sagte: »Ich habe so gut gegessen wie schon lange nicht mehr. Wahrscheinlich wäre ich jetzt schon tot, wenn du nicht gekommen wärst.

Wie kann ich dir bloß für alles danken, was du für mich tust?«

»Ein Fulbe muss sich bei einem anderen Fulbe nicht bedanken«, lautete die einfache Antwort. »Es ist unsere Pflicht, einander beizustehen. Wir erfüllen sie gern. Wäre es nicht so, hätten wir nicht überleben können. Wir sind weit verstreut über ein Land, in dem andere Völker mit anderen Sprachen, anderen Sitten und Gebräuchen leben. Hat deine Mutter dir das nicht beigebracht?«

»Nein.«

»Das überrascht mich. Sie war eine Fulbe.«

»Meine Mutter war sehr schön, aber auch sehr klug«, erwiderte die junge Frau nicht ohne Stolz. »Ich weiß noch, dass ich sie eines Tages fragte, wie ihr Leben gewesen sei, bevor sie nach Hingawana kam. Sie antwortete nur: ›Dein Vater ist ein Hausa, du lebst bei den Hausa, und deine Kinder werden eines Tages Hausa sein. Je weniger du über die Fulbe weißt, desto besser für dich.‹«

»Recht hatte sie«, gab ihr Onkel zu. »Aber die Dinge haben sich geändert. Du bist immer noch zum Tode verurteilt, und das bedeutet, dass jeder Hausa oder Moslem, dem du über den Weg läufst, versuchen wird, dich zu töten. Dir bleibt nichts anderes übrig, als bei den Fulbe zu leben. Du wirst einen Fulbe heiraten, und deine Kinder werden Fulbe sein. Je schneller du alles vergisst, was mit den Hausa zu tun hat, desto besser für dich.«

»Welcher Fulbe will schon eine Frau heiraten, die zwei Kinder hatte, nichts in die Ehe mitbringen kann und zum Tode verurteilt ist?«

»Jeder, der Augen im Kopf hat, nähme dich zur Frau – sogar ein Blinder.«

»Und das soll ich glauben?«

»Eins musst du wissen, Aziza! Für die Fulbe ist nichts wichtiger als Anmut, und du strotzt geradezu vor Schönheit und innerer Kraft. Obendrein hast du bereits zwei Kinder zur

Welt gebracht. Das ist der Beweis für deine Fruchtbarkeit. Eine Aussteuer brauchst du nicht. Wir Fulbe verabscheuen alles, was uns bindet. Wir wollen keinen Besitz. Außerdem wird es jedem Fulbe-Krieger zur Ehre gereichen, dass seine Frau von den verachtenswerten Hausa zum Tode verurteilt wurde.«

Usman stand auf, nahm seine Ledertasche und seine Waffen vom Boden und warf sich den Rest des Fleisches über die Schulter.

»Wir sollten zusehen, dass wir weiterkommen, bis zur Grenze haben wir noch einen langen Marsch vor uns.«

»Wenn wir die Grenze erreicht haben, sind wir dann in Sicherheit?«, fragte Aziza und stand ebenfalls auf.

»Nein!«

»Warum nicht? Sind wir dann nicht in einem anderen Land?«

»In einem anderen Land ja, mein Kleines, aber die Menschen sind dieselben. Auf der einen wie auf der anderen Seite dieser Grenze, von der nicht einmal ich weiß, wie sie verläuft, leben Hausa. Und so, wie wir Fulbe niemals Grenzen respektiert haben, weil die Götter sie nicht festlegten, als sie die Welt erschufen, so werden auch diese Fanatiker keine Ruhe geben, bis sie dich zu Tode gesteinigt haben. Deshalb bist du dort genauso gefährdet wie in Europa, so weit das auch weg sein mag.«

»Willst du damit sagen, dass ich den Rest meines Lebens auf der Flucht verbringen muss?«

»Nicht, wenn du bei den Fulbe bleibst.«

Ouday Moulay kochte vor Wut.

Einen Teil davon ließ er an den unfähigen Stümpern aus, die sich von zwei jungen Kriegern hatten überrumpeln lassen. Wie einen Vogel, dem man die Tür seines Käfigs öffnet, hatten sie die zum Tode Verurteilte einfach befreit. Doch als Sehese vorschlug, einen Trupp von Freiwilligen zusammenzutrommeln, um die Verfolgung aufzunehmen, winkte er entschieden ab.

»Sollen wir uns noch mehr zum Narren machen?«, fuhr er den Imam an. »Die Hundesöhne haben acht bis zehn Stunden Vorsprung. Außerdem ist es so gut wie unmöglich, einen Fulbe in der Savanne oder Wüste ausfindig zu machen. Sie hinterlassen keine Spuren. Sie sind listiger als Schlangen. Sie können sich überall verstecken und fallen über einen her, gerade, wenn man am wenigsten damit rechnet.«

»Wir haben ausgezeichnete Fährtenleser und Jäger, die sich hier besser auskennen als jeder andere.«

»Nein!«, fauchte der Emir. »Ich will nicht mit ansehen müssen, wie unsere Leute geschlagen und gesenkten Hauptes zurückkehren.«

»Aber wir können doch wirklich nicht zulassen, dass sie uns dermaßen schlecht aussehen lassen!«, erwiderte der Imam missmutig.

»Das haben sie bereits getan. Einmal reicht.«

»Was sollen wir machen? Tatenlos zusehen?«

»Wir müssen uns in Geduld üben und unsere Arme weit ausstrecken. Wenn es sein muss, bis ans Ende der Welt. Zum Glück leben unsere Glaubensbrüder heute überall auf der Erde. Aziza Smain wurde nach den Gesetzen der Scharia zum

Tode verurteilt. Glaub mir, kein Mensch kann sich diesem Urteil entziehen, wo immer er sich auch verstecken mag.«

»Sie wird bei den Fulbe Unterschlupf suchen.«

»Wenn es sein muss, erklären wir den Fulbe den Krieg. Unsere Glaubensbrüder werden ihnen nachstellen und ihnen das Leben unmöglich machen, bis sie uns zurückgeben, was uns gehört.«

»Die Fulbe betrachten sie als eine der ihren.«

»Da irren sie sich gewaltig!«, erwiderte Moulay selbstsicher. »Diese Frau gehört nicht ihnen, sie gehört nicht einmal mehr uns. Sie ist des Todes.«

»Vorher müsste man sie allerdings finden.«

»Das werden wir.«

»Leichter gesagt als getan. Die elenden Zebu-Anbeter sind über den ganzen Kontinent verstreut. Sie leben in Nigeria, Kamerun, Niger, Burkina Faso, Mali, Algerien, Mauretanien, Tschad, Libyen, Sudan, Äthiopien und in wer weiß welchen Ländern noch, die wir wahrscheinlich nicht einmal kennen.«

»Das spielt keine Rolle.«

»Deinen Glauben möchte ich haben.«

»Anstatt zu zweifeln, solltest du lieber mit ganzer Kraft dafür kämpfen, dass Gottes Gesetz respektiert wird«, erklärte der Emir streng. »Diese Frau muss sterben, und ich werde keine Ruhe geben, bis sie tot ist. Andernfalls könnte jeder hergelaufene Ungläubige Gottes Gesetz verspotten.«

»Was willst du mit ihnen machen?«

»Mit wem?«

»Mit den Ungläubigen.«

»Nichts. Soweit ich verstanden habe, waren alle, auch ihr verrückter Anführer, bereits aus Nigeria abgereist, als man sie befreite. Ich kann sie also schlecht der Komplizenschaft anklagen.«

»Aber die Lastwagen mit den Geschenken kamen eindeutig von ihnen«, entgegnete Sehese aufgebracht. »Während sie die Dorfbewohner und unsere Leute ablenkten, haben die Krieger der Fulbe Aziza befreit.«

»Meinst du, das wüsste ich nicht?«, gab Emir Moulay verdrossen zurück. »Das ganze Dorf hat es gesehen. Trotzdem kann man niemanden anklagen, weil er Dinge verschenkt, die ihm gehören. Die Ungläubigen taten nichts Unrechtes. Unsere Leute hätten die Geschenke niemals annehmen dürfen.«

»Sicher, andererseits kann man von Leuten, die nichts haben, nicht erwarten, dass sie auf etwas verzichten, was sie sonst nie bekämen.«

»Mag sein. Aber das wäre so, als beklagten wir uns darüber, dass der Teufel seine Pflicht tut und die Schwachen in Versuchung führt. Es fällt nicht schwer, sich an die göttlichen Gebote zu halten, wenn keiner einen leichteren und angenehmeren Weg anbietet. Das Verdienst besteht doch gerade darin, nicht von der verbotenen Frucht zu essen.«

»Ich bezweifle, dass auch nur einer dieser versammelten Dummköpfe auf die Idee kam, dass die Fahrräder, Nähmaschinen, Taschenlampen oder Fußbälle verbotene Früchte wären«, sagte Sehese.

»Es geht nicht um die Gegenstände an sich, sondern um den Preis, den man zahlt«, erklärte Emir Moulay knapp. »Scheich Ali Abebe, mein alter Meister, sagte immer: ›Wenn du einen goldenen Bogen besitzt und ihn mit einer einfachen alten Kordel spannst, die du irgendwo gestohlen hast, dann ist die Kordel wertvoller als der Bogen, denn mit ihr hast du deine Unschuld gebannt.‹«

»Es war der Kaid, der mit schlechtem Beispiel voranging und das Volk dazu verleitete, die Geschenke anzunehmen. Hätte er nicht den ersten Schritt getan, unsere Leute hätten die Sachen nicht angerührt.«

»Ali Abebe sagte auch: ›Wenn der Wüstenwind dein Zelt davonweht, mach nicht deinen Nachbarn dafür verantwortlich, dass du es nicht richtig festgezurrt hast‹. Ständig zu klagen und andere für die eigenen Fehler verantwortlich zu machen, ist keine Lösung. Jetzt ist schnelles Handeln erforderlich.«

»Was willst du unternehmen?«

»Ich werde zuallererst Verbindung zur Salafisten-Gruppe für Predigt und Kampf aufnehmen, unseren islamischen Glaubenskriegern. Ihr Einflussgebiet reicht weit über die Länder hinaus, die du eben aufgezählt hast. Sie werden sehr stolz darauf sein, das Todesurteil der Scharia zu vollstrecken, darauf gehe ich jede Wette ein.«

»Weißt du, wie du sie erreichen kannst?«

»Selbstverständlich! Abu Akim, ihr Statthalter, ist mein Cousin.«

»Abu Akim!«, wiederholte Sehese mit Bewunderung. »Der berühmte Abu Akim?«

Als Moulay nur schweigend nickte, wiederholte Sehese erneut ungläubig: »Abu Akim, die Geißel Allahs?«

»Genau der.«

»Du hast nie erwähnt, dass du mit ihm verwandt bist«, sagte der Imam beinahe vorwurfsvoll.

»Meine Mutter und seine Mutter stammen vom selben Vater ab«, erklärte Emir Moulay. »Aber das ist etwas, das unter uns bleibt. Behalt es für dich. Du weißt, dass es viele Menschen gibt, die seine Ansichten ablehnen, auch unter den Gläubigen.«

»Wenn es nur zehn Aufrechte wie ihn gäbe, dann hätten wir keine Ungläubigen mehr auf Erden«, sagte Sehese inbrünstig.

»Und wenn es hundert wie ihn gäbe, hätten wir weder Ungläubige noch Gläubige«, bestätigte Emir Moulay mit verschmitztem Lächeln. »Bei der Verteidigung unseres Glaubens schießt er leider viel zu oft über das Ziel hinaus. Ich habe ihn unter vier Augen und sogar in aller Öffentlichkeit mehrmals ermahnt. Im Augenblick jedoch und unter den gegebenen Umständen muss ich zugeben, dass er der Richtige ist, um ein so heikles Problem zu lösen, das uns leicht aus dem Ruder laufen könnte.«

»Wann willst du mit ihm reden?«

»Morgen, sobald ich in Kano bin.«

»Hält er sich dort auf?«

»Nein! Natürlich nicht! Niemand hat die leiseste Ahnung, wo er sich versteckt hält, nicht einmal ich. Nur deshalb ist er noch am Leben, Allah sei Dank. Die Geheimdienste mehrerer Länder, vor allem der israelische, würden alles für seine Ergreifung geben, seit eine seiner Splitterorganisationen eine Gruppe von Touristen entführte und in Algerien eine Ölpipeline in die Luft sprengte. Die Amerikaner haben sogar ein Kopfgeld auf ihn ausgesetzt.«

»Die Amerikaner meinen, sie könnten alles mit Geld regeln, aber du und ich wissen, dass es Dinge gibt wie den Glauben, die man nicht kaufen kann.«

»Das weiß auch Abu Akim.«

Abu Akim war ein kleinwüchsiger, schlanker Mann, der von weitem ein wenig an den Schriftsteller Truman Capote erinnerte. Er besaß ausgezeichnete Manieren und eine hervorragende Bildung, die er sich während seines fünfjährigen Studiums an der Oxford Universität erworben hatte. Aufgrund seines geringen Körpergewichts und seiner besonderen Begabung, Befehle zu erteilen, hatte er es in dessen berühmter Rudermannschaft sogar zum Steuermann gebracht.

In jener längst vergangenen Zeit, als er noch ein fleißiger Student und begeisterter Sportler gewesen war, wäre niemand, der ihm auf einer der rauschenden Partys begegnete, auf die Idee gekommen, dass dieser charmante, bezaubernde Mann eines Tages zu den blutrünstigsten und fanatischsten Fundamentalisten der modernen Geschichte zählen könnte.

Sohn des wohlhabenden und mächtigen Außenministers von Nigeria, hatte er selbst mehrmals das Amt des Ölministers bekleidet und wäre sicher mühelos zum Präsidenten des

Landes aufgestiegen. Doch vor mehr als zehn Jahren hatte er plötzlich mit seinem luxuriösen, kosmopolitischen Leben gebrochen und sich in einen gefürchteten, verhassten, aber auch vergötterten Terroristen verwandelt.

Seine Feinde behaupteten, diese abrupte Veränderung sei das Ergebnis einer tiefen Enttäuschung gewesen. Er hatte seine hübsche blonde Ehefrau in flagranti mit dem schwarzen Chauffeur ihres luxuriösen Bentley erwischt. Seine Anhänger dagegen führten die wundersame Verwandlung auf eine göttliche Offenbarung zurück. Eines Nachts sei ihm der Prophet erschienen und habe ihm befohlen, seine Familie und sein Vermögen aufzugeben und sich fortan der Aufgabe zu widmen, den einzig wahren Glauben in die Herzen aller Menschen zu tragen.

Ob Wahrheit oder Lüge, Enttäuschung oder Offenbarung, all das spielte keine Rolle.

Tatsache war, dass sich Abu Akim als geistiger Führer der Kämpfer Allahs, wie die fanatischen Salafisten sich selbst bezeichneten, erheblich besser fühlte als in der Rolle des mächtigen Politikers und verschwenderischen Millionärs, die er früher gespielt hatte.

Nun war er gezwungen, im Untergrund zu leben, und musste ständig um sein Leben bangen. Er wusste, wie gefährdet er war und vermisste gelegentlich die Annehmlichkeiten der Luxushotels, die hübschen Blondinen und eleganten Restaurants. Die Entbehrungen und Strapazen seines neuen Lebens nahm er jedoch mit stoischer Gelassenheit auf sich, denn er war fest davon überzeugt, dass er für alle Opfer eines Tages mit dem Paradies belohnt würde.

Daher stellte er sich nicht einmal die Frage, ob das Urteil gerecht gewesen war oder nicht. Einer seiner Stellvertreter, ein einarmiger Beduine, der unter dem Spitznamen R'Orab bekannt war, unterrichtete ihn von der Bitte seines Cousins Ouday Moulay, dem Todesurteil Geltung zu verschaffen, und erläuterte ihm den Fall.

Ohne mit der Wimper zu zucken, fragte er in seiner üblichen bedächtigen Art: »Hat er gesagt, wohin sie geflohen ist?«

»In eine Gegend an der Grenze zu Niger.«

»Sorg dafür, dass man sie ausfindig macht und steinigt, so wie es das Gesetz der Scharia vorschreibt.«

»Offenbar war ihre Mutter eine Fulbe. Mittlerweile steht sie unter dem Schutz der Fulbe.«

»Jeder Gläubige, ganz gleich welcher Herkunft, hat die Pflicht, ihren Aufenthaltsort preiszugeben. Und wer gegen dieses Gesetz verstößt, ist ebenfalls des Todes.

»Die Fulbe sind stolze und wehrhafte Krieger, die sich nicht so leicht geschlagen geben«, erklärte sein Stellvertreter und warf einen Blick auf seinen verstümmelten Arm. »Im Kampf gegen sie habe ich ihn verloren. Ich kann mich leider noch gut daran erinnern.«

»Ich weiß. Deshalb nehme ich an, dass es dir eine Ehre sein wird, die vergangene Schmach wettzumachen und dich zu rächen. Es ist mir egal, wie du das anstellst oder wie viele von diesen dreckigen Hundesöhnen du erledigst, Hauptsache, du bringst mir den Kopf dieser Frau.«

»Wie du wünschst.«

»Nicht ich wünsche es«, entgegnete sein Anführer mit der üblichen Gelassenheit. »Die Scharia verlangt es so. Nur, wenn wir unsere religiösen Gesetze bis ins kleinste Detail einhalten und zu unseren Wurzeln zurückkehren, werden wir unsere verlorene Ehre wiedererlangen und dafür sorgen, dass uns die gesamte Welt so fürchtet und respektiert, wie sie es einstmals getan hat.«

Mehr als die Enttäuschung über seine treulose Frau oder die Erscheinung des Propheten war das der wahre Grund für die Inspiration, oder besser gesagt, die Besessenheit, die den Antrieb für alle Gedanken, Taten und Handlungen des ehemaligen Oxfordabsolventen abgab.

Er war ein leidenschaftlicher Bewunderer der arabischen Geschichte und glaubte fest an die Größe und Kraft des Islam. Dieser Glaube hatte es einer Hand voll Beduinen einst ermöglicht, die halbe Welt zu erobern und sich bis in ihre entlegensten Winkel auszubreiten. Sogar dorthin, wo der bewaffnete Arm nicht hinreichte. Deshalb hatte ihm bereits in jungen Jahren die Tatsache keine Ruhe gelassen, dass der einst mächtige Islam von jenen, die vergessen hatten, dass Gott über allen Menschen und Dingen steht, in den Schmutz gezogen und verhöhnt wurde.

Tag für Tag töteten die Juden an den heiligsten Orten des Islam seine palästinensischen Brüder, die Amerikaner leisteten sich den Luxus, in Afghanistan oder in den Irak einzumarschieren – und die Führer und Prinzen der islamischen Welt sahen gleichgültig zu.

Sie hatten nichts anderes im Sinn, als in ihren prächtigen Palästen aus Gold und Marmor zu residieren, ein Vermögen in den Kasinos auszugeben und sich mit ihren unzähligen Haremsfrauen und Geliebten zu vergnügen.

Abu Akim war vor langer Zeit zu einer unumstößlichen Überzeugung gelangt: Wenn trotz der vielen korrupten Staatsmänner und schamlosen geistigen Führer in den islamischen Ländern der Glaube des Islam Tag für Tag neue Anhänger fand und sich über die ganze Welt verbreitete, dann konnte dies nur daran liegen, dass Allah der einzig wahre Gott war.

Daher musste sich seine Mission auf dieser Welt darauf konzentrieren, die Ausbreitung des wahren Glaubens tatkräftig zu fördern und all jene von der Landkarte zu tilgen, deren schändliches Verhalten ein schlechtes Beispiel für die rechtschaffenen Gläubigen bot.

Für ihn stand fest, dass diese Aufgabe nicht zu bewältigen war, wenn er halbherzig und mit Samthandschuhen vorging. Aus Erfahrung wusste er, dass die Moslems entgegen aller Beteuerungen und mit nur wenigen Ausnahmen immer wieder bereit waren, verachtenswerte Kompromisse einzugehen, wenn es um hohe Politik ging.

Es ist eine Sache, auf dem Markt um den Preis einer Teekanne aus Kupfer zu feilschen. Aber auf dem internationalen Parkett über die Teilung bestimmter Gebiete zu verhandeln, ist von einem anderen Kaliber. Der beste Beweis dafür war die Tatsache, dass ein lächerlich kleiner Staat wie Israel der gesamten arabischen Welt seinen Willen aufgezwungen hatte. Und das nur, weil die Araber ihre ungeheuren Ölvorräte und ihre wirtschaftliche Macht während der politischen Verhandlungen nicht in die Waagschale geworfen hatten.

Hatte nicht vor kurzem Daniela Weis, eine zionistische Bürgermeisterin der extremen Rechten, großmäulig behauptet: »Die Araber sind wirklich blöd. Jedes Mal, wenn sie mit uns verhandeln, nehmen wir ihnen ein Stück Land mehr ab.«

Dass jemand, vor allem eine Frau und obendrein eine Jüdin, sich den Luxus erlauben konnte, vor laufenden Kameras die Araber auf der ganzen Welt lächerlich zu machen, ohne dass die selbstgefälligen, korrupten arabischen Führer in ihren teuren Armanianzügen vor Scham erröteten, hatte Abu Akim davon überzeugt, dass es höchste Zeit war, sie mit allen Mitteln und gnadenloser Härte zu bekämpfen.

Notfalls würde er Aziza eigenhändig den Schädel zertrümmern. So wie er alle vernichtete, die nicht anerkennen wollten, dass Allah der einzige Gott und Mohammed sein Prophet ist.

Die Einwohner der Savanne südlich der Sahara wissen, dass drei oder vier Tage, nachdem der Harmattan von Nordosten her über das Land gezogen ist, meist ein kurzer, aber heftiger Regenguss folgt.

In diesem Fall war der Wüstenwind tatsächlich aus dieser Richtung gekommen, und Usman war nicht nur in der Savanne zu Hause, sondern auch in der Wüste und sogar in den dichten, stacheligen Akazienwäldern, die im Süden des Landes häufig den tropischen Regenwald und im Norden die Wüste säumen.

Der erfahrene Fulbe hätte eigentlich nur die Luft einsaugen müssen. Generationen seiner Vorfahren hatten ihm unzählige Kenntnisse über die Umwelt weitergegeben, in der er sich bewegte. Jeder Bewohner dieser unwirtlichen Gegend wusste, dass die schwarzen Zebu-Rinder – das Einzige, was die Mitglieder seines Stammes besaßen und woran sie glaubten – das Wasser dringend benötigten, um das freieste und stolzeste Volk in ganz Afrika auch weiterhin mit Milch, Fleisch und Käse versorgen zu können.

»Das ist gut«, murmelte er, während er genüsslich die Reste des Wildschweinbratens verspeiste. »Sehr gut! Am Nachmittag wird es in Strömen gießen. Besser hätten wir es nicht treffen können, um die Grenze zu überqueren.«

»Wird sie stark bewacht?«, fragte Aziza, die nach einem langen Tagesmarsch im Eiltempo ziemlich erschöpft war.

»Früher wurde sie gar nicht bewacht. Aber nun haben sie im Landesinneren etwas gefunden, das Uran heißt und offenbar sehr wertvoll ist. Ich habe keine Ahnung, wozu es gut ist.«

Er hielt inne und fügte mit einem Lächeln hinzu: »Uns kann es nur Recht sein. Die Grenzpatrouillen haben im Augenblick alle Hände voll zu tun, diejenigen aufzuspüren, die dieses Material aus dem Niger herausschmuggeln wollen. Sie werden sich nicht großartig um einen alten Mann kümmern, der mit einer Frau ins Land kommt.«

»Auch nicht, wenn es sich um eine Frau handelt, die zum Tode verurteilt wurde?«

»Gut, vielleicht hast du Recht«, nickte Usman. »Wenn wir auf einen Grenzbeamten stoßen, der dem Stamm der Hausa angehört oder Moslem ist, wird es gefährlich für uns. Deshalb warten wir auf den Regen.«

Er nahm die zusammengerollte Matte, die er stets auf dem Rücken trug und die ihm gleichzeitig als Köcher für seine Pfeile diente, breitete sie auf dem Boden aus und sagte: »Versuch, etwas zu schlafen. Keine Angst, du wirst schon rechtzeitig aufwachen. Spätestens dann, wenn der Regen kommt.«

Die junge Frau folgte seinem Rat, legte sich zwischen die Wurzeln einer Akazie, deren spitze Stacheln sie beinahe berührten, und schloss die Augen, obwohl sie keinen Schlaf fand.

Sie dachte an ihre Kinder.

Die letzten beiden Tage waren hart und ermüdend gewesen. Doch trotz der Anspannung, die sie im Bewusstsein ihres bevorstehenden Todes hatte ertragen müssen, und trotz der wenigen Kraft, die ihr verblieb, hatten sich ihre prallen Brüste nach dem kleinen Menlik gesehnt, und ihre Hände hatten immer wieder instinktiv nach dem Kopf ihrer kleinen Tochter getastet.

Ohne ihre Kinder fühlte sie sich wie ein armseliges Häufchen Elend, zwar dem Tod entronnen, aber nur noch zur Hälfte lebendig.

Aziza war mit einem einzigen Ziel geboren, aufgewachsen und zur Frau geworden: Mutter zu werden. Nachdem sie das

Ziel erreicht hatte, musste sie ihre Rolle bis zum letzten Atemzug spielen.

Damit folgte sie nur dem Ruf der Natur und den Sitten und Gebräuchen, die seit Menschengedenken das Verhalten der meisten Völker bestimmen und der Frau nur die Rolle der Gebärerin zuwiesen.

Für kurze Zeit hatte ihr die bezaubernde Miss Spencer die Augen geöffnet, um ihr eine bessere Zukunft und ein anderes Lebens zu zeigen. Doch das war schon lange her. Alles, was die Frau aus Schottland ihr beigebracht hatte, selbst die andere Welt, die sie ihr gezeigt hatte, entzog sich allmählich ihrer Erinnerung. So wie die Lehmhäuser vom Wüstensand verschüttet wurden, wenn der Harmattan über Hingawana hinwegzog.

Es tröstete sie, dass ihre geliebte Tochter Kalina in Sicherheit war und dass ein angenehmes, vielleicht sogar glückliches und langes Leben auf sie wartete. Doch das konnte den Schmerz nicht wettmachen, den sie bei dem Gedanken empfand, dass der kleine Menlik vermutlich nur ein kurzes Leben voll von Misshandlungen, Entbehrungen und unsäglichen Qualen vor sich hatte.

Wie konnte es sein, dass ihre beiden einzigen Kinder, von denen sie sich bis vor vier Tagen niemals getrennt und die sie gleich stark geliebt hatte, ein so unterschiedliches Schicksal erwartete? Es gab keine Antwort auf diese Frage. Aziza war vor langer Zeit zu dem Schluss gekommen, dass das Leben ein Haufen von Widersprüchen war. Offensichtlich hatte es sie aus einer Laune heraus dazu auserkoren, die Hauptrolle in einer seiner verrückten Tragikomödien zu spielen.

Schließlich überwältigte sie der Schlaf, bis sie, wie ihr kluger Onkel vorausgesagt hatte, von einem heftigen Platzregen geweckt wurde, der auf der Stelle die Farbe, das Aussehen und vor allem den Geruch der Erde veränderte.

Die ewig durstigen, welken Dornensträucher streckten ihre schlaffen Zweige plötzlich zum Himmel, als wollten sie dem Herrn für das wunderbare Geschenk danken. Der Boden sog das Wasser auf wie ein Alkoholiker nach monatelanger Abstinenz. Unzählige Tiere kamen aus ihren dunklen Höhlen, die nun von den Fluten überschwemmt wurden, und Abertausende von Vögeln erhoben sich in die Luft und führten angesichts der frohen Botschaft einen überschwänglichen Tanz auf. Das gesamte ausgedörrte, ockerfarbene und braune Land würde sich in Kürze in ein lebendiges Meer aus grünem Gras und bunten Blumen verwandeln.

Die geißelnde Sonne, die unbarmherzig über Savanne und Wüste herrschte, hatte sich zum ersten Mal seit langer Zeit zurückgezogen. Das vertrocknete Gras leuchtete plötzlich hellgrün, und das Trommeln des Regens, der zunächst auf den ausgetrockneten Boden und später in die Pfützen prasselte, klang wie die schönste Melodie, die man sich vorstellen konnte.

Usman musste lächeln. Er dachte daran, welche Mengen an saftigen Gräsern seine geliebten Zebu-Rinder in Kürze zu fressen bekämen. Nachdem er fast eine Viertelstunde im Regen gesessen und sich an dem hypnotisierenden Schauspiel ergötzt hatte, das unsäglichen Reichtum über der Erde ausgoss, stand er schließlich widerwillig auf und erklärte: »Ich wäre gern länger geblieben, aber wir müssen aufbrechen, solange es noch regnet.«

Fast drei Stunden lang marschierten sie schnellen Schrittes und ruhten sich erst ein wenig aus, als der Regen nachließ.

Wenig später erreichten sie eine etwa zwei Kilometer breite, flache Ebene, die von Wasser überflutet war. An ihrem Ende erkannten sie eine lange Reihe hoher Palmen und dichter Vegetation. Der Krieger mit den vielen Narben blieb stehen und suchte die Gegend sorgfältig ab.

»Das da hinten ist die Grenze«, erklärte er. »Sobald es dunkel wird, überqueren wir sie. Die Palmen auf der anderen Seite stehen bereits in Niger.«

Seine Nichte machte sich nicht einmal die Mühe, zu fragen, woher er so genau wusste, dass ausgerechnet dort die Grenze verlief. Sie zweifelte keinen Augenblick daran, dass der schlanke, drahtige Mann, der sich ohne weiteres mit nichts als einem Stock und einem Seil bewaffnet einem Löwen entgegengestellt hätte, alles wusste, was man über dieses riesige Territorium von mehr als einem halben Dutzend Staaten wissen musste, durch das er seine Herden führte.

Sie warteten, bis die ersten Schatten der Nacht sich allmählich über das Land senkten. Dann stand der Krieger auf, reichte Aziza seine Waffen und alles andere, was er bei sich trug, und sagte: »Pass gut auf sie auf, und steig auf meinen Rücken. Ich trage dich über das Wasser.«

»Warum?«, fragte Aziza. »Ich bin nicht müde.«

»Ich weiß, aber bald wird der Boden wieder trocknen, und dann kann man im Schlamm unsere Fußspuren erkennen. Unsere Verfolger könnten sehen, dass es die großen Schritte eines Mannes und die kleinen einer Frau sind. Sie wüssten, dass wir an dieser Stelle die Grenze überquert haben. Wenn sie dagegen die tiefen Spuren eines Mannes sehen, werden sie denken, dass es einer der vielen Schmuggler war, die hier mit schweren Erdölkanistern die Grenze überschreiten.«

»Wer schmuggelt denn Erdöl, wenn es doch so billig ist?«, fragte Aziza überrascht.

»Gerissene Händler«, antwortete Usman. »Nigeria ist ein großer Ölproduzent, aber in Niger gibt es so gut wie gar kein Erdöl. In deinem Land zapfen die Schmuggler die Pipelines an, füllen das Öl in Kunststoffbehälter um und fahren es mit Lastwagen an die Grenze. Dort bringen kräftige Träger die dreißig Kilo schweren Plastikkanister über die grüne Grenze auf die andere Seite. So verdienen sie mit etwas, das sie nichts gekostet hat, ein Heidengeld.«

»Jetzt verstehe ich.«

»Und alles ohne großes Risiko.«

Usman lächelte. »Die Grenzwächter machen sich nicht die Mühe, hinter den Ölschmugglern herzulaufen. Sie wissen genau, dass diese das Öl wegkippen, sobald sie merken, dass man ihnen auf den Fersen ist. Außerdem bekommt man bloß ein paar Tage Gefängnis, wenn man dabei erwischt wird, ein Fass über die Grenze zu schmuggeln.«

»Du scheinst dich sehr gut auszukennen.«

»Wenn du in dieser Gegend bestehen willst, musst du sie genau kennen und obendrein sehr schlau sein. Schläue ist der Schlüssel zum Überleben.«

Es war bereits dunkle Nacht, als er sie huckepack über die weite sumpfige Ebene trug. Kaum hatten sie die ersten Palmen des Waldes erreicht und sich im dichten Gestrüpp versteckt, erschien der Mond am Horizont und tauchte die Landschaft in helles Licht.

Sie drangen tiefer in den dichten Wald ein, bis sie eine geschützte Stelle gefunden hatten, wo sie ein kleines Lagerfeuer anzünden konnten, ohne gesehen zu werden.

Die Flammen loderten auf, und in der Ferne hörten sie ein tiefes Brüllen.

Als Usman sah, wie seine Nichte zusammenfuhr, beruhigte er sie.

»Keine Angst. Das ist nur ein einsamer Leopard. Hier gibt es seit Jahren keine Löwen mehr. Und selbst, wenn sich welche in diese Gegend verirrt hätten, weiß jedes Kind, dass Löwen nicht auf die Jagd gehen, nachdem es geregnet hat, weil die vielen neuen Gerüche sie in die Irre leiten.«

»Möglich, dass jedes Kind das weiß«, entgegnete Aziza nicht sonderlich beruhigt. »Aber wissen die Löwen es auch?«

Ihr Onkel deutete mit einer viel sagenden Geste auf die scharfe Lanze neben sich.

»Keine Bange. Falls sie es vergessen haben sollten, werde ich sie daran erinnern.«

»Wie viele Löwen hast du erlegt?«

»Sehr viele, aber längst nicht so viele, wie sie Zebus gerissen haben.«

Usman biss ein Stück von dem inzwischen getrockneten

Fleisch ab, das inzwischen zum Himmel stank, und verzog genüsslich das Gesicht: »Da du ab jetzt bei uns leben wirst, musst du wissen, dass wir Fulbe nicht stehlen, nicht lügen und niemals jemanden um etwas bitten, weil wir nichts brauchen. Nur unsere Freiheit. Wir trachten weder nach Land, Macht noch Geld, aber wir lassen es nicht zu, dass irgendwer, Mensch oder Tier, unsere Ehre, Familie oder unsere Rinder verletzt.«

Er grinste sie an und fügte hinzu: »Wenn du dich an diese drei einfachen Grundsätze hältst, wirst du niemals Probleme bei uns haben.«

»Ich will keine Probleme haben«, erwiderte Aziza. »Ich bin dir für deine Gastfreundschaft und für alles, was du für mich tust, sehr dankbar, trotzdem muss ich dir gestehen, dass ich nicht vorhabe, allzu lange bei euch zu bleiben. Ich muss meine Kinder zurückbekommen.«

»Ich verstehe dich und respektiere deinen Wunsch«, antwortete ihr Onkel. »Für eine Mutter sind ihre Kinder das Wichtigste auf der Welt. Ich fürchte nur, dass ich dir dabei nicht helfen kann. Wenn sie den Jungen an die Sklavenhändler verkauft haben, ist er bestimmt längst auf dem Weg in den Süden. Und im Land des großen Regens, der großen Flüsse und des großen Dschungels kenne ich mich nicht aus. Wir Fulbe müssen immer den Horizont sehen.«

Oscar hörte in unmittelbarer Nähe seines Geländewagens ein Brüllen, das er für das eines Löwen hielt. Hastig öffnete er das Seitenfach in der rechten Wagentür, das der geschickte Mechaniker aus Saint Tropez eingebaut hatte, und nahm seinen großkalibrigen Revolver und ein zerlegbares Jagdgewehr mit der dazugehörigen Munitionsschachtel heraus. Er wollte vorbereitet sein.

Mit den schussbereiten Waffen auf dem Schoß fühlte er sich sicherer, obwohl er zugleich überzeugt war, dass die robuste Karosserie seines Geländewagens gegen jeden Angriff eines Raubtieres Schutz bot, mit Ausnahme eines Elefantenbullen vielleicht.

Freilich schien es eher unwahrscheinlich, dass es in dieser Gegend Elefanten gab.

Vermutlich gab es nicht einmal Löwen.

Aber man konnte nie wissen.

Eine Stunde später erschien der Mond am Himmel, um ihm Gesellschaft zu leisten. Ihm fiel ein Stein vom Herzen. Seit Stunden quälte ihn die Stille in dieser endlosen Weite. Er hatte das Gefühl, er sei das einzige Lebewesen weit und breit – mit Ausnahme des schlecht gelaunten Löwen oder was immer es war, das da in der Dunkelheit brüllte.

Während er sich im cremefarbenen Ledersitz seines auffälligen Gefährts zurücklehnte, fragte er sich zum tausendsten Mal, was er hier eigentlich verloren hatte. Warum ging er das sinnlose Risiko ein, von einem umherirrenden Raubtier zerfleischt zu werden oder in einem der schrecklichen afrikanischen Gefängnisse zu landen, wenn er gemütlich in der Hängematte seiner Jacht baumeln oder bei *Jimmie's* ein Glas in Gesellschaft einer charmanten weiblichen Begleitung hätte genießen können?

An der Grenze hatte ihm ein gut erzogener Beamter in tadellosem Französisch mit einem freundlichen, aber fast beleidigenden Lächeln erklärt: »Ich habe meine Zweifel, dass Sie in Niger nach Fossilien von Dinosauriern suchen wollen, wie Sie behaupten. Trotzdem will ich ein Auge zudrücken, nach dem Motto, im Zweifel für den Angeklagten. Ich weiß zwar nicht, was Ihre wahren Gründe für diese Reise sind, aber eins sollten Sie wissen: Wenn Sie sich den Uranminen im Westen des Aïr-Gebirges auf mehr als fünfzig Kilometer nähern oder wenn man bei einer Kontrolle auch nur ein Gramm Uran bei Ihnen findet, können Sie sich auf mindestens zwanzig Jahre Haft gefasst machen.«

»Liebe Güte!«, antwortete Oscar.

»Ich kann Ihnen versichern, dass kein Europäer jemals

länger als sechs Jahre in unseren Gefängnissen überlebt hat. In den Zellen herrschen Durchschnittstemperaturen von fünfzig Grad, und die Häftlinge bekommen bestenfalls zwei Mahlzeiten pro Woche.«

»Und ich versichere Ihnen, dass ich nicht im Traum daran denke, Ihren Uranminen einen Besuch abzustatten, mit dem Zeug Geschäfte zu machen oder auch nur ein tausendstel Gramm davon außer Landes zu schmuggeln«, erklärte Oscar in einem Ton, der keinen Zweifel an seiner Aufrichtigkeit aufkommen ließ. »Obendrein gefällt mir mein Leben ganz gut, ein anderes habe ich nicht, also gedenke ich es zu bewahren.«

»Wenn es tatsächlich so ist, dann seien Sie in unserem Land willkommen. Möge Allah Sie beschützen.«

Nachdem Oscar die schäbige Zollhütte verlassen hatte, kaufte er die beste Landkarte von Niger, die in dem Grenzdorf aufzutreiben war, vergewisserte sich, wo das Aïr-Gebirge genau lag, um ihm auf keinen Fall zu nahe zu kommen, und suchte anschließend die Stelle, an der er sich mit Usman verabredet hatte.

Das war nicht so ganz einfach.

Eine Stunde später kam er zu einer bitteren, aber logischen Einsicht. Was auf dem Papier alles andere als leicht erschienen war, erwies sich im offenen Gelände als völlig unmöglich, obwohl sein Fahrzeug über ein modernes, äußerst präzises GPS-Navigationssystem verfügte.

»Diese verdammte Karte taugt nicht mal dazu, sich damit den Hintern abzuwischen«, fluchte er, während er versuchte, die Bedeutung der vielen Zeichen, Striche und Linien zu entziffern, die angeblich Landstraßen darstellten, anscheinend aber nur in der Fantasie des Kartographen existierten. Je ausgiebiger er die Karte studierte, umso mehr verlor er sich darin.

Das Seltsamste an der ganzen Situation jedoch war die unerklärliche Tatsache, dass er sich im Herzen eines unbekannten, abweisenden, heißen und gefährlichen Kontinents verirrt hatte und trotzdem nicht das Gefühl der Angst und Desorientierung verspürte, das man von einem europäischen Stadtbewohner hätte erwarten können.

Im Gegenteil, er fühlte sich entspannt und glücklich.

Glücklich auf absurde Art, aber glücklich.

Niemand hatte ihn gezwungen, herzukommen, und trotzdem war er da.

Die unsäglichen Strapazen, die er auf sich nahm, würden keinen Gewinn abwerfen, aber nach Profit trachtete er schon lange nicht mehr.

Ein amerikanischer Multimillionär hatte sein Leben dreimal aufs Spiel gesetzt, indem er ohne Zwischenlandung in einem riesigen Ballon um die Welt geflogen war. Ein anderer hatte in einem einfachen Segelboot die Ozeane überquert, und sein geliebter und verehrter Kapitän Cousteau hatte unzählige Male der tödlichen Gefahr von Killerwalen und Haifischen getrotzt.

Warum?

Das war die Frage, auf die es keine Antwort gab.

Was treibt den Menschen an?

Wenig später stieg Oscar aus dem Wagen, kletterte auf das Verdeck und machte es sich dort mit dem geladenen doppelläufigen Gewehr auf dem Schoß gemütlich. Er betrachtete die Myriaden Sterne am Firmament. Dort waren all die Wege, die ein guter Wüstenführer nähme, besser zu erkennen als auf der blöden Landkarte, auf der nichts dort war, wo es hätte sein müssen. Er seufzte so tief wie noch nie in seinem ganzen Leben.

Zum ersten Mal seit langer Zeit war er wirklich stolz auf das, was er ohne fremde Unterstützung tat.

Sein Starrsinn beruhigte ihn.

Es war durchaus denkbar, dass diese Angelegenheit ein schlechtes Ende nahm und sein Traum, eine unschuldige Frau vor einem in jeder Hinsicht ungerechten Tod zu retten, nie in Erfüllung ging. Doch jetzt saß er hier fest, in der Furcht erregenden Weite eines Landes, das ihm völlig unbekannt war, möglicherweise umgeben von Raubtieren oder Menschen, die bei der geringsten Unachtsamkeit über ihn herfallen würden. Allein diese Tatsache versetzte ihn in die Zeit zurück, als er noch ein schwächlicher kranker Junge gewesen war. Als er sich nicht einmal eine Stunde auf den Beinen halten konnte und von einem Leben voller Abenteuer träumte, in denen er ganz allein seinen Mann stand.

Damals hatten fast alle seine Fantasien in der Unterwasserwelt stattgefunden. Sie hatte so gut wie nichts mit der feindlichen Savanne zu tun, in der er sich nun befand. Und die verführerische, aber jungfräuliche rothaarige Prinzessin, die er in seiner Fantasie aus den Tentakeln eines riesigen Tintenfisches befreite, hatte nicht die geringste Ähnlichkeit mit Aziza gehabt.

Doch das waren lediglich kleine Details, die im Moment keine Bedeutung hatten.

Er war völlig auf sich allein gestellt. Ganz in der Nähe, jenseits des dichten Gestrüpps, hörte er das Brüllen eines Raubtieres. Er umklammerte den Lauf seines Gewehres und sog die unzähligen Gerüche der afrikanischen Nacht ein.

Was hätte er sich mehr wünschen können?

Er brauchte zwei Tage, um sie zu finden.

Besser gesagt, sie ihn. Der feuerrote Geländewagen, der eine dichte Staubwolke hinter sich her zog, war sicher erheblich auffälliger, als ein Mann und eine Frau, die sich obendrein alle Mühe gaben, unentdeckt zu bleiben.

Schließlich sah Oscar in der Ferne die aufrechte Gestalt des Kriegers, der Arme schwenkend auf den Wagen zulief. Ihm fiel ein Stein vom Herzen. Er hatte schon befürchtet, in der endlosen ausgetrockneten Ebene im Kreis herumfahren zu müssen, bis ihm der Sprit ausging.

Gerührt umarmten sie sich und erzählten einander aufgeregt, was sie unterwegs erlebt hatten und wie sie die Lage einschätzten.

Es war eine ziemlich verwirrende Unterhaltung. Während Oscar mit Aziza Englisch sprach, verständigte er sich mit Usman auf Französisch. Die beiden Einheimischen hingegen benutzten untereinander den Fulbe-Dialekt.

Kurz darauf wollten sie sich auf den Weg machen, und die ersten Schwierigkeiten tauchten auf. Usman und seine Nichte weigerten sich hartnäckig, im klimatisierten Innern des Wagens Platz zu nehmen. Es war ihnen zu kalt. Für den Europäer dagegen war es undenkbar, ein Fahrzeug zu steuern, in dem das Thermometer ohne Klimaanlage auf über fünfzig Grad kletterte.

Schließlich einigten sie sich auf eine salomonische Lösung. Auf dem Verdeck des Fahrzeugs wurde eine Luftmatratze befestigt. Dort nahmen Usman und seine Nichte sichtlich zufrieden Platz, obwohl die sengende Sonne unbarmherzig auf ihre Köpfe niederbrannte und drohte, sie auszutrocknen.

Gelegentlich klopfte Usman auf die Karosserie oder beugte den Kopf über die Windschutzscheibe, um Oscar die Richtung zu zeigen, in die er fahren musste. So lenkte dieser den Geländewagen durch die endlose Weite der Savanne Richtung Norden, im Schneckentempo, um nicht unterwegs seine Passagiere zu verlieren.

Da sie möglichst niemandem begegnen wollten, mieden sie die breite Sandpiste und machten einen großen Bogen um alle Siedlungen, an denen sie vorbeikamen. Als es dunkel wurde, schlugen sie ein Lager auf.

Das Abendessen bestand aus zahlreichen Vorräten, die sich im geräumigen Innern des Wagens befanden, und Erfrischungsgetränken aus der Kühltasche.

Anschließend unterhielt sich Aziza per Satellitentelefon mit ihrer kleinen Tochter. Gespannt hörte sie zu, wie die Kleine ihr erzählte, dass sie in einem großen Becken schwimmen lernen würde und das Meer gesehen habe, das voller Salzwasser war, und wie sie einen seltsamen Ort besucht hätte, in dem Tiere, die man Fische nannte, in unvorstellbar klarem Wasser hin und her geschwommen seien.

»Dir würde es auch gefallen, Mama«, schloss sie fröhlich. »Ich darf so viel essen, wie ich will. Ich bin schon ganz dick geworden, und die Leute haben mir wunderschöne neue Kleider geschenkt.«

Aziza lächelte erleichtert, als das Gespräch beendet war, doch sie konnte nicht verhindern, dass ihr eine rebellische Träne über die Wange lief.

»Kalina hört sich sehr glücklich an, aber wie wird es meinem kleinen Menlik gehen?«, murmelte sie leise. »Wo er wohl ist?«

»Du musst Vertrauen haben«, tröstete Oscar sie und ergriff ihre Hände. »Ich habe meine Leute angewiesen, diesen verfluchten Kaufmann aus Dahomey ausfindig zu machen. Es ist nur eine Frage der Zeit, bis sie ihn aufgetrieben haben. Ich bin bereit, jeden Preis für den Kleinen zu zahlen.«

»Wenn er noch lebt«, entgegnete sie niedergeschlagen. Sie hätte ihm so gern geglaubt!

»Er lebt ganz bestimmt. Ein toter Sklave nützt niemandem.«

Obwohl Oscar sich redlich bemühte, Zuversicht und Selbstbewusstsein auszustrahlen, wusste er, wie schwer es war, ein Kind in der unermesslichen Weite dieses Kontinents zu finden, dessen Grenzen lediglich aus imaginären Linien bestanden und wo Geburtenregister so gut wie unbekannt waren. In Afrika ein schwarzes Kind ausfindig zu machen, das nicht einmal ein Jahr alt war, schien schwerer zu sein, als die sprichwörtliche Nadel im Heu zu finden. Vor allem, weil es in diesem riesigen Heuhaufen Millionen von Nadeln geben musste, die sich kaum voneinander unterschieden.

Als hätten sie nicht genug Probleme, weigerte sich Aziza am nächsten Morgen, auch nur einen Bissen von dem reichhaltigen Frühstück zu sich zu nehmen, das Oscar auf dem Klapptisch angerichtet hatte.

»Heute beginnt der Ramadan«, erklärte sie. »Ich darf weder essen noch trinken, bis die Sonne untergeht und man einen weißen Faden von einem schwarzen nicht mehr unterscheiden kann.«

Die beiden Männer musterten sie fassungslos.

»Was sagst du da?«, fragte Usman, der nur das Wort »Ramadan« verstanden hatte.

Aziza erzählte ihrem Onkel im Fulbe-Dialekt, was sie dem Fremden gerade erklärt hatte. Dieser schien daraufhin zum ersten Mal seine gewohnte Fassung zu verlieren.

»Ich habe dir gesagt, dass du keine Hausa mehr bist, seit du Hingawana verlassen hast!«, fuhr er sie wütend an. »Du bist eine Fulbe.«

»Auch unter den Fulbe gibt es Moslems«, entgegnete sie.

»Kann schon sein«, antwortete er aufgebracht. »Aber sie sind nicht dumm. Im Namen ihrer absurden Gesetze haben sie dir deine Kinder weggenommen und dich zu einem grausamen Tod verurteilt. Und du willst trotzdem an diesen Bräuchen festhalten, obwohl du noch längst nicht in Sicherheit bist? Ich kann es einfach nicht glauben!«

»Das eine hat nichts mit dem anderem zu tun«, versuchte sie, sich zu rechtfertigen. »Die Opfer, die man während des Ramadans bringt, sind gut für Körper und Seele. Einmal im Jahr zu fasten, das ist wichtig!«

»Dein Körper und deine Seele haben bereits genug Opfer gebracht«, erwiderte Usman, dessen Empörung sich von Minute zu Minute steigerte. »Du hast in diesem Jahr schon reichlich gefastet. Entweder du isst, oder ich lasse dich sitzen.«

Dann setzte er in einem noch schärferen Ton hinzu: »Und du kannst mir glauben, dass dich deine moslemischen Freunde ohne meine Hilfe im Nullkommnichts finden. Es würde deinen sicheren Tod bedeuten, und nichts mehr könnte deinen Sohn davor retten, versklavt zu werden.«

Aziza zögerte. Ihre honigfarbenen Augen richteten sich Hilfe suchend auf Oscar. Ohne ein einziges Wort von ihrem Dialekt zu verstehen, wusste er, worum es bei der scharfen Auseinandersetzung gegangen war.

Deshalb deutete er mit einer Kopfbewegung auf das Essen und erklärte: »Du bestehst nur noch aus Haut und Knochen, Aziza. Ich habe Angst, dass du uns einfach wegstirbst, wenn du nur einen einzigen Tag aufhörst zu essen. Es wäre schrecklich, wenn ich die weite Reise auf mich genommen hätte, nur um am Ende ein Häufchen Knochen zu begraben. Los, iss jetzt, und lass den Unsinn!«

Resigniert beugte sich die junge Frau seinem Willen. Sie schenkte sich ein Glas Milch ein, nahm einen Keks und tunkte ihn hinein.

»Ich weiß, dass es weder der Ort noch der geeignete Augenblick ist, über dieses Thema zu diskutieren. Aber eins müsst ihr begreifen«, erklärte Aziza, »wenn man sein Leben lang stets die Gesetze befolgt und sich nach ihnen gerichtet hat, fällt es schwer, sie plötzlich zu brechen. Ich werde sehr lange brauchen, um nicht mehr wie eine richtige Moslemin zu denken, falls ich es überhaupt je schaffe.«

»Niemand will dich davon abhalten, wie eine richtige Moslemin zu denken oder zu fühlen«, beschwichtigte Oscar. »Wahrscheinlich wirst du deinen Glauben mit dir ins Grab nehmen. Wir wollen dir nur klar machen, dass die Religion, mit der du aufgewachsen bist, in vieler Hinsicht Recht hat, sich manchmal aber auch irrt. Es ist nicht richtig, dass sie deine Hinrichtung verlangt hat, nachdem man dir Gewalt angetat. Und dass du fasten sollst, obwohl du dadurch dein Leben aufs Spiel setzt, weil du so entkräftet bist, ist ebenfalls ein Irrtum. Ich schlage dir lediglich vor, dass du deinen Glauben vergisst, bis du wirklich in Sicherheit bist.«

»Niemand kann Gott vergessen.«

»Ja, ich weiß. Ich sage auch nur, dass du ihn für eine Weile vergessen sollst, bis du in aller Ruhe über deine wahren Gefühle nachdenken und dir die Frage stellen kannst, ob du das, was du gerade durchmachst, morgen auch deinen Kindern zumuten willst. Im Moment geht es nur darum, dass du am Leben bleibst. Es ist das Einzige, was sie dir gelassen haben.«

Eine halbe Stunde später setzten sie die Reise durch das flache Grasland fort, immer auf der Suche nach den Nomadenzelten der Bororo, jenem Zweig der Fulbe, dem Usman angehörte.

Viele andere Stämme, die mit der Zeit halbwegs sesshaft geworden waren, hatten den islamischen Glauben angenommen. Ihnen durften sie nicht über den Weg trauen.

Gelegentlich mussten sie weite Strecken durch öde Steinwüsten zurücklegen. Obwohl ihnen das GPS-Navigationssystem bis auf wenige Meter genau anzeigte, wo sie sich befanden, war es keine Hilfe, denn die Landkarte, die sie dabei hatten, widersprach allem, was sie ringsum sahen.

Schließlich entdeckten sie am späten Morgen eine Ansammlung von kleinen Dorfhütten und eine lange Karawane von Kamelen am Horizont, die sich ohne Eile in östlicher Richtung auf die Grenze zum Tschad zu bewegte. Kurz darauf stießen sie auf eine Piste, die anscheinend von schweren Lastwagen befahren wurde. Da sie unbedingt tanken mussten, beschlossen sie, ihr zu folgen.

Eine knappe Stunde später tauchte vor ihren Augen eine Ansammlung schäbiger weißer Behausungen und ein Gebäude auf, das nach einer Tankstelle aussah. Oscar hielt den Wagen an und stieg aus, um sich mit seinen Passagieren auf dem Verdeck zu besprechen.

»Was sollen wir machen?«, fragte er.

»Wenn diese Kiste ohne Benzin nicht fährt, werden wir wohl oder übel welches auftreiben müssen«, entgegnete Usman. »Bis zu meinen Leuten ist es noch verdammt weit.«

»Wie weit?«

»Das kann man nie genau wissen.«

»Sehr beruhigend! Wenn es so ist, sollte sich Aziza lieber hinten im Wagen verstecken und sich nur zeigen, wenn wir es ihr sagen. Falls die Dorfbewohner irgendwelche Fragen stellen, erklärst du ihnen, du wärst mein Führer und ich wäre verrückt und suchte nach Fossilien von Dinosauriern.«

»Was ist das?«

»Versteinerte Überreste von Tieren, die vor Millionen von Jahren auf der Erde lebten.«

»Meinst du, sie kaufen mir ab, dass jemand tatsächlich so verrückt sein kann?«

»Du wirst es nicht glauben, aber solche Menschen gibt es wirklich. Außerdem, je dreister eine Lüge, desto eher nimmt man sie dir ab«, antwortete Oscar gelassen. »Wenn nicht, haben sie Pech gehabt.«

Der Fulbe deutete mit dem Kopf auf den Revolver, den Oscar im Halfter trug, und fragte herausfordernd: »Hast du schon einmal einen Menschen getötet?«

»Nein, und ich habe es auch nicht vor.«

»Hm, vielleicht solltest du dich allmählich mit der Idee anfreunden. Wenn es brenzlig wird und heißt, sie oder wir, wirst du von deinem Revolver Gebrauch machen müssen. Die Leute würden nicht zögern, einen Weißen umzubringen. Egal, wie verrückt er angeblich ist oder was für alte Knochen er sucht.«

Wenig später, nachdem sich Aziza im hinteren Teil des Wagens unter einer Decke versteckt hatte, hielten sie neben einer archaischen Benzinpumpe, die noch von Hand betätigt wurde. An diesem gottverlassenen Ort gab es keinen Strom, und es würde wahrscheinlich auch niemals welchen geben.

Bei ihrer Ankunft versammelten sich sämtliche Bewohner des erbärmlichen Dorfes um das beeindruckende Gefährt. Es war offensichtlich, dass sonst nur alte, fast schrottreife Lastwagen auf dem Weg in die Wüste oder von dort zurück in die Hauptstadt durch das Dorf kamen. Der feuerrote Geländewagen löste Staunen und Bewunderung aus.

In der geschlagenen halben Stunde, die ein schweißüberströmter Einheimischer benötigte, um den riesigen Tank und die sechs Reservekanister mit Benzin beziehungsweise Wasser zu befüllen, pressten Frauen und Kinder neugierig die Nase gegen die schwarz getönten Scheiben des Wagens und versuchten herauszufinden, was sich dahinter verbarg.

Unterdessen erklärte Usman den anwesenden Männern, was den verrückten Besitzer des Wagens in diese Gegend verschlagen hatte. Sie verteilten einige Erfrischungen und Zigaretten unter den Dorfbewohnern und bezahlten einen horrenden Preis für das Benzin und hundert Liter brackiges Wasser. Schließlich fuhren sie weiter, felsenfest davon überzeugt, dass ihnen niemand die Geschichte mit den Fossilienknochen abgenommen hatte.

Es dauerte nicht lange, bis sich ihr Verdacht bestätigte. Im Rückspiegel sahen sie, wie ihnen ein klappriger grauer Lieferwagen in einiger Entfernung folgte.

Oscar brauchte nur kurz auf das Gaspedal zu treten, um ihre Verfolger abzuschütteln, doch diese Kleinigkeit führte ihnen vor Augen, wie greifbar die Gefahr plötzlich geworden war. Früher oder später würden die fast vier Millionen Moslems, die in diesem Land lebten, sie aufspüren.

Niger, das zu drei Vierteln aus Wüste bestand, besaß keinen Zugang zum Meer und nur einen einzigen Flughafen, der diese Bezeichnung verdiente. Es war in Wirklichkeit nichts anderes als eine riesige Fallgrube aus Sand. Sie würden alle Mühe haben, es in ihrem auffälligen Wagen unerkannt zu durchqueren.

Es war also nur eine Frage der Zeit, bis man sie ausfindig machte.

Usman schien das längst begriffen zu haben. Kaum wurde es dunkel, waren sie gezwungen, anzuhalten und sich, so gut es ging, mitten in der endlosen Weite der Savanne zu verstecken.

»Mit diesem Fahrzeug fallen wir auf wie ein bunter Hund. Ich glaube, das Sicherste wäre, wenn Aziza und ich allein zu Fuß weiter marschieren und du mit dem Wagen nach Kano zurückfährst. Von da kannst du in deine Heimat zurückfliegen. Niemand wird dich belästigen, wenn du allein bist.«

»Ich denke nicht daran, euch im Stich zu lassen, mitten unter den Fanatikern.«

»Die Fanatiker sind nun einmal da. Ein Weißer ist wie eine Fliege in einem Milchtrog. Aziza und ich könnten es mit Hilfe meines Stammes in ein paar Wochen bis zum Nigerfluss schaffen.«

»Und dann?«

»Entweder folgen wir dem Fluss stromaufwärts nach Timbuktu oder stromabwärts nach Benin.«

»Das ist verdammt weit.«

»Nicht so weit wie der Tod. Aber wenn wir zusammenbleiben und mit diesem auffälligen Wagen im Kreis herumfahren, sind wir auf dem besten Weg dahin.«

Oscar zögerte. Es war nicht zu übersehen, dass er mit dieser Lösung nicht einverstanden war.

Schließlich machte er eine knappe Handbewegung und erwiderte mürrisch: »Na schön. Ich werde heute Nacht darüber nachdenken und teile euch morgen meinen Entschluss mit.«

Am nächsten Morgen war er nicht mehr imstande, einen Entschluss zu fassen. Kurz vor Sonnenaufgang hatte er zu zittern begonnen. Kalter Schweiß lief ihm über den ganzen Körper. Dann setzten die Krämpfe ein.

Als es hell wurde, lag er im Delirium.

Aziza bemerkte es als Erste. Sie beugte sich über ihn, trocknete den Schweiß von seiner Stirn und breitete eine Decke über ihn, bevor sie zu ihrem Onkel lief, der wie jede Nacht am Rande des Waldes Wache gehalten und nur hin und wieder ein Nickerchen gemacht hatte.

»Das sieht nicht gut aus«, erklärte der Fulbe-Krieger ernst und schüttelte bedrückt den Kopf, nachdem er den Kranken eine Weile beobachtet hatte. »Das gefällt mir nicht.«

»Was ist mit ihm?«, fragte Aziza.

Usman zuckte die Achseln.

»Afrika bekommt den Weißen nicht.«

»Muss er sterben?«, wollte Aziza besorgt wissen.

»Jedem schlägt irgendwann sein letztes Stündlein, und dann muss er gehen. Egal, ob schwarz oder weiß«, lautete die Antwort. »Aber eins ist klar: Weder du noch ich können ihm helfen.«

»Vielleicht sollten wir woanders Hilfe suchen.«

»Wo? Die Medizinmänner der Fulbe verstehen sich nicht auf die Krankheiten der Weißen, und der nächste Arzt wird wahrscheinlich in Niamey wohnen und obendrein Moslem sein. Er würde uns sofort verraten.«

»Und wenn wir einen christlichen Arzt aufsuchen?«

Usman runzelte die Stirn, überlegte eine Weile und nickte bedächtig.

»Ich bin mir nicht sicher, aber vor vier oder fünf Jahren sind wir mit unserer Herde an einer christlichen Missionsstation vorbeigekommen. Sie dürfte nicht sehr weit entfernt sein. Aber ich kann mich nicht mehr erinnern, ob im Westen oder Osten. In den letzten Tagen sind wir so oft im Kreis herumgefahren, dass ich allmählich die Orientierung verliere.«

»Such sie!«

»Das könnte Tage dauern.«

Sie deutete mit dem Kopf auf Oscar, der wie Espenlaub zitterte und unverständliche Worte vor sich hin murmelte.

»Es kann auch Tage oder Wochen dauern, bis er wieder gesund wird.« Sie hielt inne. »Oder stirbt.«

»Hast du keine Angst, allein zu bleiben? Mit einem Mann, der sich nicht einmal selbst verteidigen kann.«

Die junge Frau zeigte auf die Waffen des Fremden, die ein paar Meter entfernt lagen.

»Vergiss nicht, dass mein Vater Karawanenführer war und immer wieder mit Überfällen von Wegelagerern und Plünderern zu tun hatte. Und mein Mann war ein großer Jäger. Ich habe von klein auf gelernt, mit Waffen umzugehen. Im Notfall werde ich keinen Augenblick zögern, sie zu gebrauchen«, erklärte Aziza selbstbewusst.

Usman überlegte eine Weile. Offensichtlich fiel es ihm schwer, eine Entscheidung zu treffen. Schließlich betrachtete er den Kranken, warf Aziza einen Blick zu und nickte kurz.

»Na schön!«, murmelte er. »Ich will versuchen, die Missionsstation zu finden. Aber ich weiß nicht, wie lange ich brauche; ich kann nicht einmal sagen, ob sie überhaupt bereit wären, uns zu helfen.«

Fünf Minuten später verschwand er im dichten Gestrüpp und marschierte nach Westen.

Oscar wusste, was es bedeutet, wenn der Tod am Fußende des Bettes Platz nimmt.

Er hatte oft gesehen, wie er dort saß und darauf wartete, dass er einen Kampf aufgab, den er niemals gewinnen konnte. Damals hatte er die Geduld bewundert, die der Tod bei seiner Warterei aufwandte, in der Gewissheit, dass ihm seine Beute nicht entkommt.

Niemals.

Vor zwanzig Jahren hatte er ihm gestattet, am Leben zu bleiben. Ein geschwächter und verschreckter Junge war keine Herausforderung für ihn gewesen. Nun war er zurückgekommen und lehnte mit seinem schwarzen knochigen Rücken an den Vorderreifen des roten Geländewagens. Vielleicht glaubte er, die Schonzeit sei vorbei und er könne sein einst begonnenes Werk zu Ende führen.

Aus dem schutzlosen Jungen von damals war ein starker, glücklicher und mächtiger Mann geworden. Doch er war nicht für den ungewöhnlichen Großmut dankbar, den das launische Schicksal ihm einst entgegengebracht hatte. Dieser Mann bestand darauf, geradewegs in sein Unglück zu rennen. So, als wollte er den aberwitzigen Versuch machen, die Grenzen seiner Existenz zu testen.

Dieses Mal hatte Oscar einen zu hohen Einsatz riskiert. Vielleicht glaubte er, die Redlichkeit seines Handelns gäbe ihm das Recht auf eine bevorzugte Behandlung.

Vor allem aber vertraute er auf sein Glück.

Doch das Glück kennt nur eine Regel, nämlich die der völligen Unberechenbarkeit.

Manchmal bleibt es einem Menschen fünfzig Jahre treu,

um sich dann plötzlich und ohne ersichtlichen Grund von ihm abzuwenden. Manchmal verlässt es den einmal eingeschlagenen Weg aus einer Laune heraus und stürzt einen Menschen in unsägliches Leid oder erhebt ihn auf den höchsten Gipfel des Daseins.

Es heißt, das Glück sei genauso launisch wie eine Frau, doch das stimmt nicht wirklich. Nicht einmal die boshafteste Frau der Welt ist so gleichgültig und unberechenbar wie die Wendungen des Schicksals.

Keine brächte es fertig, jemandem den Rücken zuzukehren, der unzählige Strapazen und Gefahren auf sich genommen hat, um einem Menschen zu helfen, der unschuldig zu einem grausamen Tod verurteilt wurde. Doch genau in diesem Moment hatte sich das Glück von diesem Mann abgewandt, nachdem es ihn jahrelang verhätschelt hatte.

Deshalb war der Tod wiedergekommen und leistete ihm Gesellschaft. Weil Oscar ihm im letzen Augenblick eine bereits sicher geglaubte Beute entrissen hatte.

Gab es etwa einen Handel?

Stand das Leben eines der reichsten Männer der Welt gegen das einer der ärmsten Frauen?

Als der kleine Oscar damals aus seinen Todeskämpfen erwacht und der knochige Sensenmann am Fußende seines Bettes verschwunden war, hatte er sich mit aller Kraft an die Wollmütze geklammert, die sein geliebter Kapitän ihm geschenkt hatte.

Zwanzig Jahre später erwachte er aus dem Delirium und sah den knochigen Sensenmann nicht mehr an die Reifen seines Wagens gelehnt. Und er umklammerte mit aller Kraft die Hand der selbstlosen jungen Frau, die keinen Augenblick von seiner Seite wich.

Unaufhörlich fächelte Aziza ihm Luft zu, vertrieb die Fliegen von seinen Lippen und murmelte beruhigend auf ihn ein. Sie wischte ihm den Schweiß von der Stirn und wusch das Erbrochene weg.

Aus zwei Decken, einem Moskitonetz und ein paar Akazienästen hatte sie ein einigermaßen komfortables Zelt um die geöffnete Tür des Wagens gebaut. Die Waffen lagen in greifbarer Nähe, ihre Ohren achteten instinktiv auf das kleinste Geräusch im Unterholz.

Jede Minute widmete sie der schwierigen Aufgabe, dem Mann, der sie so unverhofft vor dem Tod bewahrt hatte, das Leben zu retten.

Wenn der Patient die Augen aufschlug, fand er Trost im Anblick der Frau, die immer neben ihm saß und seine Hand hielt.

Eines Nachmittags tauchte er wie meistens um diese Zeit aus seinem Delirium auf und war ansprechbar. Er sagte mit leiser, kaum hörbarer Stimme: »Sprich mit mir!«

»Was soll ich sagen?«

»Irgendetwas. Der Klang deiner Stimme beruhigt mich, und er hilft mir, wach zu bleiben. Am Leben zu bleiben. Erzähl mir von dir.«

»Von mir?«, gab die junge Frau überrascht zurück.

Ein spöttisches Lächeln huschte über ihre Lippen.

»Bis vor ein paar Monaten gab es nicht viel zu erzählen. Ich war bloß eine von vielen Millionen afrikanischer Frauen. Wir werden – wie Miss Spencer immer behauptete – geboren, leben und sterben, ohne dass man uns jemals das Recht zugebilligt hätte, eigene Gedanken, eigene Gefühle und Wünsche zu haben. Nicht einmal das Recht, als Mutter unserer Kinder respektiert zu werden, denn in unseren Scheidungsgesetzen steht es schwarz auf weiß: Der Mann bestellt die Frau genauso wie das Feld, und ihre Kinder sind sein, so wie das Getreide auf seinen Feldern. Die Frau wurde dem Manne lediglich zur Seite gestellt, um ihm Kinder zu schenken. Wenn sie geht, muss sie so gehen, wie sie kam – allein, ohne ihre Kinder. Die Kinder gehören dem Mann.«

»Das ist grausam.«

»Alles, was uns Frauen betrifft, ist grausam. Es geht so

weit, dass uns sogar das Recht auf eine unsterbliche Seele verweigert wird. Und wenn uns doch Zutritt ins Paradies gewährt wird, dann nur, um dort die Bedürfnisse der Männer zu befriedigen.«

»Trotzdem willst du einer Religion treu bleiben, die euch die elementarsten Rechte vorenthält. Warum?«

»Wenn ich mich nicht an die Hoffnung klammern könnte, dass Allah gerecht ist, wäre ich wie eine Kuh, deren Kälber nach Belieben von ihrem Besitzer verkauft werden. Unrecht tun diejenigen, die seine Worte bewusst falsch auslegen, weil sie persönliche Interessen verfolgen. Miss Spencer sagte immer, dass die Seele und der Glaube an Gott uns Menschen von den Tieren unterscheiden. Wenn man mir schon das Recht verweigert, eine Seele zu haben, so will ich wenigstens einen Gott haben.«

»Der Gott der Christen scheint mir gerechter zu sein.«

»Bist du sicher?«, fragte Aziza.

Sie erhielt keine Antwort. Die Erschöpfung hatte den Kranken bereits übermannt. Oscar hatte die Augen wieder geschlossen und zitterte am ganzen Leib. Kalter Schweiß stand ihm auf der Stirn. Noch einer dieser Fieberschübe, die ihn immer mehr Kraft kosteten. Jedes Mal befürchtete Aziza, es könnte der letzte sein.

Sie blieb an seiner Seite wie eine lebende Statue, achtete auf jedes Zucken seiner Augen und jede Regung seines Körpers, verscheuchte die Fliegen, die unter das Moskitonetz schlüpften.

Sie legte ihm mit Wasser getränkte Tücher auf die Stirn, bis er schließlich nach Stunden erneut aufschreckte, die Augen öffnete und mit schwacher Stimme bat: »Erzähl weiter.«

»Als ich klein war, sagte ich immer, ich wäre eine echte Fulbe. Ich wollte eine Nomadin sein wie die Bororo, und keine Hausa. Aber meine Mutter erwiderte, dass ich mich niemals daran gewöhnen würde, wie die Nomaden zu leben und ständig umherzuziehen. Sie sei als Viehhirtin durchs

Land gezogen, bis sie heiratete, und habe immer davon geträumt, ein Dach über den Kopf zu haben, das sie vor der Sonne schützte, und Wände, die den Wind abhielten. Die Bororo respektieren die Frauen, im Gegensatz zu den Hausa, aber sie beschützen sie nicht. Monatelang müssen sie mit ihren Herden umherziehen, auf der Suche nach neuen Weidegründen, sogar wenn sie schwanger sind. Nichts ist den Fulbe wichtiger als ihre Herden.«

»Das muss schlimm sein.«

»Allerdings! Und als wäre das nicht genug, ist da noch das Ritual des *Sharot*. Die Mutter muss mit ansehen, wie der Sohn, den sie ganz auf sich allein gestellt geboren und jahrelang auf dem Rücken getragen hat, von den eigenen Stammesleuten totgeschlagen wird.«

»Ja, ich erinnere mich, dass Kaid Shala diesen Initiationsritus erwähnte. Aber er sagte nicht, worum es geht.«

»Es ist ein grausames Ritual. Die jungen Männer müssen beweisen, dass sie mutig sind und Schmerz ertragen können, um den Rang eines Kriegers zu erlangen. Erst dann dürfen sie eine Frau haben. Zwei gleichaltrige junge Männer stehen sich gegenüber und schlagen mit Knüppeln aus Eschenholz, das sie von weit herholen, aufeinander ein, bis einer von ihnen das Bewusstsein verliert, nicht selten sogar das Leben. Die Kämpfer dürfen sich nicht von der Stelle rühren, sie dürfen keinen Mucks von sich geben, keinen Schmerz zeigen. Und keinesfalls dürfen ihre Eltern einschreiten und dem Ganzen ein Ende machen. Die ganze Sippschaft wäre entehrt. Deshalb trägt mein Onkel seinen von Narben zerfetzten Körper so stolz zur Schau. Je mehr Narben der Mann hat, umso höher sein Ansehen.«

»Barbarisch!«

»O ja! Aber die Fulbe sind nicht einmal schuld daran. Das Ritual stammt aus der Zeit der Sklaverei. Unsere Männer brachten damit zum Ausdruck, dass man ihnen ihre Würde nicht nehmen konnte, egal wie hart man sie bestrafte.«

»Eine komische Art, Stärke zu zeigen! Kaum vorstellbar, dass so etwas passieren kann.«

»Mein Volk ist besessen. Diese Menschen sind jederzeit bereit, für ihren Stolz zu sterben.«

»Vielleicht empfinde ich, ohne dass es mir bewusst ist, wie die Fulbe. Und muss wahrscheinlich für meinen dummen Stolz bezahlen.«

»Du handelst nicht aus Stolz, sondern aus Überzeugung«, entgegnete Aziza.

»Ist das nicht dasselbe?«

Er schloss die Augen.

Als er sie wieder öffnete, sagte er: »Erzähl mir mehr von dir.«

»Ich wüsste nicht, was. Du weißt doch schon alles über mich.«

»Sag mir, was du in diesem Augenblick fühlst.«

Aziza zögerte. Sie sah zum Himmel auf, der sich im Sonnenuntergang rot verfärbt hatte. Unzählige Vogelschwärme jagten Insekten im Flug.

Schließlich sagte sie mit warmer Stimme: »Im Augenblick fühle ich mich hilflos. Ich bin voll von Trauer und auch Angst. Warum, muss ich dir nicht sagen. Aber zugleich bin ich auch glücklich und voller Hoffnung, weil ich erkannt habe, dass das Leben, das mir eigentlich nie sonderlich zugetan war, so großzügig gewesen ist, mir jemanden wie dich zu schicken.«

»An mir ist nichts Besonderes.«

»O doch! Und ob! Ich verstehe nur nicht, warum du dein Leben für mich riskierst. Wer bin ich schon, dass du von so weit her kommst, um mich zu retten? Ich habe im Leben nichts als Unglück gehabt, und du machst mir das größte Geschenk, das ein Mensch bekommen kann. Wenn du schläfst, denke ich darüber nach, aber ich finde keine Erklärung für dieses Wunder. Trotzdem weiß ich, dass es da ist, und allein dieses Wissen wiegt allen Schmerz auf, den ich ertragen muss …«

Es wurde Nacht. Und es wurde Tag. Nacht und Tag vereinten sich in Gestalt einer schwarzen Frau und eines weißen Mannes. Und beide waren füreinander Morgen- oder Abenddämmerung, so unterschiedlich und doch so gleich, wenn sie sich in die Augen sahen.

Weder sie noch er konnten sich erklären, warum sie vom ersten Augenblick an das Gefühl gehabt hatten, sie seien dazu bestimmt, den Rest ihres Lebens miteinander zu verbringen, obwohl sie eine unterschiedliche Hautfarbe hatten, andere Bräuche kannten, unterschiedlichen Glaubensvorstellungen anhingen und in entgegengesetzten Welten aufgewachsen waren.

Völlig auf sich gestellt in der endlosen Weite der Savanne, verloren in einem Land, von dem sie so gut wie nichts wussten. Und ihr einziger Begleiter war der Tod, der anscheinend selbst verwirrt war, als könne nicht einmal er, der im Laufe von Millionen Jahren so viele zu sich geholt hatte, die Tragödie verstehen, die sich vor seinen Augen abspielte.

Eines frühen Morgens, das erste fahle Licht des Tages durchdrang das dichte Gestrüpp noch nicht, kam er ihnen bedrohlich nah.

Ein schweres, Unheil verkündendes Schweigen lag über der Landschaft; in der Nacht war der Wind abgeflaut. Kein Grashalm regte sich.

Die Stille schreckte Aziza auf. Während all der Zeit hatte sie kaum geschlafen und war nur gelegentlich kurz eingenickt. Sie witterte wie ein Raubtier, nahm das Jagdgewehr, lud es so leise wie möglich und steckte den Revolver in den Gürtel ihres Gewandes. Anschließend schlüpfte sie lautlos wie ein Schatten durch das Moskitonetz und verschwand im Halbdunkel.

Katzengleich schlich sie durch das Unterholz, bis sie den Rand des kleinen Hains erreichte und durch einige Zweige die endlose Graslandschaft überblicken konnte.

Zwei Männer, die alte Jagdflinten geschultert hatten, folgten den Reifenspuren, die der schwere Wagen im Sand hinterlassen hatte. Hin und wieder sahen sie zu dem kleinen Wald aus Akazien und dichtem Unterholz ungefähr zweihundert Meter weiter hinüber, wo sie anscheinend hinführten.

Aziza kauerte sich vorsichtig hinter ein paar Sträucher. Reglos ließ sie die Männer näher kommen. Sie konnte ihre Gesichter deutlich erkennen und sah, dass es keine harmlosen Jäger waren. Da trat sie aus ihrem Versteck hinter den Büschen hervor, zielte auf sie und fragte laut: »Was sucht ihr hier?«

Sofort blieben die Eindringlinge stehen. Einer von ihnen machte eine Bewegung, als wolle er seine Büchse von der Schulter nehmen, doch als er sah, dass die Frau das Gewehr direkt auf seine Brust richtete, besann er sich eines Besseren. Er hob die Hand, um ihre friedlichen Absichten zu bekunden.

»Wir suchen niemanden«, antwortete er im gleichen Fulbe-Dialekt, doch mit Akzent. »Wir waren nur neugierig, was ein Lastwagen hier verloren hat.«

»Du lügst!«

»Warum sollte ich das tun?«

»Weil ich sicher bin, dass ihr eine gewisse Aziza Smain sucht!«

Die beiden Männer warfen sich einen betroffenen Blick zu. Der andere wollte etwas antworten, doch die junge Frau ließ ihm keine Zeit.

»Ich bin Aziza Smain!«

Wie auf ein Stichwort hin warfen sich die beiden Fremden zu Boden und versuchten, ihre Gewehre in Anschlag zu bringen. Doch ehe sie die verrosteten Flinten auf die Frau richten konnten, die sich ihnen unerwartet in den Weg gestellt hatte, feuerte sie das moderne doppelläufige Jagdgewehr ab. Die schweren Schrotkugeln trafen die Männer am Boden.

Dem Rädelsführer zerfetzten sie die Hand, seinem Kumpanen ein Auge.

Blutend und fluchend wälzten sich die Männer am Boden. Sie schrien vor Schmerz, ohne zu bemerken, dass Aziza auf sie zukam und mit gezogenem Revolver vor ihnen stehen blieb. Sie warf ihnen einen verächtlichen Blick zu und tötete sie mit zwei gezielten Schüssen.

»Niemals wieder werde ich zulassen, dass ihr mich wie ein gutmütiges Rind zum Schlachthof führt«, murmelte sie. »Zumindest nicht, bis ich meinen Sohn gefunden habe.«

Dann lief sie zum Wagen zurück, um den Spaten zu holen, der an dem Kotflügel befestigt war und dazu diente, das Fahrzeug freizuschaufeln, wenn es im Sand stecken blieb. Die nächsten zwei Stunden verbrachte sie damit, die Leichen der Männer an Ort und Stelle zu verscharren.

Anschließend setzte sie sich wieder unter das Moskitonetz und fächelte dem Patienten Luft zu, als sei nichts geschehen.

Als Oscar die Augen öffnete und um Wasser bat, erwähnte sie den Zwischenfall mit keinem Wort.

Niemals sollte sie irgendwem davon erzählen.

Der Tag verstrich.

Und ein weiterer folgte.

Mit jedem neuen Fieberschub stürzte Oscar in einen bodenlosen Abgrund. Vor seinen Augen liefen Szenen aus seinem bisherigen Leben ab. Unzählige wirre Erinnerungen überrollten ihn, wie galoppierende Reiter. Nur waren die Pferde Menschen, die wie richtige Pferde wieherten und ausschlugen.

Seine Eltern, seine Freunde, seine Feinde und unzählige schöne Frauen, mit denen er unvergessliche Augenblicke verbracht hatte, schossen ihm rasch und in einem wirren Durcheinander durch den Kopf, bis er mit einem lauten Schrei aufschreckte. Dann fand er für eine Weile Ruhe in Azizas sanftem Gesicht, das über ihn gebeugt war.

Der Honigglanz ihrer riesigen Augen war wie Balsam für ihn. Der unverwechselbare Duft ihrer weichen dunklen Haut war reine Medizin.

Nur der Klang ihrer Stimme schien ihn ins Leben zurückholen zu können.

Im Halbschlaf, wenn er nicht wusste, ob er träumte oder wachte, hörte er immer wieder die Zeilen eines alten Liedes, das seine Mutter ihm als kleines Kind vorgesungen hatte.

Hör mein Lied, du schöne Schwarze aus Lima,
von meiner Liebe erzähle ich dir …

Er öffnete die Augen und ihm wurde klar, was es bedeutete. Die volle, fröhliche Stimme seiner Mutter, mit der sie die schwarze Schönheit besang, hatte in ihm das Bild einer schwarzen Frau wachgerufen, unter deren Schritten nicht der Boden, sondern die ganze Welt erbebte.

Wenn er die dunkelhäutige Frau betrachtete, die keinen Augenblick von seiner Seite wich, wusste er, dass dieses alte Lied seiner Mutter auf sie gemünzt gewesen war.

Obwohl Aziza bei den Hausa aufgewachsen war, hatte sie anfangs – weniger auf Befehl ihrer Mutter als aus Überzeugung – den alten Brauch der Fulbe-Mädchen beibehalten und schweren Schmuck um die Fußknöchel getragen. So war sie stets aufrecht und langsam gegangen. Als erwachsene Frau hatte sie diesen stolzen Gang verinnerlicht und bewegte sich mit der Anmut eines Schwans oder eines langjährigen Models.

Die schwarze Schönheit, die die Fantasie des jungen Oscar beflügelt hatte, saß neben ihm. Sie verscheuchte die lästigen Fliegen von seinem Gesicht, gab ihm zu trinken und streichelte ihn zärtlich, während sie ein unverständliches Lied sang, das aus ihrer nigerianischen Kindheit stammen musste.

»Erzähl mir von dir.«

»Es gibt nichts mehr zu erzählen.«

Am Morgen des sechsten Tages hörten sie ein leises Brummen in der Ferne, das mit jedem Augenblick näher zu kommen schien. Besorgt griff Aziza nach dem Revolver und lief zur Lichtung, um nachzusehen. Sie lugte durch das Gebüsch und entdeckte einen klapprigen weißen Krankenwagen, auf dessen Karosserie das Rote Kreuz und der Rote Halbmond prangten. Langsam fuhr er um den Hain herum, als suchte er nach etwas.

Auf dem Verdeck des Wagens saß Usman und hielt nach den Reifenspuren des Geländewagens Ausschau, die sie zu ihrem Versteck führen würden. Aziza atmete erleichtert auf, löste sich aus dem dichten Gestrüpp und lief mit erhobenen Armen über die offene Savanne auf den Wagen zu.

Minuten später beugte sich ein breitschultriger, bärtiger Mann über den Patienten. Pater Anatole Moreau war Missionar und gehörte dem Kapuzinerorden an. Mit den wenigen Instrumenten, die ihm zur Verfügung standen, untersuchte er den Kranken, assistiert von einer hageren, tatkräftigen Einheimischen, die unablässig grinste, deren große Hingabe und Sachverstand jedoch über alle Zweifel erhaben waren.

Oscar erwachte wie üblich am späten Nachmittag aus seinem Fieberwahn und schlug die Augen auf. Als Erstes lächelte er Aziza zu. Nach einer Weile wandte er sich an den bärtigen Missionar und sagte erleichtert: »Gott sei Dank! Ich glaubte schon, Sie würden nicht mehr kommen, und ich müsste an diesem gottverfluchten Ort sterben. Wie haben Sie mich bloß gefunden?«

»Mit Gottes Hilfe, mein Sohn«, antwortete der Missionar. Seine Stimme erinnerte an fernes Donnergrollen. »Mit Gottes Hilfe und der unseres alten Freundes Usman, der über einen unglaublichen Orientierungssinn verfügt. Er findet sein Ziel so sicher wie eine Brieftaube.«

Oscar bedankte sich mit einer Handbewegung bei dem Krieger, der aufrecht neben dem Wagen stand und ihm mit einem leichten Nicken antwortete.

Oscar drückte Azizas Hand und fragte den Missionar: »Und, wie sieht es aus, Vater?«

»Nicht gut, mein Sohn, machen wir uns nichts vor. Du bist sehr schwach.«

»Nicht schwach, Vater, ich bin fix und fertig.«

»So kann man es auch sagen.«

»Werde ich überleben?«

»Das weiß nur Gott allein.«

»Ich könnte ein Wunder gebrauchen, wie?«

»Zugegeben, das wäre nicht übel«, schmunzelte der Kapuzinermönch.

»Aber was genau habe ich denn?«

Der große Mann, der mehr Ähnlichkeit mit einem Ringer als mit einem Geistlichen hatte, zögerte. Er strich sich mit den Fingern durch den dichten roten Bart und sagte schließlich mit gerunzelter Stirn und im Brustton der Überzeugung: »Vermutlich hat dich der unsichtbare Löwe erwischt.«

Der Patient sah ihn verwirrt an, als hätte er nicht recht gehört oder litte noch immer an Halluzinationen.

»Wie bitte?«

»Ja, der unsichtbare Löwe.«

»Wer soll denn das sein?«

»Er ist für neunzig Prozent der Todesfälle von Europäern in Afrika verantwortlich. Wenn ihr nach Afrika kommt, fürchtet ihr euch vor Leoparden, einer Horde wilder Elefanten, einem alten Gorilla oder gar einem wilden Stamm von Menschenfressern. Die traurige Wahrheit aber ist, dass die meisten von euch ganz einfach dem unsichtbaren Löwen zum Opfer fallen.«

»Sie haben mir immer noch nicht erklärt, wer das ist«, protestierte Oscar.

»Wer weiß das schon«, erwiderte Pater Moreau mit verblüffender Selbstverständlichkeit. »Besser gesagt, wer weiß es mit Sicherheit? Wir nennen es so, weil es Tausende von Krankheiten sein können, an denen man stirbt. Typhus, Malaria, Aids, Tuberkulose, Ebola, Insekten, Würmer, Amöben, verseuchtes Wasser, verdorbene Lebensmittel, Sumpfkrankheiten, alle Arten von unbekannten Fiebern, ja, sogar Zauberei. Tausende von Krankheiten, die letztendlich viel gefährlicher sind als das gefährlichste Raubtier. Vor allem, weil sie anders als Raubtiere den Reisenden bis nach Europa folgen, wenn sie den Kontinent wieder verlassen. Und nicht selten schlagen sie erst Jahre später zu, wenn die Opfer glauben, alle Gefahren, denen sie ausgesetzt waren, heil überstanden zu haben.«

»Sie meinen, das sei eine Art Quittung für die Überheblichkeit und Ignoranz der Europäer?«

»So ungefähr.«

»Kann man denn nichts dagegen machen?«

»Dazu müsste man erst einmal das Gesundheitssystem in Afrika auf Vordermann bringen.«

»Und warum ist das nicht schon längst passiert?«

»Wie soll das gehen? Niger zählt zu den zwanzig ärmsten Ländern der Welt. Das so genannte Krankenhaus unserer Missionsstation zum Beispiel ist in Wahrheit nur eine erbärmlich kleine ärztliche Ambulanz, in der wir Tausende von Patienten behandeln müssen. Nicht einmal ausreichend Betten sind vorhanden, und manchmal sterben uns die Patienten auf der Treppe vor dem Eingang, ehe wir Zeit hatten, sie zu untersuchen.«

»Das wusste ich nicht.«

»Aber so ist es, leider. Jedes vierte Kind erreicht nicht einmal die Pubertät, und die durchschnittliche Lebenserwartung liegt bei etwa vierzig Jahren. Auch wenn ich wüsste, woran du leidest, ich könnte dir nicht helfen, mein Sohn. Schon vor Wochen haben wir die letzte Schachtel Aspirin verbraucht.«

»Was glauben Sie, habe ich noch eine Chance?«, fragte Oscar und drohte ihm mit dem Finger. »Aber lügen Sie mich nicht an!«

»Mit Glück hast du eine dreißigprozentige Chance, zu überleben.«

Oscar presste die Lippen zusammen, als müsste er über diese Auskunft nachdenken. Dann nickte er und blickte den Pater ruhig und gefasst an.

»Und sonst?«

»Zehn Prozent.«

»Den Weg hätten Sie sich also sparen können.«

»Ich bin gekommen, um zu helfen, wo ich kann. Wenn es sein muss, um dir die letzten Stunden zu erleichtern. Vielleicht willst du die Beichte ablegen?«

»Ich glaube nicht. Ich war mein ganzes Leben lang nicht gläubig. Ich wüsste nicht, warum ich meine Überzeugung ändern sollte.«

»Meiner Meinung nach wäre jetzt der richtige Augenblick dafür, aber wir wollen uns nicht in philosophische Diskussionen verstricken. Du musst dich ausruhen. Wenn du einigermaßen wieder bei Kräften bist, werden wir dich in die Missionsstation bringen. Dort wirst du es wenigstens gemütlicher haben und besser versorgt sein. Aber es ist eine lange und sehr anstrengende Reise.«

Oscar presste wieder die Lippen zusammen und nickte. Die Unterhaltung hatte ihn zu sehr erschöpft. Er sehnte sich nur noch danach, Azizas Hand zu spüren und die Augen zu schließen, damit die Schläfrigkeit ihn weit weg trug, vielleicht in seine Prachtvilla nach Monte Carlo oder an Deck seiner Jacht in eine friedliche Bucht vor der Küste Sardiniens.

Und wieder hörte er die fröhliche Stimme seiner Mutter mit erstaunlicher Klarheit:

Hör mein Lied, du schöne Schwarze aus Lima,
von meiner Liebe erzähle ich dir …

Während Oscar in einen tiefen Schlaf fiel, hielt Usman am Rand des kleinen Wäldchens Wache. Aziza, Pater Moreau und die Krankenschwester mit ihrem einfältigen Grinsen bereiteten unterdessen ein einfaches Mahl zu. Die Krankenschwester hieß Kaliko – ein seltsamer Name, auf den sie zuweilen, aber keineswegs immer hörte. Etwas abseits des Geländewagens hatten sie ein Feuer entfacht. So störten sie den Schlaf des Patienten nicht, waren aber nahe genug, um ihn im Auge zu behalten, falls er Hilfe brauchte.

»Ich möchte nicht den Teufel an die Wand malen, aber die Lage könnte schlimmer nicht sein«, erklärte Pater Moreau besorgt. Er nippte an seinem Kaffee und drehte sich aus ein paar Krümeln vertrocknetem schwarzem Tabak und einem Stück Papier, das eher zum Fischeinwickeln getaugt hätte, eine seiner stinkenden Zigaretten.

»Im Augenblick bleibt uns nichts anderes übrig, als auf ein Wunder zu hoffen. Eine zweitägige Fahrt durch die heiße Savanne und Wüste in diesem klapprigen Krankenwagen mit den kaputten Stoßdämpfern und ohne Klimaanlage wäre sein sicherer Tod. Er würde das nicht überleben.«

»Und wenn er es bis zur Missionsstation schafft, wäre er dort besser aufgehoben?«, fragte Aziza besorgt. »Könnte man ihn gesund pflegen?«

»Gesund pflegen?«, entgegnete Pater Moreau. »Wie gesagt, wir haben nicht einmal Aspirin. Außerdem weiß ich überhaupt nicht, woran der arme Mann erkrankt ist.«

Er zog einen glühenden Zweig aus dem Feuer, zündete damit seine Zigarette an und zog den Rauch tief in die Lunge. Dann fuhr er hustend fort: »Aber wir haben eine kleine Landepiste neben unserer Missionsstation. Man könnte ihn von einem Kleinflugzeug abholen lassen und in ein richtiges Krankenhaus transportieren.«

»Wohin?«

»Nach Senegal. Oder an die Elfenbeinküste. Irgendwohin, weit weg von hier.«

»Kann man ihn dort heilen?«

»Das wage ich zu bezweifeln, aber zumindest verfügen sie da über Labors, Röntgengeräte und ausgebildete Ärzte. Ich selbst könnte nicht einmal Aids von Lepra unterscheiden.«

»So ein Unsinn! Natürlich kann er das«, widersprach die Krankenschwester, die bislang kein einziges Wort gesagt hatte, mit kaum hörbarer Stimme. Dann wandte sie sich an Aziza.

»Pater Anatole Moreau ist ein hervorragender Arzt, obwohl er ständig das Gegenteil beteuert.«

»Du irrst, meine Tochter«, entgegnete Pater Moreau. »Mag sein, dass ich ein guter Seelsorger bin, der es obendrein versteht, Menschen zu trösten und Kranken Hoffnung zu machen, dass sie wieder gesund werden. Doch meistens muss ich mich dabei auf meine Intuition und auf wenige Medizinbücher verlassen, die obendrein völlig veraltet sind. Ja, sogar auf die Hexenmeister und Medizinmänner des Landes und natürlich auf meine ständigen Gebete zum Herrn, dass er mir den richtigen Weg weist.«

»Jedenfalls haben Sie schon viele Menschen geheilt.«

»Und noch mehr unter die Erde gebracht«, entgegnete Pater Moreau schlagfertig. »Machen wir uns nichts vor! Dieser Mann hängt mehr von meinen Gebeten ab als von meinen medizinischen Kenntnissen. Leider haben sowohl mein Gott als auch deiner Afrika vergessen«, sagte er an Aziza gewandt. »Wir können nur hoffen und beten, dass ihnen dieser Kontinent eines Tages wieder einfällt.«

»Die Hoffnung können wir begraben. Seit tausend Jahren hat sich in Afrika nichts verändert, und ich glaube auch nicht, dass sich je etwas ändern wird«, erwiderte Aziza überzeugt. »Was wäre für ihn am besten?«

»Wenn wir ihn in die Missionsstation brächten.«

»Auch wenn wir das Risiko eingehen, dass er uns unterwegs stirbt?«

»Ob hier oder unterwegs, was macht das für einen Unterschied?«, entgegnete Pater Moreau und zuckte fatalistisch mit den Schultern.

»Das ist allerdings wahr. Aber er braucht mich, und wenn ihr ihn wegbringt, könnte ich nicht länger bei ihm bleiben.«

»Warum nicht? Keiner hält dich davon ab, mit uns zu kommen.«

»Das wäre ein großer Fehler. Ich brächte euch alle in Gefahr«, erklärte die junge Frau. »Die meisten Menschen in diesem Land sind Moslems, und es gibt sehr viele Fanatiker unter ihnen. Wenn sie uns finden, würden sie nicht nur mich töten, sondern auch all jene, die mir geholfen haben.«

»Ich fürchte, du hast Recht«, räumte Pater Moreau ein.

Dann zog er ein letztes Mal an der stinkenden Zigarette und drückte den Stummel auf dem Boden aus.

»Und das Schlimmste wäre nicht, dass sie uns alle töten würden, sondern dass die radikalen Imame die Gelegenheit nutzen könnten, uns Missionare aus dem Land zu jagen. Es käme ihnen wie gerufen. Unsere Missionsstation ist die einzige, die sich im Umkreis von Hunderten von Kilometern um die arme Bevölkerung kümmert.«

»Ich habe eine Idee.«

Aziza und Pater Moreau warfen Schwester Kaliko einen erstaunten Blick zu. Es war bereits das zweite Mal, dass sie das Wort ergriff.

»Ja?«, fragte Pater Moreau ungläubig.

Die hagere junge Frau senkte den Blick und überlegte eine Weile, als suchte sie in ihrem tiefsten Inneren nach den richtigen Worten. Als sie schließlich sprach, klang es ernst und selbstsicher, und auch das übliche einfältige Grinsen fehlte.

»Wir sind in einem alten Krankenwagen gekommen, um einen kranken Europäer zu holen«, erklärte sie. »Stimmt's?«

»Ja, stimmt.«

»Und an sämtlichen Kontrollpunkten, an denen wir vorbeikamen, konnten sich Soldaten, Polizisten und fanatische Glaubensbrüder davon überzeugen, dass in dem Krankenwagen nur ein harmloser belgischer Missionar, eine noch harmlosere Krankenschwester vom Stamm der Kotoko und ein Fulbe-Krieger saßen. Stimmt es, oder nicht?«

»Ja, auch das stimmt.«

»Wenn nun dieser Krankenwagen mit dem todkranken Europäer, dem harmlosen belgischen Missionar und der noch harmloseren Schwester dieselbe Route zurückfährt, würde niemand merken, dass sich etwas geändert hat. Der Fulbe wird für die Rückfahrt als Führer nicht mehr gebraucht.«

»Und was hat sich geändert?«

Die junge Frau lächelte und zeigte auf Aziza: »Diesmal wird sie die Krankenschwester sein.«

»Aziza?«

»Ja, Aziza würde meine Stelle einnehmen – ich bin sicher, dass es niemandem auffiele.«

»Und du? Was willst du machen?«

»Ich bleibe und warte mit Usman auf die Fulbe-Krieger. Noch besser wäre es, wenn wir Richtung Niger aufbrächen und das Gerücht streuten, ich sei Aziza.«

»Was bezweckst du damit?«

»Dass sämtliche Fundamentalisten in der Umgebung sich an unsere Fersen heften. Unterdessen könnte sie sich in Sicherheit bringen.«

»Was ist, wenn sie euch einholen?«

»Das halte ich für ausgeschlossen, wenn die Fulbe-Krieger bei mir sind.«

»Nur angenommen.«

»Schlimmstenfalls müsste ich ihnen beweisen, dass ich nicht Aziza bin.«

»Und wie willst du das anstellen?«, fragte Pater Moreau, der aus dem Staunen gar nicht mehr herauskam. »Soweit ich weiß, hast du nicht einmal einen Ausweis. Diese Bestien würden dich auf der Stelle steinigen, wenn sie dich zu fassen kriegten.«

»Ja, sicher«, erklärte die junge Frau und lächelte wieder genauso einfältig wie immer. »Es stimmt, ich habe kein einziges Dokument, mit dem ich mich ausweisen könnte. Trotzdem bin ich vollkommen sicher, dass ich diese Idioten davon überzeugen kann, dass ich nicht die Aziza bin, die sie suchen. Ganz sicher.«

»Wie kannst du da so sicher sein?«

»Ich bin noch Jungfrau.«

»Wie bitte?«, fragte Pater Moreau verdattert. Es klang, als käme seine Stimme aus der Tiefe eines Brunnens.

»Ja, ich bin Jungfrau, und jeder weiß, dass Aziza zwei Kinder geboren hat. Deswegen ist ihr das alles ja passiert.«

»Wie alt bis du denn, mein Kind?«, wollte der bärtige Missionar aus Belgien wissen, der in dem Augenblick mit den Gedanken ganz woanders zu sein schien.

»Ungefähr zwanzig, glaube ich«, lautete die verlegene Antwort.

»Und du willst mir weismachen, dass du in diesem Alter noch Jungfrau bist?«

»Ja, ich wollte immer Nonne werden.«

»Ich will verdammt sein!«, rief Pater Moreau, mittlerweile so fassungslos, dass er seine Zunge nicht mehr zügeln konnte. »Möge der Herr mir meine Kraftausdrücke verzeihen! Eine Jungfrau auf diesem Kontinent, die älter ist als zwanzig? Das ist wahrlich ein Wunder!«

»Ist es nicht!«, widersprach die Krankenschwester energisch. »Die Männer finden mich hässlich und dumm.«

Sie hielt inne und setzte dann nachdrücklich hinzu: »Aber wenn ich ehrlich sein soll, hat es mir geholfen, meine Jungfräulichkeit zu bewahren.«

»Gott segne dich, meine Tochter! Gott segne dich, denn mit dieser Einstellung hast du mir den Glauben an die Menschheit wiedergegeben.«

Dann aber winkte er ab.

»Trotzdem. Es wäre viel zu gefährlich für dich.«

»Überhaupt nicht«, erwiderte die junge Frau mit erstaunlicher Standhaftigkeit. »Ich müsste sowieso einen Schleier tragen, da Aziza Moslemin ist. Jeder würde denken, dass ich tatsächlich die Frau aus Nigeria bin, die versucht, über den Niger zu flüchten. Wenn ich aber den Schleier abnehme, würden sie ihr blaues Wunder erleben. Denn niemand, der mich sieht und noch einigermaßen bei Verstand ist, wird glauben, dass ich eine für ihre Schönheit weithin bekannte Mutter von zwei Kindern bin.«

Ihr Kichern klang beinahe vergnügt. »Das könnte sogar ganz lustig sein!«

»Oder aber tragisch enden!«, schnitt ihr Pater Moreau das Wort ab. »Ich selbst habe schon viel zu oft die Anfeindungen und Aggressionen der Salafisten am eigenen Leib erleben müssen. Sie mögen es überhaupt nicht, wenn man sich über sie lustig macht. Und du schlägst allen Ernstes vor, dass wir sie zum Narren halten.«

»Und wenn schon?«, entgegnete Kaliko selbstbewusst. »Mein Tod wäre nicht umsonst gewesen. Wenigstens hätte ich einmal im Leben etwas Bedeutendes vollbracht. Mein Leben ist höchstens halb so viel wert wie das von Aziza. Sie hat eine Tochter, um die sie sich kümmern, und einen Sohn, den sie suchen muss. Ja, sie hat sogar einen Mann, den sie retten will. Und wenn mich nicht alles täuscht, wird sie ein Symbol für alle Frauen auf diesem Kontinent werden, die mehr sein wollen als nur Tiere, mit denen die Männer tun und lassen dürfen, was sie wollen.«

»Bei Gott!«, rief Pater Moreau, der nicht fassen konnte, was er gerade hörte.

»Ich wusste nicht, dass du dich so gut ausdrücken kannst,

Mädchen. Sonst hast du doch nie den Mund aufgekriegt. Ich weiß gar nicht, was ich sagen soll!«

»Warum eigentlich?«, fuhr ihn die junge Frau an. »Weil Sie mich für dumm hielten? In Europa gibt es ein Sprichwort, das sehr gut auf Sie passt, Pater: Kein Tauber ist schlimmer als der, der nicht hören will.«

»Und du machst daraus: Kein Dummkopf ist schlimmer als der, der sich dafür ausgeben will.«

»Mehr oder weniger ...«

»Mit anderen Worten, eigentlich bin ich der Dumme, nicht wahr? Weil ich dich von Kindheit an kenne und immer glaubte, dein Kopf wäre genauso leer wie unsere Missionskasse.«

»Könnte sein.«

»Ist das nicht etwas respektlos?«

»Nehmen Sie es mir nicht übel, Pater Moreau. Außerdem haben Sie Wichtigeres zu tun, als sich um eine Krankenschwester zu kümmern, die Ihnen nie gezeigt hat, was sie in Wirklichkeit denkt oder wie sie fühlt.«

»Na gut«, brummte Pater Moreau sichtlich gekränkt. »Wie heißt es so schön? Man lernt nie aus. Ich glaube, dass ich meine Lektion gelernt habe.«

Er wandte sich an Aziza, die sich lieber nicht in die Diskussion eingemischt hatte, und fragte: »Was hältst du davon?«

»Was soll ich sagen?«, gab sie die Frage zurück. »Sie hat natürlich auf ihre Weise Recht. Ich habe eine Tochter, um die ich mich kümmern, und einen Sohn, den ich vor der Sklaverei retten müsste, ja. Und da ist dieser Mann, den ich vor dem Tod bewahren will. Trotzdem denke ich nicht im Traum daran, zu einem Symbol zu werden. Und ich glaube auch nicht, dass all das rechtfertigen würde, wenn Kaliko an meiner Stelle ihr Leben riskierte.«

Pater Moreau hatte sich mühsam erhoben und ging nun auf der Lichtung, auf der sie sich befanden, hin und her, als müsste er sich die Beine vertreten oder einfach in Bewegung bleiben, um wieder einen klaren Kopf zu bekommen. Schließlich sprach er wieder. »Ich stimme dir zu. Aber wenn ich ehrlich sein soll, halte ich Kalikos Plan für gar nicht dumm. Er könnte sogar funktionieren. Falls wir es tatsächlich bis zur Mission schaffen, würde niemand Verdacht schöpfen, wenn ein paar Tage später eine Krankenschwester den Patienten an Bord der Maschine begleitet, die ihn nach Senegal oder in die Elfenbeinküste bringen soll.«

Er zwinkerte spitzbübisch. »Und von dort wäre es ein Leichtes, den afrikanischen Kontinent zu verlassen.«

»Aber was hätte ich davon?«, entgegnete Aziza. »Wenn sich diese Fanatiker in den Kopf gesetzt haben, mich zu töten, werden sie sich nicht davon abhalten lassen – egal, wo ich mich verstecke. Deshalb finde ich es völlig absurd, dass ein junges Mädchen, das noch das ganze Leben vor sich hat, sich für eine Frau in Gefahr bringt, deren Fall hoffnungslos ist.«

»Unter bestimmten Umständen, und das scheint mir der Fall zu sein, kann etwas ganz Absurdes und Verrücktes plötzlich sehr vernünftig sein.«

»Trotzdem weigere ich mich.«

»Dann sollten wir demokratisch abstimmen.«

»Was bedeutet das?«

»Die Mehrheit entscheidet.«

Usman wurde eingeweiht und war sofort begeistert. Er fand, es sei eine blendende Idee und wandte nur ein, dass die junge Krankenschwester Kaliko den Schleier bis zum Ende tragen sollte, um den Zorn der gläubigen Moslems nicht noch mehr herauszufordern.

»Du wirst eine Fulbe unter vielen sein. Kein Mensch wird auf die Idee kommen, dich für Aziza zu halten. Es ist doch offensichtlich, dass du zum Stamm der Kotoko am Tschad gehörst und kein Tropfen Hausa-Blut in deinen Adern fließt.«

»Und was passiert dann?«, fragte Pater Moreau.

»Die Fundamentalisten werden einsehen müssen, dass die Nachricht, die ihre fanatischen Glaubensbrüder im ganzen Land über Aziza ausgestreut haben, nicht der Wahrheit entspricht. Es wird ihnen nichts anderes übrig bleiben, als mit eingezogenen Schwanz nach Hause zurückzukehren.«

»Was ist, wenn sie auf Rache sinnen?«

»Das bekäme ihnen ganz und gar nicht. Es ist ihnen noch nie gelungen und wird es auch niemals, sich im offenen Kampf den gefürchteten Nachfahren des großen Usman Dan Fodio zu stellen, der ihre Vorfahren so viele Male gedemütigt und unzählige von ihnen getötet hat.«

»Trotzdem würden wir riskieren, einen Stammeskrieg auszulösen, der schreckliche Folgen haben könnte«, wandte seine Nichte ein.

»Ich weiß. Das war mir schon klar, ehe ich nach Hingawana aufbrach«, antwortete der Krieger mit den zahllosen Narben gelassen. »Die Schuld aber tragen nicht die Fulbe, sondern jene, die meinten, sie hätten das Recht, eine Frau aus dem Volk der Fulbe zu vergewaltigen und anschließend zu Tode zu steinigen. Nähmen wir diese Kränkung hin, könnten wir uns nicht länger als freie Männer fühlen, die nur ihrem eigenen Willen unterworfen sind und kein anderes Vaterland besitzen als den Boden, auf dem sie sich gerade befinden. Außerdem solltest du nie vergessen, dass alle unsere Feinde – egal, welchem Stamm oder welcher Religion sie angehören – vor allem eines fürchten: Wir Fulbe können sie immer aufspüren. Sie uns hingegen nicht, da wir nie im Voraus wissen, wo wir die nächste Nacht verbringen. Das ist unser großer Vorteil.«

Das war in der Tat richtig. Seit es die gefürchteten Stämme, die – je nach Gebiet – Peul, Fulbe oder Bororo genannt wurden, von weiß Gott woher auf den afrikanischen Kontinent verschlagen hatte, führten sie das Leben von kriegerischen Nomaden und hatten das Konzept von Mut und Leid zu ihrem einzigen Lebensinhalt erhoben.

Die meisten Völker dagegen, die in der Savanne südlich der riesigen Sahara lebten, waren sesshafte Hirten, die sich nie sehr weit von ihren Dörfern entfernten. Handwerker, Bauern und friedliebende Händler, denen es bei der Vorstellung graute, eines Nachts von einer Bande blutrünstiger und rachsüchtiger Banditen überfallen zu werden. Sie konnten ein ganzes Dorf umbringen und verschwanden dann wieder im Dunkel der Nacht, um fünf Wochen ohne Unterbrechung im Laufschritt zu marschieren.

Selbst erfahrene Terroristen hätten Mühe gehabt, Menschen aufzugreifen, die jede Nacht woanders verbrachten, an einem Lagerfeuer unter freiem Himmel, und es darüber hinaus verstanden, so mit ihrer Umgebung zu verschmelzen, dass sie praktisch unsichtbar waren.

Ein Fulbe-Krieger konnte auf einem Bein stehen, das andere hochziehen und sich derart mit Laub tarnen, dass man ihn auf eine Entfernung von zehn Metern nicht von einem der vielen Sträucher in der Savanne unterscheiden konnte. Nach einer Stunde wechselte er auf das andere Bein und verharrte weiter reglos, bis eine Antilope, ein Löwe, ein Warzenschwein oder das verhasste Mitglied eines verfeindeten Stammes in die Reichweite seiner Machete gelangte und mit einem einzigen gezielten Hieb zur Strecke gebracht wurde.

Nicht einmal die Kinder der Bororo, die im Morgengrauen mit den Rinderherden aufbrachen, um in der Savanne oder in der Wüste nach geeigneten Weidegründen zu suchen, führten Wasser oder Essensvorräte mit. Jeder andere Mensch hätte das für unverzichtbar gehalten, wenn er den Tag unter der unbarmherzigen Sonne überleben wollte. Aber derartige Vorkehrungen zu treffen hätte bedeutet, dass sie sich nicht zutrauten, unterwegs Wasser oder Nahrung zu finden.

Und wenn sie dazu nicht in der Lage waren, wären sie auch nicht fähig, für ihre zukünftigen Familien zu sorgen. Dann hätten sie es nicht verdient, sich eine Frau zu nehmen und Nachkommen zu zeugen.

Nachdem sie mit drei Stimmen gegen eine beschlossen hatten, dass Aziza im Krankenwagen mitfahren und Kaliko bei Usman bleiben sollte, mussten sie nur noch die Meinung des Patienten selbst einholen. Es dauerte jedoch einige Stunden, bis Oscar wieder so weit bei Bewusstsein war, dass er verstehen konnte, was sie entschieden hatten.

»Warum nehmen wir nicht meinen Wagen? Er ist viel bequemer und schneller. Außerdem verfügt er über eine Klimaanlage«, schlug er vor.

»Weil bereits in halb Niger nach einem roten Geländewagen gesucht wird«, wandte der Geistliche ein.

»Wir kämen nicht einmal am ersten Kontrollpunkt vorbei. Er ist viel zu auffällig. Außerdem weiß mittlerweile ganz Afrika oder bildet es sich zumindest ein, dass Aziza Smain damit transportiert wird.«

»Was sollen wir mit dem Wagen machen?«

»Vorerst verstecken wir ihn. Später sehen wir weiter.«

»Sie können ihn haben, wenn Sie wollen. Ich schenke ihn Ihnen.«

»Und ob ich ihn will«, rief Pater Moreau dankbar und grinste. »Ich würde ihn zu einem prima Krankenwagen umbauen. Die Missionsstation wäre überaus glücklich über einen solchen nagelneuen Wagen, einen geländetauglichen zumal. Unser gutes Stück fällt allmählich auseinander. Aber ich hole ihn erst ab, wenn alle in Sicherheit sind.«

»Abgemacht«, antwortete Oscar. »Setzen Sie eine Schenkungsurkunde für eine Spende an die Missionsstation auf. Aber vorher müssen Sie mir noch einen Gefallen tun.«

»Wenn es in meiner Macht steht …«

»Können Sie mit einem Schweißbrenner umgehen?«

»Selbstverständlich, mein Sohn. In der Missionsstation machen wir alles selbst. Ich will mich ja nicht rühmen, aber ich kann mit Fug und Recht behaupten, dass ich mich mit handwerklichen Arbeiten ganz gut auskenne.«

»Dann holen Sie bitte den Werkzeugkasten aus dem Wagen und trennen mit dem Schweißbrenner die beiden Stoßstangen von der Karosserie ab.«

»Warum?«

»Tun Sie, was ich sage.«

Pater Moreau warf ihm einen verdutzten Blick zu, verkniff sich aber weitere Fragen. Eine halbe Stunde später hatte er mit Hilfe der beiden Frauen die vordere und hintere Stoßstange vom Wagen abgetrennt.

»Und was sollen wir nun machen?«, fragte er ein wenig spitz, während ihm von der Anstrengung der Schweiß am ganzen Körper herunterlief.

»Jetzt stellen Sie die Stoßstangen aufrecht in eins der großen Tongefäße, die unter dem Rücksitz verstaut sind, und schmelzen sie mit dem Schweißbrenner ein.«

»Wir sollen die Stoßstangen einschmelzen?«, wiederholte Pater Moreau zunehmend verwirrt. »Wozu soll denn das gut sein?«

»Die Enden der Stoßstangen bestehen aus Gold.«

»Wie bitte?«

»Sie haben ganz richtig gehört. Unter dem Blech verbirgt sich massives Gold.«

»Was ist das wieder für ein Unsinn?«, platzte Pater Moreau heraus. »Wie kann man nur auf die Idee kommen, mit goldenen Stoßstangen durch die Welt zu kutschieren? So einen Blödsinn kann sich nur ein verwöhnter Millionär ausdenken.«

»Sie müssen wissen, meine Familiengeschichte besteht aus einer endlosen Kette von überstürzten Fluchten aus allen möglichen Ländern«, lautete die einleuchtende Antwort. »Nach dem Anschluss Österreichs an Hitlers Deutschland floh mein Großvater in die Schweiz. Er fuhr in seinem Mercedes, bei dem sogar Verdeck und Türen aus Gold bestanden, unauffällig für ein ruhiges Wochenende in Zürich über die Grenze. Jahrzehnte später tat mein Vater dasselbe, als er von Argentinien nach Chile floh. Wenn es brenzlig wird, ist

Gold die beste Versicherung, Pater. Und als ich beschloss, mich in dieses Abenteuer zu stürzen, erinnerte ich mich daran und traf meine Vorkehrungen.«

»Schlau, mein Sohn. Bei Gott, das war schlau! Aber ich weiß nicht, wie du das Gold wieder aus dem Niger herausschaffen willst. Die Zöllner unterziehen sämtliche Wagen, die über die Grenze wollen, einer peinlichen Untersuchung. Sie wollen verhindern, dass man Uran außer Landes schmuggelt.«

»Wer sagt denn, dass ich es außer Landes bringen will?«, entgegnete Oscar zur Überraschung aller. »Eine der Stoßstangen gehört Ihnen, damit Sie das Krankenhaus auf Vordermann bringen. Und die andere sollen sich die Fulbe teilen, die uns helfen werden.«

»Die Fulbe würden niemals etwas für ihre Hilfe annehmen!«, warf Aziza ein, die der merkwürdigen Unterhaltung aufmerksam zugehört hatte. »Ihr würdet meinen Onkel beleidigen.«

»Nichts liegt mir ferner«, erklärte Oscar. »Vielleicht versuchst du, ihm zu erklären, dass es das Geschenk eines Freundes ist, der sich verabschieden will und den er vermutlich niemals wiedersehen wird. Versuch es. Ich muss mich eine Weile ausruhen. Die Anstrengung ist zu groß.«

Kurz darauf versank Oscar erneut in seinem tiefen Schlaf. Es dauerte nicht lange, bis er – von schrecklichen Albträumen heimgesucht – wieder am ganzen Körper zu zittern begann. Er stöhnte laut und schwitzte so stark, dass man befürchten musste, er könnte austrocknen.

Sein Zustand schien kritischer denn je.

Der Entspannung wegen verbrachte Abu Akim, die Geißel Allahs, gern eine Stunde des Tages zu Füßen einer Palme.

Meistens tat er dies in der Morgendämmerung. Wenn er zu diesem Zeitpunkt aus irgendeinem Grund daran gehindert wurde, das Ritual durchzuführen, verschob er es auf den späten Nachmittag, wenn die Sonne sich langsam wieder auf den Horizont zu bewegte.

Seit seiner Kindheit hatte er das eigenartige Gefühl, er brauchte sich nur in den Sand zu setzen und den Rücken gegen den rauen Stamm einer Palme zu lehnen, um alles viel klarer sehen zu können. Für ihn war die Palme das vollkommenste Werk, das die Natur hervorgebracht hatte. Er glaubte fest daran, dass sich die Lebenskraft des aufsteigenden Palmensaftes im Stamm auf ihn übertrug. Daher hatte er die wohltuende Anwesenheit der schlanken, biegsamen Bäume mit ihren buschigen Kronen während seiner Ausbildungszeit in England schmerzlich vermisst.

In seinen Augen hätte die Palme das wahre Symbol des Islam sein müssen, nicht der Halbmond. Letzterer veränderte sein Aussehen binnen dreier Tage und trug nichts zum Wohl der Menschen bei, da er viel zu weit von ihnen entfernt war. Die Palme jedoch gab dem gepeinigten Reisenden nicht nur einen festen und unveränderlichen Orientierungspunkt; sie bot ihm auch Schutz vor der sengenden Sonne, Nahrung und einen schönen Anblick. Obendrein war sie ein untrügliches Anzeichen für die Anwesenheit von Wasser, das sich unter ihren Wurzeln verbarg und das für die endlose Durchquerung der Wüste unerlässlich war.

Die Palme hatte im Islam von Anfang an eine wichtige

Rolle gespielt. Abu Akim fühlte sich ihr so verbunden, dass er sich an einem Tag in der Woche nur von Datteln und Kamelmilch ernährte, so wie es die Beduinen in der Sahara seit jeher taten. Das gab ihm das Gefühl, rein zu sein, Gott und der Natur näher zu kommen.

Doch heute war kein solcher Tag. Nach dem langen Fasten, das der Ramadan vorschrieb, brauchte der Körper etwas Kräftigeres als Datteln und Kamelmilch.

Mit leerem Magen und trockener Kehle saß er unter seiner Lieblingspalme und beobachtete, wie die Sonne sich langsam dem Horizont näherte. Er wartete auf den Augenblick, an dem man einen weißen nicht mehr von einem schwarzen Faden unterscheiden konnte und seine Diener ihn zum vorbereiteten Festmahl riefen.

Wohlgefühl durchströmte ihn. Er dachte daran, dass auch der Prophet stundenlang an den Stamm einer Palme gelehnt Zwiesprache mit Gott gehalten hatte, um herauszufinden, wie er die Männer und Frauen seines Volkes am besten auf direktem Weg ins Paradies führen könne.

In Stunden wie diesen, als der Prophet mit Gott und seinen eigenen Gedanken allein gewesen war, mussten die heiligen Worte des Korans entstanden sein. Abu Akim ergötzte sich an der Vorstellung, dass er auf seine Weise dasselbe tat wie der weitsichtige Heilige, der es damals verstanden hatte, seinen Abermillionen von glühenden Anhängern den rechten Weg zu weisen.

Er spürte förmlich den Saft der Palme in seinem Rücken aufsteigen. Dieser würde ihm die nötige Kraft verleihen, um sich den tausend Gefahren zu stellen, die ihn umgaben. Die mächtigen Ungläubigen hatten ein Kopfgeld auf ihn ausgesetzt, und er war sich darüber im Klaren, dass jederzeit ein hinterhältiger Verräter der Versuchung erliegen könnte, sich die großzügige Belohnung zu verdienen.

In Wahrheit machte ihm der Gedanke, dass man ihn jeden Augenblick töten konnte, nichts aus. Im Gegenteil, er empfand stolze Genugtuung. Die hartnäckige Verfolgung war der beste Beweis dafür, dass er tatsächlich der gefürchtete Feind war, für den sie ihn hielten. Die Geißel Allahs würde keine Mühe scheuen, um das zu erreichen, was ihm das göttliche Schicksal aufgetragen hatte. Eines Tages würden alle Menschen auf der Welt einmütig auf den wundersamen Pfaden des Islam wandeln.

Er atmete tief ein, spürte, wie seine Seele sich erhob, wie er es sich immer ersehnt hatte, und erfreute sich am Anblick der roten Sonnenscheibe, die bereits den Rand der fernen Sanddünen streifte.

Dieses Wohlgefühl wurde jäh unterbrochen, als er seinen treuen Stellvertreter am Ende des Pfades erkannte. Erschöpft ließ sich der einarmige R'Orab neben ihn fallen und erklärte schuldbewusst: »Tut mir leid, wenn ich dich mitten in deiner Meditation stören muss. Ich hielt es für meine Pflicht, dich davon zu unterrichten, dass es uns trotz gemeinsamer Anstrengungen nicht gelungen ist, Aziza Smain ausfindig zu machen.«

»Das ist nicht wahr!«, fuhr ihn sein Anführer verächtlich an. »Ihr seid nicht in der Lage, eine einfache Frau zu finden?«

»Ja, leider, Abu«, erklärte sein Untergebener unterwürfig. »Ich verstehe selbst nicht, warum. Tausende von Gläubigen haben jeden Stein in der Gegend umgedreht, aber es ist, als hätte sie der Erdboden verschluckt.«

»Der Erdboden verschluckt nur die Toten«, entgegnete Abu Akim sichtlich aufgebracht. »Das heißt, dass sie immer noch am Leben ist. Und solange diese Frau atmet, stellt sie eine Kränkung dar, die ich nicht hinnehmen werde. Hatte ich dir nicht eingeschärft, dass du mir erst wieder unter die Augen treten sollst, wenn du mir ihren Kopf gebracht hast?«

»Ja, ich weiß«, antwortete sein Stellvertreter, der einige Mühe hatte, sein Versagen einzugestehen. »Aber alles, was wir unternommen haben, war umsonst. Sie ist nirgendwo auffindbar.«

»Und was willst du dann von mir? Hast du nichts Besseres zu tun, als hier herumzustehen?«

»Ich brauche deine Einwilligung, damit wir unsere Taktik ändern können. Ich wollte dich bitten, deine Freunde in Kano zu überreden, ein Flugzeug einzusetzen.«

»Ein Flugzeug?«, rief Abu Akim entrüstet. Er hasste es, andere um einen Gefallen zu bitten. »Wozu denn das?«

»Wir sind ziemlich sicher, dass sie sich an der Grenze zwischen Nigeria und Niger versteckt. In der Weite der Savanne mit den vielen kleinen Wäldern, niedrigen Bergen und dichtem Buschwerk, wo man den Wagen des Europäers verstecken kann. Man hat ihn in dieser Gegend gesehen. Wir gehen davon aus, dass er ihr bei der Flucht behilflich ist.«

»Bist du sicher?«

»Ja. Er ist bei Jibiya über die Grenze gefahren und hat sich als Wissenschaftler ausgegeben, der nach irgendwelchen Fossilien gräbt. Es ist allzu offensichtlich. Er will Aziza aus Afrika hinaus und in Sicherheit bringen. Dann könnte er sich damit brüsten, sie uns vor der Nase weggeschnappt zu haben.«

»Verstehe. Wir dürfen nicht zulassen, dass ungläubige Ausländer sich das Recht der Einmischung in unsere inneren Angelegenheiten herausnehmen! Das ist mir zutiefst zuwider.«

»Mir auch. Und deshalb glaube ich, dass wir sie aus der Luft verfolgen sollten ... Was meinst du?«

»Vielleicht hast du Recht.«

»Du bist also einverstanden?«

»Ja, und nicht nur das. Du kannst verkünden lassen, dass ich eine Million Dollar Belohnung auf Azizas Kopf aussetze. Wir müssen verhindern, dass die Gesetze unseres Glaubens mit Füßen getreten werden.«

»Keine Sorge, so weit kommt es nicht«, beschwichtigte ihn sein Stellvertreter, wenn auch nicht sehr überzeugend. »Es ist bloß eine kurze Verzögerung.«

»Aber sie ist unannehmbar! Die Medien haben bereits in der ganzen Welt von der Frau berichtet, die nach den Gesetzen der Scharia zum Tode verurteilt wurde und entwischt ist. Unsere eigenen Leute fragen sich, ob wir unfähig sind, unsere heiligen Gesetze zu verteidigen. Das ist so, als wäre in den Vereinigten Staaten ein verurteilter gefährlicher Mörder vor seiner Hinrichtung aus der Todeszelle geflohen.«

»Nicht ganz. Aziza ist keine gefährliche Mörderin«, hielt ihm sein Stellvertreter mutig entgegen.

»Sie genoss eine gewisse Freiheit, die sie schändlich missbraucht hat. Und wie ich herausfinden konnte, ist der Kaid von Hingawana nicht ganz unschuldig daran. Jedenfalls traf er nicht die notwendigen Vorkehrungen. Man munkelt sogar, er sei an ihrer Flucht beteiligt gewesen.«

»Ja, davon habe ich auch gehört«, erwiderte Abu Akim unwillig und stand auf.

Mittlerweile war die Sonne hinter den Dünen verschwunden. Das Farbenspiel am Himmel würde bald verblassen.

»Jetzt haben wir keine Zeit mehr, uns gegenseitig Vorwürfe zu machen. Das lähmt nur die Kräfte. Wir müssen Hand in Hand arbeiten, um dem Gesetz der Scharia Geltung zu verschaffen. Das Einzige, was nun zählt, ist die Ergreifung und Hinrichtung dieser Frau; so wie es das Gesetz vorschreibt. Alles andere ist zweitrangig.«

»Genau das ist allerdings gar nicht so leicht«, erklärte der Einarmige nervös. »Wir haben beobachtet, wie sämtliche Fulbe aus der Gegend ihre Rinderherden zusammentreiben. Offensichtlich ziehen sie Richtung Westen, als wollten sie sich südlich von Niamey an den Ufern des Niger versammeln.«

»Vielleicht halten sie dort einen ihrer traditionellen Jahrmärkte ab«, sagte Abu Akim hoffnungsvoll.

»Zu dieser Jahreszeit?«, entgegnete sein Stellvertreter. »Ausgeschlossen! Außerdem heißt es, der Stamm der Banaka hätte bis in den letzten Winkel die Nachricht verbreitet, alle

Fulbe – Männer, Frauen, Mädchen und Jungen – sollten sich unverzüglich dorthin begeben.«

»Was haben die Banaka damit zu tun?«

»Keine Ahnung. Aber es gibt zwei Dinge, die wir auf keinen Fall außer Acht lassen dürfen. Erstens sind die Banaka über viele Ecken mit den Fulbe verwandt. Und zweitens sind sie die Einzigen, die eine Nachricht bis in den entlegensten Winkel dieses Landes tragen können.«

»Das stimmt allerdings«, räumte Abu Akim ein. »Dieser Stamm verbreitet Nachrichten wie ein Lauffeuer; man benötigt nur ein Streichholz, und schon ist es geschehen. Allein die Existenz der Banaka lässt mich an der Unfehlbarkeit der Schöpfung zweifeln.«

Diese überraschende Äußerung von einem zutiefst gläubigen Mann wie Abu Akim war der Tatsache geschuldet, dass der merkwürdige Stamm der Banaka oder Banoho eine der ungewöhnlichsten Volkgruppen des schwarzen Kontinents, wenn nicht gar der Welt bildete. Man kannte diese Menschen auch unter dem Namen »die Wanderer«.

Im Einklang mit ihren uralten Sitten und Gebräuchen – vielleicht aber auch (und das ist wahrscheinlicher), wegen eines unbekannten genetischen Defekts – konnten sie einfach nicht still sitzen. Zudem litten sie allem Anschein nach an chronischer Schlaflosigkeit und ermüdeten niemals. Vermutlich waren das die Gründe dafür, dass sie ihre überschüssige Energie darauf verwandten, unaufhörlich durch die Savanne, die Berge und die Wüsten zu streifen.

Dies taten sie allein oder in sehr kleinen Gruppen und sagten dabei meistens merkwürdige Litaneien vor sich hin, um böse Geister zu vertreiben. In einer Welt, in der jeder mit jedem verfeindet war, hatten sie keine Widersacher. Die meisten Menschen hielten sie für Heilige oder Erleuchtete, denen man keinen Schaden zufügen durfte, wollte man nicht den Zorn der Götter auf sich ziehen.

Es galt als ehrenvolle Aufgabe, sie mit Wasser und Nahrung zu versorgen, obwohl sie niemals darum baten. Sie schlugen jedes Hilfsangebot aus und ließen nicht zu, dass man ihnen Schutz gewährte. Wenn man sie als Boten benutzte, lehnten sie jede Belohnung ab, so gering sie auch sein mochte. Und stets waren sie bereit, Nachrichten, die sie Wort für Wort im Kopf behielten, über Hunderte von Kilometern an ihren Bestimmungsort zu bringen.

Wenn die barfüßigen, halb nackten Banaka, die weder Waffen trugen noch sonst etwas bei sich hatten, in einem ausgetrockneten Flussbett zwischen den Dünen oder im hohen Gras der Savanne auftauchten, waren sie stets von einer geheimnisvollen Aura umgeben. Und die abergläubischen Einheimischen versicherten, dass sie keine Normalsterblichen seien, sondern die Reinkarnation jener Seelen, die im Jenseits keine Ruhe fänden. Nun müssten sie auf der Erde herumwandern, bis sie den Frieden erreichten, der ihnen wegen ihrer vielen Sünden verwehrt geblieben war.

Sie heirateten nur untereinander – wahrscheinlich, weil niemand sonst mit ihrem umtriebigen Lebensrhythmus Schritt halten konnte. Und sie heirateten meist erst im fortgeschrittenen Alter. Die Jungen zogen lieber in die weite Welt hinaus.

Während des großen Regens, der einzigen Zeit, in der sie gezwungen waren, ihre unermüdlichen Aktivitäten wenigstens teilweise einzuschränken, widmeten sie sich ihrem Liebesleben.

Ihre Lebenserwartung musste extrem kurz sein, denn es existierten keinerlei Berichte über Banaka, die ein hohes Alter erreicht hätten.

Abu Akim hatte gar nicht so Unrecht, wenn er sie als Lauffeuer bezeichnete. Offensichtlich gab es keinen einzigen Bororo im Umkreis von mehreren hundert Kilometern, der nicht wusste, dass er seine schwarzen Zebus zusammentreiben und sich an einen bestimmten Ort an den Ufern des Niger begeben musste, um eine junge Frau mit Fulbe-Blut vor dem Tod zu retten, die obendrein Tochter einer für ihre sagenhafte Schönheit berühmten Prinzessin war.

»Na schön!«, brummte Abu Akim schließlich, der von Minute zu Minute unzufriedener mit dem Gang der Ereignisse wirkte. »Offensichtlich hat die Nachricht längst alle Fulbe erreicht. Wir können nichts anderes tun, als sie im Auge zu behalten. Wir müssen herausfinden, was sie vorhaben und wie sie diese Frau außer Landes zu schmuggeln gedenken.«

»Und was ist mit dem Flugzeug?«, fragte sein Stellvertreter schüchtern.

»Morgen früh wird es auf die Suche gehen«, willigte Abu Akim ein. »Doch jetzt wollen wir essen, ich bin schon ganz schwach vor Hunger.«

Abu Akim war kein Mann von falschen Versprechungen. Am frühen Morgen des nächsten Tages hob eine blauweiße Cessna vom Flughafen Kano ab und drehte in Richtung Norden ab.

Sobald sie die Grenzregion erreicht hatte, begann die Crew, das gesamte Gebiet gründlich abzusuchen. Es handelte sich um einen Landstreifen von mehr als hundert Kilometern Länge und vierzig Kilometern Breite, in dem weite, eintönige Ebenen mit hohem Gras abwechselten, ausgedehnte Wüstenflächen mit niedrigen Akazienwäldern oder dunklen, mit dichter Vegetation bewachsenen Flecken. Vor allem die tiefen Schluchten und ausgetrockneten ehemaligen Flussbetten, in denen sich das spärliche Regenwasser über längere Zeit halten konnte, waren mit undurchdringlichem Gestrüpp bedeckt.

Während der Pilot das Gebiet, das sie überwachen sollten, in vier bis fünf Kilometer breite Streifen einteilte und diese nacheinander abflog, achteten der Kopilot und ein weiteres Mitglied der Crew auf dem Rücksitz auf die kleinsten Details in der Landschaft. Sobald ihnen etwas Verdächtiges auffiel, richteten sie ihre starken Ferngläser auf die Erde, die keine fünfhundert Meter unter ihnen lag.

Es war klar, dass ihnen nichts entgehen würde, was sich unter ihren Tragflächen regte.

Zum Glück besaß Usman, der in der Wildnis aufgewachsen war, das feine Gehör eines Elefanten und die scharfen Augen eines Falken. Als die kleine Cessna noch mehr als zwanzig Kilometer entfernt war, kam er zu der Stelle gelaufen, an der sich seine Freunde befanden, und rief: »Ein Flugzeug! Ein Flugzeug! Sie suchen nach uns!«

Pater Moreau zuckte nicht mit der Wimper.

Seelenruhig erklärte er: »Das war zu erwarten.«

»Was machen wir jetzt?«

»Vor allem Ruhe bewahren.«

»Wenn sie näher kommen, werden sie uns entdecken.«

»Das ist so sicher wie das Amen in der Kirche. Etwa einen Kilometer entfernt habe ich eine Schlucht gefunden, in der ich den Wagen verstecken wollte. Sie ist so schmal, dass das Gestrüpp sie völlig bedeckt. Am besten schaffen wir ihn so schnell wie möglich dorthin.«

»Und was machen wir mit dem Krankenwagen?«

Der Missionar antwortete nicht sofort. Er strich sich durch den dichten Bart, ein untrügliches Zeichen dafür, dass er nachdachte, und sagte schließlich nicht besonders überzeugt: »Die Schlucht ist zu schmal für zwei Wagen, und eine andere in der Nähe kenne ich nicht. Aber da vorn zwischen den Büschen scheint der Sand weich zu sein. Wir könnten ein anderthalb Meter tiefes Loch graben und das, was vom Krankenwagen noch herauslugt, mit Sträuchern zudecken. Ich glaube kaum, dass man ihn von der Luft aus erkennen würde. Was meint ihr?«

»Versuchen wir es.«

»Dann lasst uns sofort an die Arbeit gehen«, befahl Moreau und zeigte auf Kaliko.

»Du kommst mit mir und hilfst mir, den großen Wagen zu verstecken, während die anderen beiden das Loch graben.«

Aus dem Handschuhfach des klapprigen Krankenwagens nahm er sein altes Fernglas, stieg auf das Verdeck und spähte auf einen fernen Punkt am Horizont. Er vergewisserte sich, dass die Maschine abgedreht war und wieder in die andere Richtung flog, und sprang dann mit einem Satz zu Boden.

»Los, sie ist weg. Verlieren wir keine Zeit.«

Während die anderen den Patienten ins Innere des Krankenwagens betteten, setzte sich Pater Moreau ans Steuer des Geländewagens und raste mit Kaliko, die nervös und begeistert zugleich wirkte, in Richtung Schlucht davon.

Wie er vermutet hatte, verschwand der Geländewagen fast völlig zwischen den Wänden des engen Einschnitts, allerdings nicht, ohne einige Schrammen und Beulen abzubekommen. Sie mussten nur noch Zweige und Laub darüber legen und sie mit Steinen beschweren. Kein Mensch konnte das Fahrzeug nun mehr sehen, selbst wenn er unmittelbar vor der Schlucht stand.

Der Rückweg erforderte größere Anstrengungen, da sie mit Zweigen die Spuren verwischen mussten, die die Reifen des Wagens und ihre Schuhe hinterlassen hatten. Als sie nur noch hundert Meter von ihrem Lager entfernt waren, klang das Dröhnen der Flugzeugmotoren bedrohlich nahe.

Die Maschine befand sich etwa zehn Kilometer von ihnen entfernt und flog sehr tief.

Die folgenden Minuten wurden zum reinsten Albtraum. Die glühende Hitze setzte ihnen zu, und der Boden wurde mit jedem Spatenstich härter. Während die in Schweiß gebadeten Männer schaufelten, säuberten Aziza und Kaliko mit improvisierten Besen aus belaubten Zweigen die Umgebung und beseitigten alle Spuren, die auf Menschen und ein Lager hätten schließen lassen können.

Der Wind, der in dieser Gegend so zuverlässig wehte, hatte schon Tage zuvor die Reifenspuren der beiden Fahrzeuge verwischt. Nun mussten sie es nur noch schaffen, das Loch tief genug zu graben, um den Krankenwagen darin verstecken zu können.

Die Cessna hatte den südlichsten Punkt ihrer Suchroute erreicht und flog nun wieder Richtung Norden. Beim nächsten Mal würde sie wahrscheinlich direkt über ihre Köpfe fliegen.

Die Frauen halfen den Männern beim Graben mit Blechtellern, die sie als Schaufeln benutzten.

Endlich schoben sie zu viert den Krankenwagen über eine steile Rampe, die sie eigens dafür angelegt hatten, in den eilig ausgehobenen Graben. Er war so schmal, dass man nur durch die Hecktür ein- oder aussteigen konnte.

Pater Moreau wischte sich den Schweiß von der Stirn und erklärte: »Um die alte Kiste da wieder herauszubugsieren, werden wir den Geländewagen brauchen. Ich fürchte, aus eigener Kraft würde sie das nicht mehr schaffen, und wenn man aus ihr das Letzte herausholte. Aber darüber können wir wohl später noch nachdenken.«

In diesem Augenblick kam Oscar zu Bewusstsein. Er schlug die Augen auf, blickte sich entsetzt um und fragte mit zittriger Stimme: »Was ist los? Bringt ihr mich etwa schon unter die Erde?«

»Aber nein, um Gottes willen!«, beruhigte ihn Pater Moreau, der sich ein Grinsen nicht verkneifen konnte. »Im Gegenteil, wir wollen vermeiden, dass wir alle zusammen dort enden.«

Im gleichen Augenblick tauchte im Norden die Maschine wieder auf und kam, genau wie sie befürchtet hatten, geradewegs auf sie zugeflogen.

Unverzüglich machten sie sich daran, den aufgeschütteten Sand aus dem Graben auf das weiße Verdeck des Krankenwagens zu schaufeln. Dann warfen sie einige abgehackte Sträucher darüber und verschwanden mit Ausnahme des Fulbe-Kriegers im Innern des Wagens.

Usman deckte die Öffnung der Rampe mit trockenen

Zweigen ab, verwischte die restlichen Spuren und vergewisserte sich ein letztes Mal, dass nichts mehr zu sehen war. Als sich das Flugzeug praktisch bereits über seinem Kopf befand, tarnte er sich auf einem Bein stehend mit Sträuchern und wurde unsichtbar.

Die Maschine flog über sie hinweg.

Das lärmende Dröhnen der Motoren verlor sich im Süden. Trotzdem warteten sie noch zehn Minuten und spitzten die Ohren, ehe sie sich wieder aus ihrem unsicheren Versteck trauten.

Erst, als am Mittag keine Spur von der Maschine mehr am Himmel zu sehen war, wähnten sie sich einigermaßen in Sicherheit.

Pater Moreau drückte aus, was alle empfanden, als er nur mäßig erleichtert sagte: »Dieses Mal sind wir mit einem blauen Auge davongekommen. Aber eins ist klar: Sie wissen ganz genau, wo wir uns aufhalten, und früher oder später werden sie uns auch finden. Daran gibt es nicht den geringsten Zweifel.«

»Was machen wir jetzt?«, wollte Kaliko wissen.

»Jetzt?«, rief der Missionar entrüstet. »Jetzt machen wir gar nichts mehr. Ich bin hundemüde. Morgen ist auch noch ein Tag.«

Damit ließ er sich fallen, wo er gerade stand, als hätte man ihm die Beine weggezogen, und wenig später hörte man ein so lautes Schnarchen, dass es dem Dröhnen der Cessnamotoren Konkurrenz machte.

Um Mitternacht wurden sie von einem plötzlich einsetzenden Regenguss überrascht. Alle wachten auf, nur Pater Moreau nicht. Vermutlich hätte er selbst unter den Niagarafällen ruhig weitergeschlafen.

Offenbar gehörte er zu jenen Menschen, die zwar Berge versetzen, sich einer wilden Horde von Wasserbüffeln entgegenstellen oder tagelang ununterbrochen arbeiten können, dann aber wie tot umfallen und nicht mehr wach zu bekommen sind.

Erst am späten Morgen kehrte er in die Welt der Lebenden zurück.

Er stützte sich auf den Ellbogen, warf einen Blick auf seine feuchte Hose und grunzte missmutig: »Ich glaube, ich werde langsam alt. Fühlt sich an, als hätte ich mir heute Nacht in die Hosen gemacht.«

Er wünschte den Anwesenden einen guten Morgen und ging anschließend zu dem Patienten. Nachdem er sich vergewissert hatte, dass Oscar noch schlief, setzte er sich zu den anderen und machte sich genüsslich über alles Essbare in seiner Reichweite her.

Er beendete sein üppiges Frühstück und verschwand in einem nahe gelegenen Gebüsch. Es dauerte eine ganze Weile, bevor er zurückkam, mehrmals in die Hände klatschte und erklärte, als wollte er die Pyramiden Ägyptens neu erbauen: »Höchste Zeit, dass wir in die Gänge kommen!«

»Brechen wir auf?«, fragte Aziza.

»Ja, wenn es uns gelingt, die alte Kiste aus ihrem Loch zu befreien, was gar nicht so einfach sein wird, wie ich fürchte.«

Usman war bereits dabei, das Dach des Wagens von Sand und Sträuchern zu befreien.

Er sah sie an und sagte leise: »Ich kann nur hoffen, dass die Banaka ihre Arbeit gewissenhaft erledigt haben und dass die Fulbe der gesamten Region sich auf dem Weg zum Fluss befinden.«

Am Nachmittag waren sie endlich bereit zum Aufbruch. Pater Moreau hatte im hinteren Teil des Krankenwagens eine Hängematte befestigt, um das Schlingern der klapprigen Kiste und die vielen Schlaglöcher auf der Piste abzufedern.

Als der Patient merkte, dass man ihn zum Wagen trug, schlug er die Augen auf.

»Was habt ihr vor?«

»Wir fahren los.«

»Ich glaube nicht, dass ich die lange Reise durchstehen werde«, murmelte Oscar erschöpft. »Ich fühle mich zu schwach.«

»Und mit jeder Stunde, die du hier verbringst, wirst du noch schwächer«, entgegnete Pater Moreau. »Man kann es förmlich sehen.«

»Ich will wenigstens in Ruhe sterben, Vater.«

»Du wirst erst dann sterben, wenn der Herr dich zu sich nimmt«, lautete die barsche Antwort eines Mannes, der es anscheinend gewohnt war, allen möglichen Widrigkeiten die Stirn zu bieten. »Bis es so weit ist, musst du dich mit Zähnen und Klauen ans Leben klammern und kämpfen wie ein verwundeter Löwe. Ich will nicht tatenlos zusehen, wie dir das Leben Tropfen um Tropfen entweicht. Du musst kämpfen, mein Sohn! Kämpfen, hörst du?«

»Ich kann nicht mehr.«

»Glaub mir, nicht die Hoffnung stirbt zuletzt, sondern der Überlebenstrieb. Ich spreche aus Erfahrung.«

Oscar dachte eine Weile nach und nickte fast unmerklich.

»Einverstanden!«, antwortete er mit kaum hörbarer Stimme. »Ich will es versuchen, aber zuerst muss ich mein

Testament machen, für alle Fälle. Haben Sie Papier und etwas zu schreiben da?«

Pater Moreau zog eine Grimasse, als wollte er ihn davon überzeugen, dass es Unsinn sei. Doch als er das müde, graue Gesicht des Patienten sah, schien er sich eines Besseren zu besinnen. Wortlos stand er auf und verschwand, um kurz darauf mit einem Block und einem abgekauten Bleistift zurückzukehren.

»Wann immer du so weit bist«, sagte er.

»Also schreiben Sie: Ich, der Unterzeichnende, Oscar Schneeweiss Gorriticoechea, volljährig, verfüge hiermit im Vollbesitz meiner geistigen Fähigkeiten, dass all meine Fabriken in das Eigentum der Arbeiter übergehen und von einem Betriebsrat geleitet werden sollen, der aus ihrer Mitte gewählt wird. Der Rest meiner Unternehmen, Immobilien, Schiffe, Hotels, Aktien und Bankguthaben sind folgendermaßen zu verteilen: Zehn Prozent erhält die Missionsstation, die Pater Anatole Moreau in Niger leitet, zehn Prozent Robert Martel, mein Anwalt und Freund, der zugleich als Testamentsvollstrecker eingesetzt wird, weitere zehn Prozent sollen unter meinem Personal und der Bootsmannschaft aufgeteilt werden; die restlichen siebzig Prozent gehen an meine Frau.«

Pater Moreau, dem man ansah, wie überrascht und entzückt er über den Geldsegen für die Missionsstation war, hielt mitten im Schreiben inne, blickte auf und fragte verwundert: »Hattest du mir nicht gesagt, du hättest nie geheiratet, mein Sohn?«

»Ja, das stimmt.«

»Also?«

»Ich möchte, dass Sie Aziza und mich trauen, Vater. Jetzt, hier, auf der Stelle.«

»Euch beide?«, sagte Pater Moreau ungläubig. »Ist das dein Ernst, mein Junge?«

»Selbstverständlich«, entgegnete Oscar. »Sie sind Priester,

sie ist Witwe, und ich bin ledig. Und obendrein haben wir zwei Trauzeugen. Soweit ich weiß, ist das alles, was man zum Heiraten braucht, oder?«

»So gesehen, schon ... trotzdem möchte ich zu bedenken geben, dass ihr beide unterschiedlichen Religionen angehört und euch kaum kennt.«

»Die Religion sollte Menschen nicht daran hindern, sich zu vereinen. Ganz im Gegenteil. Und ich glaube, dass ich Aziza gut genug kenne. Wer ihr einmal begegnet ist, muss sie einfach lieben.«

Er hielt inne. Das Sprechen hatte ihn allzu sehr angestrengt. Mit letzter Kraft fügte er hinzu: »Nachdem es mir gelungen ist, sie vor der Steinigung zu retten, werde ich sie doch jetzt nicht ihrem Schicksal überlassen. Mir ist durchaus bewusst, dass Millionen von Fanatikern sie bis ans Ende der Welt verfolgen werden.«

»Und du glaubst, dass du sie beschützen kannst, indem du sie heiratest?«

»Aber sicher! Wenn ich überlebe, kann ich sie persönlich beschützen. Und sollte ich sterben, kann ich mit dem vielen Geld sowieso nichts anfangen – egal, ob ich in den Himmel oder die Hölle komme. Aziza wird genug davon haben, um sich überall auf der Welt verbergen zu können. Sie hätte sogar genug Geld, eine kleine Privatarmee damit zu beauftragen, ihren Sohn zu suchen. Was sonst sollte ich denn Ihrer Meinung nach mit meinem Vermögen machen? Mit ins Grab kann ich es nicht nehmen.«

»Hast du keine Verwandten?«

»Sehr viele sogar, aber nur weit entfernte; obendrein sind alle vermögend und haben mein Geld nicht nötig. Im Übrigen glaube ich nicht, dass einer von ihnen es verdient hätte. Der Einzige, den ich persönlich kenne, ist mein idiotischer Cousin Eduard, und der würde auf mein Grab pinkeln und das Geld im Kasino verprassen. Nein!«, sagte er entschieden. »Ich muss vor allem an Aziza denken.«

»Wie du willst!«, akzeptierte Pater Moreau und zuckte schicksalsergeben die Schultern. »Ich werde Aziza und dich trauen. Aber zuerst müssen wir fragen, ob sie dich überhaupt zum Mann haben will.«

»Fragen Sie sie.«

»Ich?«, entgegnete der Geistliche ungläubig. »Warum ich? Eigentlich müsstest du sie selbst fragen.«

»Ich habe Angst, dass ich das nicht schaffen würde. Ganz ehrlich, ich fürchte mich.«

»Was?«

»Ich wäre zu nervös. Ich könnte alles verderben. Wenn sie ablehnt, hätte es fatale Folgen für meinen seelischen und körperlichen Zustand.«

Er legte dem Geistlichen die Hand aufs Knie und flehte ihn an wie ein Kind: »Bitte, lassen Sie einen Todgeweihten nicht im Stich.«

»Einen Todgeweihten?«, wiederholte Pater Moreau gereizt. »Im Moment machst du einen ziemlich lebendigen Eindruck!«

»Ich bitte Sie!«

»Das ist bei weitem das Absurdeste, was ich in meinem ganzen Leben gehört habe!«, grunzte Pater Moreau verdrießlich. »Willst du mir weismachen, dass ein Multimillionär, ein Mann von Welt wie du, Angst vor einer unbedarften jungen Frau hat, die nie aus ihrem Dorf herausgekommen ist und die meiste Zeit ihres Lebens nicht einmal genug zu essen hatte?«

»Ja, sie macht mir Angst, und sie beeindruckt mich«, gestand Oscar offen. »Ist Ihnen nicht aufgefallen, wie schrecklich verwirrend sie sein kann? Sie bringt mich vollkommen durcheinander, sie …«

»Verwirrend …«, wiederholte Pater Moreau und nickte bedächtig. »Eine etwas merkwürdige Beschreibung, aber eine, die sehr gut auf sie passt, wenn ich ehrlich sein soll. Sie kann einen in der Tat verwirren, wenn man ihr in die Augen sieht. Aber ich bin nur ein Priester, der eine Ehe segnet, keine Kupplerin, die sie einfädelt.«

»Ein einziges Mal könnten Sie doch eine Ausnahme machen, oder? Um einem Todkranken zu helfen.«

»Du bist ganz schön dickköpfig! Siehst du nicht, in welch verzwickte Lage du mich bringst?«

»Doch, sicher, aber vergessen Sie nicht, dass mein Testament null und nichtig wäre, falls ich unverheiratet sterbe. Dann fielen die zehn Prozent, die ich der Missionsstation vermacht habe, also circa dreihundert Millionen Euro, dem Fürsten von Monaco zu.«

»Du willst mich doch nicht etwa erpressen, oder?«, fragte Pater Moreau, während er sich alle Mühe gab, empört zu wirken.

»Sie haben es erfasst!«

»Nun, ich fürchte, dass dir das tatsächlich gelingt«, gab Pater Moreau freimütig zu. »Möge Gott mir vergeben, aber mein Herz und auch mein reines Gewissen sagen mir, dass meine Patienten dieses Geld entschieden nötiger haben als der Fürst von Monaco.«

»Das will ich meinen.«

»Na schön! Ich bin gleich wieder da!«

Pater Moreau stand auf und trat zu Aziza, die damit beschäftigt war, sich in die alte, zerschlissene Uniform der hageren Krankenschwester zu zwängen. Schweigend setzte er sich neben sie.

Nachdem er eine Zeit lang über die richtigen Worte nachgedacht hatte, räusperte er sich und sagte ohne Umschweife, wie jemand, der kopfüber ins kalte Wasser springt: »Hast du jemals daran gedacht, wieder zu heiraten?«

Die großen honigfarbenen Augen funkelten spöttisch.

»Meinst du, eine arme, ungebildete Afrikanerin mit zwei Kindern, die zum Tod durch Steinigung verurteilt wurde, hätte nichts Besseres zu tun, als sich die Frage zu stellen, ob sie noch einmal heiraten möchte? Es sei denn, ihr läuft ein reicher Europäer über den Weg, der verständnisvoll, zärtlich, großzügig und ledig ist. Und obendrein auch noch verrückt sein müsste ...«

»Was würdest du sagen, wenn dir jemand, auf den diese Beschreibung passt, obwohl er im Augenblick ziemlich ramponiert ist, dir durch einen Vermittler einen Heiratsantrag machen würde?«

»Ich würde ihm antworten, dass ich nur deshalb nicht die glücklichste Frau der Welt bin, weil ich nicht weiß, ob er jemals wieder gesund wird. Damit ich ihm zeigen kann, dass ich genauso verrückt bin wie er.«

»Wenn das so ist, dann solltest du dich nun ein wenig hübsch machen. In einer halben Stunde will ich dich taufen, firmen und anschließend trauen. Aber in diesem Aufzug kannst du unmöglich vor dem Traualtar treten.«

Die schmutzige, unzählige Male geflickte Krankenschwesteruniform war viel zu kurz und so lächerlich eng, dass sie aus allen Nähten zu platzen drohte, obwohl Aziza die Ärmel des Kleides abgetrennt hatte, um es anziehen zu können. In so schäbiger Aufmachung hatte noch keine Frau einen der reichsten Männer der Welt geheiratet.

Zum Glück hatte Kaliko ein Büschel kleiner gelber Blumen gepflückt, die sehr hübsch zur Augenfarbe der Braut passten. Im Übrigen ließen die geschmeidigen Bewegungen von Azizas Körper, die an einen schwarzen Panther erinnerten, alles andere vergessen.

Die Zeremonie war genauso kurz und schlicht wie die Aufmachung der Braut. Während der Zeit, die der Priester brauchte, um die Heiratsurkunde auszufertigen und das Testament ins Reine zu übertragen, senkte sich die Nacht herab, sodass er aus Vernunftgründen beschloss, erst am nächsten Morgen in aller Frühe aufzubrechen.

Zudem hatte die Aufregung den Patienten dermaßen mitgenommen, dass er wieder in einem Zustand tiefer Bewusstlosigkeit versank. Und wie immer hatte es den Anschein, als würde seine Seele von allen Dämonen der Hölle gepeinigt werden.

Nach dem Abendessen saßen die immer gleich liebenswerte und lächelnde Kaliko und die frisch vermählte Aziza auf Anweisung des Geistlichen im Schein des Lagerfeuers und stellten aus ein paar Unterhosen des Patienten so etwas ähnliches wie Operationsmasken her.

Die Krankenschwester fragte neugierig: »Wie fühlt man sich als Frau eines so reichen und berühmten Mannes?«

Aziza sah sie überrascht an. Sie überlegte eine Weile, als wollte sie tatsächlich herausfinden, wie es sich anfühlte. Schließlich erklärte sie: »Soll ich ehrlich sein? Im Augenblick habe ich eher das Gefühl, dass ich schon sehr, sehr bald wieder Witwe sein könnte. Wahrscheinlich werde ich erst anders empfinden, wenn ich sicher bin, dass ihn Gott am Leben erhält.«

»Welcher Gott denn?«

Aziza sah sie verwundert an, ohne die Frage richtig zu verstehen.

»Was meinst du?«.

»Du bist vorhin getauft worden, bist also Christin. Zu welchem Gott wirst du für deinen Mann beten?«

»Glaubst du an Gott?«, fragte Aziza.

»Natürlich. Wenn ich das nicht täte, würde er auch nicht an mich glauben und könnte mir nicht helfen.«

Sie grinste, und dieses Mal war es alles andere als einfältig.

»Schließlich will ich eines Tages Nonne werden.«

»Ehrlich gesagt, bin ich im Augenblick nicht mehr sicher, an welchen Gott ich glauben soll. Aber ich werde mich für den entscheiden, der meinen Mann wieder gesund macht und mir meinen Sohn wiederbringt. Findest du das schlimm?«

»Nein, es ist nur logisch. Und gerecht. Ich würde dasselbe tun.«

»Ich bin froh, dass du das verstehst. Und jetzt sollten wir versuchen, etwas zu schlafen. Morgen steht uns bestimmt ein schwerer Tag bevor.«

Doch das war leichter gesagt als getan. Aziza lag auf der einfachen Matte unter dem sternenübersäten Himmel – demselben Himmel, der seit Anbeginn der Welt ihre Vorfahren beschützt hatte – und konnte nicht aufhören, über die merkwürdigen Vorkommnisse nachzugrübeln, in denen sie plötzlich die Hauptrolle spielte.

Ja, sie fand ihr Leben widersinnig und ungereimt; es war ein bitterer Streich, eine verrückte Laune der Savannengeister. Wie sollte sie sich sonst erklären, dass sie noch vor zwei Wochen eine arme, zum Tode verurteilte Frau gewesen war, die sich von den Brosamen einer ebenso armen Familie ernährte. Und nun, mit einem Mal, fand sie sich als Frau eines unglaublich reichen Mannes wieder, mit dem sie bisher nur unschuldige Zärtlichkeiten ausgetauscht hatte. Und es sah ganz danach aus, als würde diese Ehe nie vollzogen.

Sie selbst war frei, aber ihren Sohn hatte man ihr genommen. In der Tat, den Fängen des Todes war sie entkommen, doch die Zahl derer, die sie umbringen wollten, hatte im selben Maß wie ihr Glück zugenommen. Während zuvor nur eine Hand voll Dorfbewohner sie hatten steinigen wollen, waren nun Millionen von Fanatikern überall auf der Welt davon beseelt, das Urteil zu vollstrecken.

War das alles vielleicht nur ein Albtraum?

War sie unter dem alten Affenbrotbaum eingeschlafen und hatte einen Sonnenstich bekommen, als der Schatten weiterzog, sodass sie fantasierte?

Eine Sternschnuppe schoss von Ost nach West über den Himmel, als wollte sie ihr zeigen, dass nur der Mann, der neben ihr ruhte, an Halluzinationen litt.

Aziza streckte die Hand aus und legte sie auf seine Schulter. Allein aus dieser Berührung schöpfte sie das Selbstvertrauen, das sie brauchte, um ihn zu beschützen.

Sie betrachtete ihn im schwachen Schein des Lagerfeuers und fragte sich, ob das Schicksal, das so ungerecht und grausam mit ihr umgesprungen war, ihr am Ende auch noch diesen Mann nehmen würde.

»Ich würde mein Leben für dich geben«, murmelte sie; wohl wissend, dass er sie nicht hören konnte, doch ebenso fest überzeugt, dass er spürte, was sie ihm sagte.

»Wenn ich meinen kleinen Menlik wieder hätte, würde ich mein Leben für dich opfern. Es ist nicht halb so viel wert wie das deine, weil du so vielen Menschen Gutes tun kannst.«

Oscar wandte ihr sein Gesicht zu. Obwohl die Augen geschlossen waren, hatte sie den Eindruck, dass er über sie wachte. Es war ein beruhigendes Gefühl, und kurz darauf schlief sie endlich ein.

Sie träumte von einer Familie.

Sie erwachte im milchigen Licht der Dämmerung, in dem man kaum die Umrisse der Gegenstände erkennen konnte, und sah einen schwarzbraunen Wiedehopf mit spitzem Schnabel und langem Schopf, der sie aus seinen runden Pupillen anstarrte. Sie glänzten wie Tropfen aus Ebenholz.

Lächelnd flüsterte sie ihm zu: »Guten Morgen, kleiner Vogel! Tu mir einen Gefallen, ja? Flieg zu meinem Sohn, und sag ihm, dass er nicht weinen soll. Bald komme ich ihn suchen. Sag ihm das.«

Der Vogel erhob sich von dem Zweig, auf dem er gesessen hatte, und flog geradewegs nach Süden. Man hätte meinen können, dass er die Botschaft verstand und gewillt war, sie zu überbringen.

Die junge Frau spürte ein wohliges Gefühl der Erleichterung. Solch kindliche Fantasien nährten ihre Hoffnung, eines Tages – sie wusste nicht wann und wo – das kleine Wesen wiederzufinden, nach dem sie sich so sehnte.

Neben ihr schlief der Kranke. Der Tod schlich um ihn herum, doch noch schien er sich nicht entscheiden zu können.

Oscars Leben war wie ein Tautropfen auf einem Grashalm, der nicht wusste, ob er dort ausharren sollte, bis er in der Sonne verdunstete, oder ob er sich fallen lassen und auf dem Boden in tausend winzige neue Tropfen zerspringen sollte.

»Guten Morgen, meine Tochter!«

»Guten Morgen, Vater!«

»Bist du so weit?«

»Ja.«

»Dann lass uns aufbrechen!«

Es ist traurig, wenn man sich von einem geliebten Menschen verabschieden muss. Doch wie viel schwerer fällt der Abschied, wenn man ahnt, dass man ihn nie wiedersehen wird.

Aziza war sich klar über die geringe Wahrscheinlichkeit, mit der sie ihren tapferen Onkel Usman und die selbstlose Krankenschwester Kaliko auf einem derart riesigen Kontinent nochmals treffen würde; einem Kontinent, der sich unaufhörlich veränderte und tausend Gefahren barg.

Zehn Minuten später holperte der klapprige Krankenwagen im Schneckentempo durch das dichte Gestrüpp in die offene Savanne hinaus und verlor sich alsbald am nördlichen Horizont.

Der Krieger mit den vielen Narben und die angehende Nonne sahen ihnen nach, bis nur noch eine Staubwolke zu erkennen war. Erst dann brachen sie auf und marschierten im Schutz des Waldrandes Richtung Westen.

Während Aziza auf ihrem Sitz neben der improvisierten Hängematte hin und her schwankte, fragte sie sich immer wieder, welchen Gott sie um Beistand und Schutz für ihren Mann bitten sollte.

»Mach dir keine Sorgen!«, sagte Pater Moreau plötzlich, der sich darauf konzentrierte, den vielen Schlaglöchern auf der Piste auszuweichen, sie aber offenbar im Rückspiegel beobachtet hatte.

»Es gibt in Wahrheit nur einen Gott, auch wenn die Menschen ihm viele unterschiedliche Namen geben. Wenn du wirklich an ihn glaubst, wird er dich erhören, egal in welcher Sprache du zu ihm betest oder welchen Namen du ihm gibst.«

»Bist du sicher?«

»Wenn ich nicht sicher wäre, hätte ich mein Leben nicht am Ende der Welt in einem gottlosen Land wie Niger verbracht. In Belgien führte ich ein friedliches Leben auf einem gemütlichen alten Bauernhof, umgeben von Gänsen, Hühnern, Kühen und einer großen Familie, die mich liebte. Jeden Sonntag schlachteten wir ein Schwein oder ein Lamm, und dann aßen, tranken, sangen und tanzten wir bis Mitternacht. Ich war jung, damals folgten mir die Mädchen noch gern in den Stall. Ja, das waren Zeiten!«, murmelte er.

»Warum hast du dein Land verlassen?«

»Ja, mein Kleines, warum? Wenn der Herrgott beschließt, dass er dich braucht, kannst du dich nicht einfach taub stellen. Der da oben ist beharrlicher als ein Teppichhändler. Entweder du gibst nach, oder du wirst deines Lebens nicht mehr froh. Hier wollte er mich haben, und hier bin ich nun.«

»Hast du es niemals bereut?«

»Jede einzelne Nacht in den letzten dreiundzwanzig Jahren. Aber wahr ist auch, dass ich an jedem Morgen dieser dreiundzwanzig Jahre unendlich glücklich aufgewacht bin, weil ich seinem Ruf folgte.«

»Ich war noch nie im Leben glücklich.«

»Wie traurig!«

»Aber es ist die Wahrheit. Damals, bei der schottischen Dame, muss ich dem Glücklichsein ziemlich nah gewesen sein. Doch dann kehrte sie in ihr Land zurück, und seit diesem Tag hat mich das Unglück verfolgt.«

Aziza schüttelte resigniert den Kopf.

»Egal, wohin ich auch gehe, es klebt mir an den Fersen wie ein verdammter Jagdhund, der niemals eine Fährte verliert. Das ist mein Schicksal.«

Der Kapuzinermönch hatte keine Zeit, zu antworten, denn im selben Augenblick hörten sie einen dumpfen Knall, und der Wagen geriet ins Schlingern. Offenbar war ein Reifen geplatzt.

»Gottverdammter Mist!«, fluchte Pater Moreau, der zum ersten Mal die Fassung verlor, um dann schnell hinzuzufügen: »Ich bitte vielmals um Entschuldigung, aber das hatte uns gerade noch gefehlt!«

Sie waren mitten im Nichts stehen geblieben, unter einer Sonne, die unbarmherzig auf sie niederbrannte, umgeben von einem endlosen Sandmeer.

Sie versuchten, den schweren Krankenwagen anzuheben, um den Reifen auszuwechseln. Dabei versank der Wagenheber im Untergrund.

Schweißüberströmt und keuchend vor Erschöpfung gelang es ihnen schließlich, den Sand beiseite zu schaufeln und die Hecktür des Krankenwagens als Unterlage für den Wagenheber zu benutzen.

Ehe sie die Fahrt fortsetzten, flickte Pater Moreau mit einem Stück Gummi, das er zuvor aus einem alten Schlauch geschnitten und mit einer kleinen Feile sorgfältig bearbeitet hatte, behutsam den geschundenen Reifen, der allem Anschein nach schon unzählige ähnliche Missgeschicke erlitten hatte.

»Wollen wir darauf vertrauen, dass der Flicken bald trocknet. Ich habe nämlich bloß zwei Ersatzreifen dabei, und ich fresse einen Besen, wenn uns das nicht noch mindestens sechsmal passiert, ehe wir in der Missionsstation ankommen.«

Zwei Stunden später sahen sie in der Ferne eine kleine Zebu-Herde, die Richtung Westen zog.

Die Fulbe waren auf dem Weg zu ihrer Verabredung.

Aus allen Winkeln der Savanne strömten sie herbei, um das Leben einer der ihren zu retten.

»Das sind gute Menschen!«, murmelte Pater Moreau, der

sich ein zufriedenes Lächeln nicht verkneifen konnte. »Auf die ist Verlass! Und mutig sind sie auch!«

Wenig später platzte der nächste Reifen. Wieder mussten sie die Fahrt unterbrechen. Neue Flüche, neue Strapazen. Am Nachmittag beobachteten sie eine weitere Gruppe von Hirten, die ihre Rinder nach Westen trieben.

Oscar fantasierte. Gelegentlich erbrach er eine schaumige grünliche Flüssigkeit, die Aziza mit einem feuchten Tuch abwischte. Krampfartige Hustenanfälle folgten, bei denen ihm der Schweiß in Strömen am Körper herunterlief. Das Innere des Wagens erinnerte mittlerweile an einen Backofen, obwohl sie die Fenster weit heruntergekurbelt und die beiden Hecktüren entfernt hatten, um für besseren Durchzug zu sorgen.

In der Ferne entdeckten sie einen Brunnen, um den eine Kamelherde versammelt war, gehütet von einem halben Dutzend Beduinen. Doch sie umfuhren ihn in einer Entfernung von mehreren Kilometern, genauso wie ein staubiges Dorf aus zwanzig schäbigen Lehmhütten mit einfachen Strohdächern.

Die Sonne hatte den Zenith überschritten und begann mit ihrem langsamen Abstieg, da bogen sie endlich auf eine Schotterpiste ab, die nach Norden führte. Im Vergleich zu den Sandwegen, über die sie bislang hatten fahren müssen, kam sie ihnen wie eine sauber asphaltierte Straße vor.

Der Patient atmete noch. Wie durch ein Wunder überlebte er. Es war einfach unglaublich.

In der Abenddämmerung kam ihnen ein großer Lastwagen entgegen, auf dem an die dreißig Frauen und Männer mit Säcken, Ziegen und Hühnern auf einem Berg von Kanistern saßen. Und noch ehe es völlig dunkel wurde, entdeckten sie am Horizont eine Herde von Zebu-Rindern, die von einer Gruppe Bororo gehütet wurde. Sie hatten ein paar erbärmliche Zelte aufgeschlagen und sich um ein Lagerfeuer versammelt.

Da der uralte Krankenwagen vor Jahren bei einem unglücklichen Zusammenstoß mit einem Esel den linken Scheinwerfer eingebüßt hatte und der rechte allein die dunklen Pisten der afrikanischen Savanne nicht beleuchten konnte, beschloss Pater Moreau, ein ruhiges Plätzchen zum Übernachten zu suchen, und am nächsten Morgen bei Sonnenaufgang die Reise fortzusetzen.

Sie bogen von der Piste ab und fuhren zwanzig Meter ins Landesinnere hinein, obwohl nicht damit zu rechnen war, dass sich um diese Stunde ein anderes Fahrzeug hierher verirren würde. Nachdem sie ein kleines Feuer angezündet hatten, das ihnen Licht spendete, holten sie den Patienten, der sich aus unerfindlichen Gründen hartnäckig ans Leben klammerte, aus dem noch immer brütend heißen Innern des Krankenwagens und betteten ihn auf eine Bahre im Freien.

Die frische Nachtluft musste ihm gut getan haben, denn nach einer knappen Stunde kam er langsam wieder zu sich. Er bat um Wasser und trank sogar ein bisschen Brühe, obwohl es ihn große Anstrengung kostete und er bei jedem Schluck würgte.

Er bekam immer wieder hartnäckige Hustenanfälle und keuchte, als bekäme er keine Luft.

»Wo sind wir?«, fragte er schließlich mit kaum vernehmlicher Stimme.

»Etwas mehr als hundert Kilometer von der Missionsstation entfernt«, antwortete Pater Moreau und klopfte ihm aufmunternd auf den Arm. »Mit etwas Glück sind wir morgen Nachmittag zu Hause.«

»Ich glaube, das wird der längste Tag meines Lebens ...« Oscar versuchte zu lächeln, doch sein Gesicht verzog sich zu einer Grimasse, als er hinzusetzte: »Oder der kürzeste.«

»Du musst daran glauben!«, ermunterte ihn der Geistliche. »Wenn du noch ein bisschen länger durchhältst, können wir dein Leben retten. Ich habe das Funkgerät aus deinem Wagen ausgebaut. Die Batterien sind zwar leer, aber ich kann sie wieder aufladen und unsere Zentrale um Hilfe bitten. Weltweit arbeiten Spezialisten für uns, und einer von ihnen wird mir wohl sagen können, was man in einem Fall wie deinem tun kann.«

Oscar schüttelte den Kopf und verwarf den Vorschlag mit einer knappen Handbewegung.

»Nein!«, widersprach er. »Es ist nicht nötig, dass Sie Ihre Zentrale anrufen. Sprechen Sie auf der eingestellten Frequenz. Auf der erreichen Sie die Crew meiner Jacht. Verlangen Sie nach Robert Martel, und erklären Sie ihm bis ins kleinste Detail, was geschehen ist. Er wird sich um alles Weitere kümmern. Auf ihn ist Verlass.«

Dann wandte er sich an Aziza, die seine Hand hielt und murmelte: »Wo sind dein Onkel und das Mädchen?«

»Unterwegs zu den Ufern des Niger, um sich dort den Fulbe anzuschließen.«

»Haben sie das Gold mitgenommen?«

»Nein.«

»Warum nicht?«

»Für die Bororo ist Gold so etwas wie Teufelsgalle. Es ist eine schwere Last bei ihren langen Märschen, wenn sie neue Weidegründe für ihr Vieh suchen. Weder macht es die Frauen fruchtbarer, noch die Krieger tapferer oder die Kinder widerstandsfähiger. Und man kann es nicht einmal dazu verwenden, Lanzen herzustellen. Gold heilt keine Schlangenbisse, vertreibt keine lästigen Moskitos und schützt nicht vor dem Angriff eines Leoparden aus dem Hinterhalt. Im Gegenteil, es dient bloß dazu, Habgier und Neid zu wecken, und sorgt dafür, dass jene, die einmal Freunde waren, sich am Ende gegenseitig umbringen. Usman dankt dir, doch er möchte sein Volk nicht mit einem vergifteten Geschenk bestrafen.«

»Was habt ihr damit gemacht?«

»Wir haben es in dem Graben verbuddelt, wo wir den Krankenwagen versteckt hatten«, mischte sich Pater Moreau ein.

»Dort ist es am besten aufgehoben. Es ist im Moment nicht die richtige Zeit, um mit einem Wagen voller Gold durch die Savanne zu kutschieren. Ich nehme es später mit, wenn ich den Wagen abhole.«

»Werden Sie die Stelle wiederfinden?«

»Selbstverständlich. Dein GPS zeigt uns die Stelle mit einer Abweichung von höchstens zwanzig Metern an. Und ich habe es mitgenommen«, verkündete Pater Moreau, sichtlich stolz auf seine Umsicht. »In einem Monat, wenn sich die Lage beruhigt hat, fahre ich zurück und hole das Gold und den Wagen. Was soll ich mit dem Teil machen, den die Fulbe nicht wollten?«

»Behalten Sie ihn. Aber sorgen Sie dafür, dass er auf Umwegen trotzdem den Fulbe zugute kommt.«

»Ich werde mir Mühe geben«, erklärte Pater Moreau und stand mühsam auf. »Doch jetzt will ich mir ein wenig die Beine vertreten, wenn ihr gestattet. Vielleicht erleuchtet mich der Herr in dieser dunklen Nacht. Und wahrscheinlich habt ihr beiden frisch Vermählten eine ganze Menge zu besprechen.«

Damit verlor er sich in der Dunkelheit. Aziza und Oscar blieben lange reglos nebeneinander sitzen und hielten sich nur bei der Hand, als versuchten sie, einander Mut zu machen.

Schließlich fragte Oscar: »Woran denkst du?«

»An ein altes Gebet der Fulbe, das mir meine Mutter beibrachte und das sie von ihrer Mutter gelernt hatte. Es muss wirklich uralt sein.«

»Wie lautet es?«

»Ich bitte die Götter, mich auf alle möglichen Proben zu stellen, aber mir keine Krankheiten zu schicken. Ich bitte die Götter, mich mit allen möglichen Übeln zu bestrafen, außer mit denen, die aus meinem Körper stammen. Ich bitte die Götter, mich mit allen möglichen Feinden zu konfrontieren, außer mit meiner schwachen Natur. Denn so schwer es auch ist, sich der Außenwelt zu stellen, noch schwerer ist es, gegen sich selbst zu kämpfen.«

»Dieses Gebet könnte für jedes Volk gut sein«, räumte Oscar ein. »Nicht nur deine Vorfahren waren hilflos gegenüber Krankheiten. Ich selbst bin trotz meines vielen Geldes und meines großen, weltweiten Einflusses wie ein welkes Blatt, das der Wind jeden Augenblick vom Baum wehen kann.«

»Das lasse ich nicht zu.«

»Was kannst du schon tun?«

»Ich kann dir Mut machen, damit du dich fest an den Zweig klammerst. Ich brauche dich«, sagte sie in einem Ton, der das ganze Ausmaß ihrer Verzweiflung und ihres Kummers offenbarte. »Ohne dich bin ich nichts. Egal, wie viel Geld du mir hinterlassen würdest, ich könnte nichts damit anfangen. Ich kann ja kaum meinen eigenen Namen schreiben.«

»Mein Anwalt und bester Freund, Robert Martel, wird dir helfen. Du musst immer auf das hören, was er sagt.«

»Glaubst du, dass er mir helfen kann, meinen Sohn wiederzufinden?«

»Das kann ich dir nicht versprechen«, lautete die ehrliche Antwort. »Er ist ein fabelhafter Anwalt, aber ich kann mir ehrlich gesagt nicht vorstellen, wie er mit einem Gewehr in der Hand auf der Suche nach einem kleinen Jungen durch Afrika streift. Dafür wird er die besten Spezialisten engagieren.«

»Spezialisten, die auf einem riesigen Kontinent entführte Kinder suchen? Die gibt es nicht. Außerdem werde ich ihn bald selbst nicht mehr wiedererkennen, weil er sich bestimmt verändert hat.«

»Mithilfe des genetischen Fingerabdrucks kann man ihn identifizieren«, sagte Oscar aufmunternd. »Man braucht dazu nur einen Tropfen Blut. Und wenn es sein muss, lassen wir sämtlichen Kindern in Afrika eine Blutprobe abnehmen.

Ich verspreche dir, dass du deinen Sohn früher oder später wiederbekommst.«

»Ich glaube dir«, antwortete seine Frau und beugte sich über ihn.

Ihre Lippen streiften nur ganz sacht die seinen, als sie sagte: »Aber ich vertraue nur dir, deshalb musst du gesund werden, je früher, desto besser. Und nun solltest du dich ausruhen. Das Ganze nimmt dich allzu sehr mit.«

Der Geistliche kehrte von seinem langen Spaziergang zurück und fand das Paar genauso vor, wie er es verlassen hatte. Doch der Patient schlief ruhig, während Aziza neben ihm saß, seine Hand hielt und die Myriaden Sterne am Himmel betrachtete, der ihr in diesem Moment nicht wie ein unendlicher Raum, sondern wie ein gewaltiges Feuerwerk erschien.

Pater Moreau setzte sich zu ihr und blickte ebenfalls zum Himmel auf.

Nach einer Weile sagte er leise: »In Augenblicken wie diesem wird uns bewusst, wie winzig und lächerlich wir eigentlich sind, und wie großzügig derjenige sein muss, der all diese Herrlichkeit für uns erschuf.«

Er legte ihr die Hand auf die Schulter und schloss: »Du musst nur fest daran glauben, alles andere ergibt sich von selbst.«

Sie brachen auf, als man den weißen Faden deutlich von einem schwarzen unterscheiden konnte – in dem Augenblick, da gläubige Moslems ihren langen Tag des Fastens und der Abstinenz begannen.

Erneut begegneten sie auf ihrem Weg mehreren Lastwagen, die ebenso überfüllt waren wie der am Tag zuvor. Einmal musste der klapprige Krankenwagen solch ein Ungetüm überholen. Menschen, Tiere und riesige Bündel waren dort zusammengepfercht, und eine schwarze, stinkende Abgaswolke zog hinter ihm her.

Am späten Vormittag tauchte am Horizont plötzlich die blauweiße Cessna auf und flog mehrmals über ihre Köpfe hinweg.

»Versteck dich!«, rief Pater Moreau aufgeregt. »Da, nimm die Decke!«

Aziza zwängte sich in eine Ecke und kauerte sich unter der Decke zusammen. Die Cessna überflog den Krankenwagen von hinten kommend in einer Höhe von weniger als fünfzig Meter. Der bärtige Pater winkte den Männern fröhlich zu, die trotz ihres Tempos und der Entfernung herauszufinden versuchten, was er in seinem Krankenwagen transportierte.

Wenig später setzte die Maschine ihren Flug Richtung Südosten zur nigerianischen Grenze fort.

Kurz danach platzte der alten Klapperkiste erneut ein Reifen. Wieder musste Pater Moreau ihn mit den spärlichen Mitteln, die ihm zur Verfügung standen, mehr schlecht als recht flicken.

Eine gute Stunde später tauchte hinter einem Hügel eine kleine Ansammlung weißer Gebäude auf.

Der Geistliche wandte sich zu Aziza um und sagte: »Bevor wir das Dorf erreichen, legst du den Mundschutz an. Du darfst niemandem in die Augen sehen. Und leg deinem Mann die Uhr um, sodass sie jeder sehen kann!«

»Die Uhr?«, fragte Aziza überrascht. »Dass ich mein Gesicht verbergen muss, leuchtet mir ein. Aber was will jemand, für den die Zeit im Augenblick absolut keine Bedeutung hat, mit einer Uhr?«

»Tu, was ich dir sage. Ich kenne meine Pappenheimer!«, entgegnete Pater Moreau. »Alles, was von dir ablenkt, ist gut. Und eine goldene Cartier am Handgelenk eines Todkranken findet mehr Beachtung als eine vermummte Krankenschwester ... Stimmt's, oder habe ich Recht?«

»Schon möglich.«

»Verlass dich drauf!«

Die junge Frau gehorchte. Sie legte Oscar die Uhr um und bettete den Unterarm auf seinen nackten Bauch.

Als sie nur noch zweihundert Meter vom Dorf entfernt waren, streifte sie den Mundschutz über, den sie mit Kaliko aus Oscars Unterhosen genäht hatte. So würde sie so bald kaum jemand erkennen.

Der Wagen hielt vor dem einzigen zweistöckigen Haus im Dorf. Über dem Eingang prangte ein Schild, und auf dem Balkon darüber wehte die Nationalflagge.

Der Soldat, der in einer schmutzigen Uniform vor der offenen Tür Wache stand, bekam einen Schrecken, als er sah, wie aus dem schrottreifen Krankenwagen ohne Hecktüren ein großer weißer Mann stieg, der sein Gesicht mit einem recht sonderbaren Stück Tuch verdeckt hatte.

»Herr Feldwebel!«, rief er, als hätte man ihn angegriffen und er befände sich in Lebensgefahr. »Herr Feldwebel! Bitte kommen Sie sofort!«

Ein linkischer Einheimischer mit hervorspringenden Augen, gewaltigen Zahnlücken und nichts weiter als kurzen Hosen und einer zerschlissenen Uniformjacke am Leib tauchte am großen Seitenfenster des Gebäudes im ersten Stock auf.

Nachdem er einen Blick auf den Wagen geworfen und kurz überlegt hatte, schien er den Geistlichen wiederzuerkennen, denn er rief: »Das ist doch Pater Anatole! Willkommen in Salaman! Warum zum Teufel sind Sie vermummt? Was tragen Sie da im Gesicht?«

»Das ist ein Mundschutz, mein Sohn!«, antwortete Pater Moreau ernst. »Der Mann, den wir transportieren, leidet möglicherweise unter einer ansteckende Krankheit. Die Dinger sind zu unserem Schutz.«

Der Mann am Fenster zögerte einen Augenblick, beschloss aber dann, seiner Pflicht nachzukommen. Er lief die Stufen herab, ging um den Wagen herum und blieb drei Meter vor der Hecktür stehen. Dort verrenkte er sich den Hals, um einen misstrauischen Blick auf den Patienten zu werfen, der schweißüberströmt und zitternd im Inneren des Wagens in der Hängematte lag.

»Er sieht wirklich elend aus. Ein Wunder, dass er noch lebt«, sagte er besorgt. »Was hat er denn?«

»Eine Mischung aus Typhus, Malaria, Amöbiatis, Gelbfieber, Durchfall, eine Überdosis an *sursum corda,* und ich fürchte, dass er jeden Augenblick ein *ora pro nobis* nötig haben wird.«

»Donnerwetter, das klingt ja wirklich schlimm!«, staunte der Mann sichtlich beeindruckt von den vielen lateinischen Ausdrücken, die über alle wissenschaftlichen Zweifel erhaben schienen. »Warum lassen Sie ihn nicht in Frieden sterben, statt ihn wie einen Sack Erdnüsse durch die Gegend zu kutschieren?«

»Ach, du weißt doch, wie die Weißen sind. Sie wollen in ihrer Heimat bestattet werden. Wir sind verpflichtet, sie ihren Verwandten zu übergeben, sonst beschweren die sich bei der Botschaft, und es gibt eine Menge Ärger. Ist doch immer wieder dasselbe.«

»Die alte Geschichte!«, nickte der Feldwebel verdrießlich. »Es ist immer die alte Geschichte, ich kann ein Lied davon singen. Das ist wie mit Cola! Die Schwarzen sind die Dosen, die man einfach wegwerfen kann, und die Weißen die Pfandflaschen, für die man noch Geld bekommt …«

Plötzlich fiel sein Blick auf die funkelnde Uhr am Handgelenk des Patienten.

»Schöne Uhr!«, brummte er. »Was will er damit noch anfangen?«

Pater Moreau, der die Frage erwartet hatte, schien ihr nicht die geringste Bedeutung beizumessen, und antwortete: »Gar nichts, nehme ich an. Seine Zeit ist abgelaufen, und soweit ich weiß, zählt man weder in der Hölle noch im Paradies die Stunden.«

»Schade um so eine schöne Uhr! Er nimmt sie mit ins Grab«, sagte der Feldwebel und fügte hinzu: »Aber wahrscheinlich werden Sie sie behalten. Oder?«

»Ich benutze keine Uhr, wie du siehst«, entgegnete Pater Moreau und entblößte seinen Unterarm. Man sah deutlich, dass er nie eine Uhr trug.

Dann sagte er beiläufig, als wäre er über das Interesse des Mannes erstaunt: »Gefällt sie dir wirklich?«

»Und ob sie mir gefällt!«, antwortete der zahnlose Feldwebel fast empört über eine so dumme Frage. »Es ist die schönste Uhr, die ich je gesehen habe.«

»Dann nimm sie doch. Er kann ohnehin nichts mehr damit anfangen!«

»Das bringe ich nicht fertig. Man kann doch einem Sterbenden nicht die Uhr wegnehmen! Wenn der Hauptmann Wind davon bekäme, würde er mich standrechtlich erschießen lassen!«

»Mach dir keine Sorgen. Das lässt sich verhindern. Ich stelle dir ein Schreiben aus mit dem Stempel der Missionsstation. Darin steht, dass ich sie dir verkauft habe, aus freien Stücken.«

»Diese Uhr muss doch ein Vermögen wert sein. Ich könnte sie niemals bezahlen. Ich bin bloß ein einfacher Feldwebel.«

»Du schuldest mir nichts, mein Sohn!«, sagte Pater Moreau hastig. »Gar nichts! Wie gesagt, es ist ein Geschenk.«

Der durchtriebene Pater machte eine bedeutungsvolle Pause und fügte schließlich mit gespielter Gleichgültigkeit hinzu: »Obwohl ich dir sehr verbunden wäre, wenn du uns einen Passierschein ausstellen könntest, der es uns ermöglicht, die vielen Kontrollen zu passieren, ohne ständig angehalten zu werden. Für den armen Teufel zählt ja nun bedauerlicherweise jede Minute.«

Der Feldwebel zögerte einen Augenblick, trat einen Schritt vor, um sich zu vergewissern, dass der Patient tatsächlich an der Schwelle zum Tod war, warf einen Blick auf das Objekt seiner Begierde und erklärte schließlich in feierlichem Ton, der beinahe komisch wirkte: »Das ließe sich wohl machen! Trotzdem möchte ich eines betonen. Ich stelle den Passierschein lediglich aus humanitären Gründen aus, nicht aus Eigennutz. Wenn Sie mir später die Uhr zum Dank schenken wollen, dann nur, weil Sie es aus freien Stücken tun. Ich habe Sie nicht darum gebeten. Nur, damit wir uns recht verstehen. Keine Schwierigkeiten im Nachhinein!«

»Na, das hätte gerade noch gefehlt!«

Zehn Minuten später verließen sie die Kommandantur mit einem beeindruckenden Passierschein voller Stempel, Siegel und Unterschriften.

Aziza, die während der ganzen Zeit still im Wagen gesessen hatte, sagte:

»Aufs Bestechen verstehst du dich ja wirklich meisterlich!«

»Nach so vielen Jahren in diesem Land ist das kein Wunder, mein Kind. In dieser Zeit habe ich gelernt, dass in Niger alles möglich ist. Zumindest, solange man nicht in die Nähe des Urans kommt. Das ist das Einzige, was einem Scherereien machen kann. Alles andere lässt sich auf die eine oder andere Art regeln.«

Lange Stunden fuhren sie weiter und hielten nur ein einziges Mal an, um zu tanken.

Noch immer klammerte sich Oscar mit aller Kraft ans Leben.

Der unsichtbare Löwe reiste mit ihnen. Eigentlich hätte er im Vorteil sein müssen, doch fand er keine Möglichkeit, seinem wehrlosen Opfer den letzten Prankenhieb zu verpassen. Der raue Nachfahre österreichischer Bergbauern und stiernackiger baskischer Holzfäller erwies sich als ausnehmend zäher Bursche. Haut und Knochen, mehr war nicht von ihm übrig geblieben, und doch schien er fest entschlossen, nicht aufzugeben.

Jedes Mal, wenn der Missionar den Fuß vom Gaspedal nahm, sich umwandte und nach dem Patienten sah, stellte er verblüfft fest, dass sich seine Brust immer noch langsam hob und senkte. Stets runzelte er die Stirn, als könne er es nicht glauben.

Irgendwann erklärte er schließlich: »Eines kann ich dir garantieren: Wenn er durchkommt, wirst du noch lange Freude an ihm haben. So ein zäher Kerl ist mir noch nie über den Weg gelaufen!«

»Er weiß, dass er am Leben bleiben muss, weil ich ihn brauche«, antwortete die Frau, die sich hingebungsvoll um den Patienten kümmerte.

»Wir alle brauchen die, die wir lieben ...«, antwortete Pater Moreau. »Leider verlassen sie uns allzu oft ohne ersichtlichen Grund. Dein Mann hätte jeden erdenklichen Grund, diese Welt zu verlassen. Wer weiß, welche Krankheit ihm die Kraft aussaugt, wer weiß. Trotzdem geht er nicht und klammert sich an deine Hand, als würdest du ihm in jedem Augenblick neues Blut einflößen.«

Schweigend setzten sie ihre Fahrt fort, bis am Nachmittag erneut das kleine Flugzeug am Himmel auftauchte und sie mehrmals hartnäckig umkreiste. Aziza musste sich, so gut es ging, unter der Hängematte verkriechen, in der ihr kranker Mann lag.

Endlich verlor sich die beunruhigende Maschine am Horizont, und Pater Moreau verließ die Hauptpiste und fuhr querfeldein. Etwa zwanzig Kilometer nach Nordosten, bis sie auf eine Ansammlung von Beduinenzelten stießen, die um einen großen Brunnen standen.

Auf den ausgetrockneten Feldern um den Brunnen herum weideten zahlreiche Ziegen, Schafe und Kamele.

Etwa hundert Meter vom Brunnen entfernt hielt der Geistliche den Wagen an und stieg ohne Eile aus. Dann setzte er sich auf einen Felsen und begann, sich eine seiner stinkenden Zigaretten zu drehen.

Er hatte sie gerade angezündet, da trat aus dem größten Zelt ein dicker Mann mit makellos weißer Dschellaba und einem ebenso strahlend weißen Turban und schritt auf den Geistlichen zu.

»Schönen guten Abend, Anatole«, grüßte er in ausgezeichnetem Französisch, nachdem er vor dem Priester stehen geblieben war. »Was ist dir über die Leber gekrochen, dass du dich nicht entscheiden kannst, meine Gastfreundschaft in Anspruch zu nehmen?«

Pater Moreau nickte in Richtung Wagen.

»Guten Tag, Suilem! Glaube nicht, dass ich dich beleidigen wollte oder deinen ausgezeichneten Tee nicht zu schätzen wüsste. Ich habe einen Mann im Wagen, der möglicherweise an einer ansteckenden Krankheit leidet, und will deine Familie nicht in Gefahr bringen«, erklärte Pater Moreau und zeigte auf den Felsen neben sich. »Bitte setz dich!«

Der Mann kam der Aufforderung nach und fragte halb überrascht, halb beunruhigt: »Ich danke dir für die Erklärung, trotzdem kommst du mir sonderbar vor. Was ist los? Besteht die Gefahr einer Seuche?«

»Nein! Keineswegs«, beruhigte ihn Pater Moreau. »Deshalb bin ich nicht gekommen. Ich war zufällig in der Gegend und habe einen Umweg gemacht. Ich wollte dich fragen, was du von dieser Frau hältst, die aus Nigeria geflüchtet ist, weil deine Glaubensbrüder sie steinigen wollen.«

»Wovon zum Teufel redest du?«, entgegnete Suilem el Fasi offensichtlich gekränkt. »Meine Glaubensbrüder steinigen keine Frauen. Das sind Fanatiker, die es nicht würdig sind, Moslems genannt zu werden. Unser Glaube basiert auf dem Prinzip der Liebe, der Vergebung und des Verständnisses. Diejenigen, die diese arme Frau verfolgen, predigen nur Hass, Groll und Rache. Wirf mich bloß nicht in einen Topf mit denen. Ich mache dich schließlich auch nicht für die christlichen Inquisitoren verantwortlich, die ihre Ketzer auf dem Scheiterhaufen verbrannten.«

»Deine Antwort erfreut mein Herz.«

»Was hattest du denn erwartet?«, fragte der füllige Suilem. »Wir kennen uns seit zwanzig Jahren. Eigentlich müsstest du wissen, wie ich denke. Ich praktiziere die Lehre des Islam. Der Islam hat mich gelehrt, gerecht zu sein und Verständnis zu üben, so wie das Christentum dir das Beste beigebracht hat, was es hat: nicht zu töten oder zu morden.«

»Trotzdem musst du zugeben, dass es heute viele Moslems gibt, die anders denken als du.«

»Ja, ich gebe es zu, und es ist beschämend«, erklärte der Beduine. »Terroristen wie Abu Akim setzen sogar ein Kopfgeld auf eine unschuldige Frau aus. Aber ich bin sicher, dass Allah ihn eines Tages zur Rechenschaft zieht. Er wird ihn nicht nur wegen des Leids bestrafen, das er über die Menschen gebracht hat, sondern auch, weil er dem Islam schadet. Männer wie er sind dafür verantwortlich, dass man uns in der ganzen Welt für Barbaren hält.«

Pater Moreau dachte einen Augenblick nach, drückte mit dem Absatz seiner ramponierten Sandale den Stummel aus und sagte: »Nun denn! Du hast mir genau das gesagt, was ich von dir erwartet hatte. Und deshalb will ich dich um einen Gefallen bitten. Doch du musst es dir gut überlegen.«

»Da gibt es nichts zu überlegen«, antwortete sein Freund ohne Umschweife. »Während all dieser Jahre hast du dich um das Wohl meiner Frauen und Kinder gekümmert, und meinen Kleinsten hast du sogar vor dem sicheren Tod gerettet. Du kannst mich bitten, worum du willst!«

Pater Moreau seufzte laut.

»Na gut!«, erklärte er. »In Gottes Namen. Ich habe im Wagen nicht nur einen Patienten, sondern auch die gesuchte Frau.«

Er erwartete einen Ausdruck der Überraschung oder Ungläubigkeit. Als sein Freund schwieg, fragte er verblüfft: »Bist du gar nicht überrascht?«

»Nicht im Geringsten!«

»Warum nicht?«

»Weil wir uns lange genug kennen. Du fragtest mich nach dieser Frau – da habe ich mir schon so etwas gedacht. Wenn sie von Tausenden gesucht wird und man sie noch nicht gefunden hat, kann das nur daran liegen, dass jemand wie du sie beschützt. Und das ist sehr anständig von dir.«

»Hm!«, brummelte Pater Moreau ein wenig beschämt. »Ich weiß nicht, warum ich überrascht bin, obwohl ich dich genauso lange kenne. Tatsache ist, dass sie nicht länger bei mir bleiben kann. Wir sind bereits mehrere Male von einem Flugzeug überflogen worden. Wenn man sie in der Station findet, wären alle, die dort arbeiten, in Gefahr.«

»Willst du etwa, dass ich sie bei mir verstecke?«

»Mehr oder weniger.«

»Verflixt noch mal, Anatole. Was heißt hier mehr oder weniger? Du willst, dass ich sie verstecke, und das werde ich auch tun. Im Zelt meiner Töchter wird sie bis zum Ende des Ramadan vor fremden Blicken sicher sein. Danach müssen die Frauen die Herden wieder auf die Felder treiben, und dann wird es sehr schwer, sie zu verstecken.«

»Nur ein paar Tage.«

»Das ist zu machen. Am besten lässt du sie dort rechts bei

der kleinen Felsengruppe zurück. Ich selbst werde sie heute Nacht abholen. Und damit wir uns recht verstehen: Das tue ich nicht nur aus alter Freundschaft oder wegen der vielen Gefallen, die du mir in der Vergangenheit erwiesen hast. Ich tue es, weil ich es für meine Pflicht halte, eine Horde Wilder, die die Lehren des Propheten nie begriffen haben, an einem abscheulichen Verbrechen zu hindern. Es ginge zu Lasten von Millionen friedlicher Moslems auf der Welt. Ist das klar?«

»Na, und ob!«, erklärte Pater Moreau. »Erinnerst du dich noch an Dongo, der dir die Spritzen setzte?«

»Der Kotoko aus dem Tschad? Wie könnte man diesen Kerl jemals vergessen?«, antwortete sein Freund. »Er setzte die Spritzen, als jagte er Krokodile in seinem verdammten See.«

»Zugegeben, ein besonders guter Sanitäter war er nicht, aber ein guter Mensch, obwohl er nicht an Gott glaubt. Was in diesem Fall sogar von Vorteil sein könnte. Er wird mein Bote sein und der Einzige, dem du vertrauen darfst. Wenn du tust, was ich dir sage, wird niemand Verdacht schöpfen, und wir haben keine Probleme.«

»Wir haben immer Probleme, lieber Freund!«, erwiderte Suilem pessimistisch. »Solange es religiösen Fanatismus gibt, wird es jede Menge Probleme geben. Manchmal glaube ich, nicht die Götter haben die Menschen zu ihrem Ruhme erschaffen, sondern die Menschen die Götter zu ihrem Verderben.«

Der Kopf des kleinen Wesens wurde sichtbar, und Pater Moreau beeilte sich, es mit seinen Pranken auf eine Welt voller Hunger, Krankheit, Elend und Ungerechtigkeit zu holen.

Da platzten zwei schwer bewaffnete Soldaten in den Kreißsaal. Sie stellten sich zu beiden Seiten der Tür auf und warteten auf ihren hoch gewachsenen Hauptmann, dessen Backenbart sich unterhalb der Nase mit einem dichten Schnauzer vereinte.

Falls er geglaubt hatte, er könne die Anwesenden mit seinem gewaltsamen Eindringen in den Kreißsaal einschüchtern, musste seine Enttäuschung groß sein. Der Missionar ließ sich nicht aus der Ruhe bringen und fuhr mit seiner Aufgabe fort. Schließlich hob er das Kind hoch, versetzte ihm einen kräftigen Schlag auf das Hinterteil und wartete, bis es anfing zu schreien. Am Ende übergab er es einer alten einheimischen Krankenschwester, die neben ihm stand.

Erst dann wandte er sich zu dem Eindringling um und begrüßte ihn lächelnd: »Guten Morgen, Razman! Was führt Sie zu mir?«

»Das müssten Sie eigentlich wissen, Vater.«

»Bei Gott!«, rief Pater Moreau, während er sich sorgfältig die Hände in einer alten Schüssel mit Wasser wusch. »Ich bin Seelsorger, Arzt, Hebamme, Krankenwagenfahrer, Klempner, Schreiner und tausend anderes, aber soweit ich weiß, kein Hellseher. Würde es Ihnen etwas ausmachen, mich aufzuklären?«

Hauptmann Razman verzog das Gesicht, worauf ein Untergebener ihm einen Stapel Zeitungen reichte. Mit grimmigem Ausdruck warf er die Zeitungen auf den Tisch.

»Kennen Sie diese Frau?«, fragte er herausfordernd. »Die auf den Titelseiten!«

Pater Moreau trocknete sich gemächlich die Hände ab, beugte sich vor, sah sich die verschiedenen Fotos an und sagte schließlich: »Hier steht, dass sie Aziza Smain heißt und zu Tode gesteinigt werden sollte, aber vor ihrer Hinrichtung geflohen ist.«

»Was haben Sie dazu zu sagen?«

»Ich würde auch die Beine in die Hand nehmen, wenn man mich steinigen wollte«, antwortete Pater Moreau und lachte laut auf. »Diese Nigerianer sind die reinsten Bestien.«

Razman Sinessi wusste nicht so recht, was er darauf antworten sollte. Humor oder Ironie waren nicht gerade seine Stärken.

Nach einem Augenblick des Zögerns bohrte er weiter: »Das meinte ich nicht. Ich fragte, ob Sie die Frau kennen.«

Nun war es Pater Moreau, der sich Zeit zum Antworten nahm. Er beugte sich erneut über die Zeitungen, breitete sie auf dem Tisch aus und sah sich die Fotos an, die gemäß der Bedeutung, die die Zeitungen dem Ereignis beigemessen hatten, verschieden groß waren.

Schließlich fragte er: »Sollte ich sie kennen?«

»Das müssen Sie wissen. Haben Sie sie gesehen oder nicht?«

»Ich bin mir nicht sicher. Die Zeitungen, die wir bekommen, sind manchmal sehr alt. Es ist durchaus möglich, dass ich sie schon mal ...«

»Das meinte ich nicht!«, fuhr der Hauptmann ihn an, der von Minute zu Minute ungeduldiger wurde. »Halten Sie mich nicht zum Narren! Das ist eine Beleidigung. Was ich wissen will, ist, ob Sie sie persönlich kennen.«

»Persönlich?«, wiederholte Pater Moreau überrascht. »Wie kommen Sie darauf? Ich war nie in Nigeria, und die Zeitungen schreiben, diese Frau wäre erst vor kurzem geflohen.«

»Nein!«, erwiderte der Hauptmann. »Nicht vor kurzem.

Sie hat Hingawana vor fast drei Wochen verlassen. Und wie man mich aus Niamey unterrichtet hat, gibt es einen begründeten Verdacht, dass sie sich hier aufhält.«

»Hier? In der Missionsstation?«, rief Pater Moreau entsetzt. »Diese Frau in Kadula? Hören Sie auf, Razman! Ich glaube, Sie wollen mich auf den Arm nehmen! Sie wissen besser als jeder andere, was passieren würde, wenn man sie findet. Ihre Regierung würde mich noch am selben Tag nach Hause schicken. All die Menschen, viele aus Ihrer eigenen Sippe, die zu mir in die Krankenstation kommen, wären gezwungen, Hunderte von Kilometern weit zu laufen, um ein einfaches Aspirin zu bekommen. Wie lange sind Sie schon Kommandeur?«

»Fünf Jahre im März.«

»Und Sie kennen mich immer noch nicht gut genug, um zu wissen, dass ich Leben und Gesundheit der vielen Menschen, die von mir abhängig sind, nicht aufs Spiel setzen würde. Nicht einmal, um einer unglücklichen Frau zu helfen, deren Schicksal mich zwar nicht kalt lässt, deren Probleme mich jedoch nicht unmittelbar betreffen?«

Der Militär bat ihn mit einer knappen Kopfbewegung aus dem Raum, während er seinem Untergebenen Befehl gab, die Zeitungen wieder einzusammeln.

Als sie im großen Innenhof der Missionsstation standen, holte er aus der Brusttasche seiner Uniform eine Schachtel mit echten Zigarillos, bot Pater Moreau eins an, der es entzückt nahm, und entzündete beide mit einem schweren Feuerzeug.

»Wollen Sie die Wahrheit wissen? Genau dasselbe habe ich mir auch gesagt, als ich die Nachricht zum ersten Mal hörte«, gestand er und setzte sich auf das breite Geländer der Balustrade. »Keiner hat das Recht, wegen einer einfachen Frau so viel aufs Spiel zu setzen. Egal, ob sie nun zu Recht oder Unrecht verurteilt wurde. Damit habe ich nichts zu tun, und früher oder später muss sie sowieso dran glauben.«

Er stieß eine Rauchwolke aus und fügte offensichtlich missgelaunt hinzu: »Aber diejenigen, die sie hier oder in der unmittelbaren Umgebung vermuten, haben gute Gründe dafür. Meine Befehle sind unmissverständlich. Ich muss die ganze Missionsstation durchsuchen.«

»Worauf warten Sie dann?«

»Sie sind damit einverstanden?«, fragte Hauptmann Razman überrascht.

»Selbstverständlich! Befehl ist Befehl. Sie sind der Staat und brauchen meine Einwilligung nicht. Aber wenn es Sie beruhigt: Ich gebe sie Ihnen. Durchsuchen Sie, was Sie wollen und solange Sie wollen.«

»Danke!«, erklärte Hauptmann Razman.

Dann zeigte er mit dem Zigarillo auf Pater Moreau.

»Man hat mir berichtet, dass Sie eine Maschine erwarten, die einen Schwerkranken nach Paris fliegen soll. Stimmt das?«

»Ja, ich erwarte sie in etwa einer Stunde. Der Patient ist ein wohlhabender Mann. Er soll von einem Lazarettflugzeug abgeholt und nach Paris gebracht werden. Haben Sie Einwände?«

»Nein. Natürlich nicht. Es wäre nicht gut, wenn ein derart bedeutsamer Mann meinetwegen in Niger sterben würde. Aber ich warne Sie. Sobald die Maschine gelandet ist, werden meine Männer sie umstellen. Ich lasse nicht zu, dass irgendwer oder irgendwas dieses Flugzeug betritt, abgesehen von dem Patienten natürlich. Haben Sie gehört?«

»Ich nehme an, dass Sie mit irgendwas Uran meinen«, erklärte Pater Moreau. »Und mit irgendwer die Frau aus den Zeitungen?«

»Ganz richtig!«

»In diesem Fall brauchen Sie sich keine Sorgen zu machen«, erklärte Pater Moreau. »Mich interessieren weder das Uran noch diese Frau. Wichtig ist, dass die Maschine so schnell wie möglich wieder aufgetankt wird, den Patienten an Bord nimmt und sofort wieder abhebt. Jede Minute zählt. Deshalb sollten Sie Ihren Leuten befehlen, die Missionsstation so schnell wie möglich zu durchsuchen. Wenn die Maschine landet, ist Eile geboten.«

»Überlassen Sie das nur mir.«

Sie drangen in sämtliche Räume ein, durchsuchten alle Schränke und sahen sogar unter den Betten nach. Sie durchstöberten die drei schäbigen Lehmhütten der ärmlichen Missionsstation bis in den letzten Winkel.

Nach einer halben Stunde erstatteten die Soldaten ihrem Vorgesetzten Meldung: Sie hätten sämtliche Menschen, Hunde, Katzen, Affen, Ziegen, Hammel oder Kamele im Umkreis von zehn Kilometern kontrolliert und dabei niemanden angetroffen, der auch nur die geringste Ähnlichkeit mit der gesuchten Frau aus Nigeria hatte. Ebenso gab es nicht den kleinsten Hinweis auf möglichen Uranschmuggel.

Die Durchsuchung war beendet. Pater Moreau hörte über Funk, dass das Lazarettflugzeug in wenigen Minuten landen würde. Er begab sich sofort in das einzige Zimmer der Krankenstation, in dem ein altersschwacher Ventilator noch seinen Dienst tat, um den Patienten endgültig für die Reise vorzubereiten.

Mit mehreren Litern Serum, zwei Bluttransfusionen und einigen Tagen ausgiebiger Ruhe nach der nervenaufreibenden und anstrengenden Reise war Oscar nicht mehr so totenbleich wie zuvor. Trotzdem hätte wahrscheinlich niemand auf seine Genesung gewettet.

Er schien ruhig zu schlafen. Pater Moreau musste ihn mehrmals rütteln, bis er aufwachte.

»Oscar! Wach auf! Die Maschine ist gleich da.«

Langsam schlug der Patient die Augen auf, nickte mehrmals und flüsterte: »Wo ist Aziza?«

»An einem sicheren Ort.«

»Wann sehe ich sie wieder?«

»Das kann ich dir nicht sagen«, gestand Pater Moreau aufrichtig. »Ich habe alles getan, was in meiner Macht stand. Aber vielleicht kommt es anders als geplant.«

»Ich brauche sie an meiner Seite«, jammerte Oscar. »Ich sterbe, wenn sie nicht bei mir ist.«

»Sei nicht kindisch, Oscar!«, entgegnete Pater Moreau wütend. »Nachdem du vierzig Jahre ohne sie leben konntest, wirst du wohl noch ein paar Tage warten können. Du musst so schnell wie möglich gesund werden. Sobald es geht, werdet ihr wieder zusammen sein, dieses Mal für immer.«

»Versprochen?«

»Versprochen ...!«, erklärte Pater Moreau, der allmählich die Geduld verlor.

Er wollte noch etwas sagen, wurde aber vom lauten Dröhnen der Flugzeugmotoren unterbrochen. Die Maschine flog dicht über die Station hinweg.

Pater Moreau eilte ans Fenster und beobachtete, wie das weiße Flugzeug, auf dessen Tragflächen und Rumpf ein großes Rotes Kreuz gemalt war, einen etwa drei Kilometer weiten Bogen um die sandige Landepiste im Norden der Missionsstation flog und den Landeanflug begann.

Es setzte so sanft auf, als wäre ihre jämmerliche Piste die asphaltierte Landebahn eines modernen Flughafens. Der einzige Unterschied war die aufgewirbelte, dichte Staubwolke.

Das Flugzeug erreichte das Ende der Rollbahn, wendete langsam und kam schließlich knapp vor der Hintertür des größten Gebäudes der Missionsstation zum Stehen.

Sobald die Motoren ausgeschaltet wurden und die Propeller zum Stillstand gekommen waren, umstellte ein Dutzend Soldaten unter der Führung eines Unteroffiziers das Flugzeug.

Die beiden Piloten, der Arzt und der Krankenpfleger, die kurz darauf aus der Maschine stiegen, bekamen angesichts des Aufmarsches einen Schrecken. Pater Moreau musste sie beruhigen und ihnen erklären, dass es sich um eine reine Vorsichtsmaßnahme handelte. Immerhin befänden sie sich in einem Land, das mit ernsten Schmuggelproblemen zu kämpfen hätte.

»In Niger gibt es nur Uran und Erdnüsse«, erklärte er. »Die Erdnüsse will niemand haben, hinter dem Uran jedoch sind alle her. Aber mein guter Freund, Hauptmann Razman, hat sich soeben davon überzeugen können, dass es in Kadula kein einziges Gramm Uran gibt und so gut wie keine Erdnüsse. Wollen Sie sich ein wenig stärken, während die Maschine aufgetankt wird und wir den Patienten für den Transport fertig machen? Wir haben Ihnen zu Ehren ein Lamm geschlachtet. Das ist wirklich ein Ereignis ganz besonderer Art in dieser Gegend.«

Der Arzt und sein Assistent wollten lieber zuerst nach dem Patienten sehen, die Piloten jedoch nahmen die Einladung dankbar an. Es war ein langer, anstrengender Flug gewesen, bei dem sie sich nur von Sandwichs und Kaffee ernährt hatten. Bereitwillig folgten sie dem Geistlichen in die Küche. Auch Hauptmann Razman gesellte sich zu ihnen; der Aussicht auf eine saftige Lammkeule konnte er unmöglich widerstehen.

Die alte Köchin, Schwester Lucia, hatte sich selbst übertroffen. Sie musste aber auch zugeben, dass sie zum ersten Mal seit langer Zeit so zartes Fleisch in den Händen gehabt hatte. Aus dem schwarzen Ofen, in dem sonst höchstens Brot gebacken wurde, drang ein verführerischer Duft, bei dem allen Anwesenden der Magen knurrte.

Doch kaum hatten sie sich über das ungewohnt üppige Mahl hergemacht, da stürmte ein Soldat mit einem Sprechfunk in das Zimmer.

»Herr Hauptmann! Herr Hauptmann!«, rief er aufgeregt. »Sie haben sie!«

»Wen?«

»Diese Frau!«

»Nicht möglich!«

»Doch, Herr Hauptmann! Unteroffizier Hennelik ist dran und versichert, dass er sie verhaftet hat.«

Hauptmann Razman schluckte ein Stück Fleisch hinunter, wischte sich das vom Kinn tropfende Fett mit dem Handrücken ab und griff nach dem Funkgerät, das der Soldat ihm hinhielt.

»Hennelik? Bist du das, Hennelik?«, fragte er unwirsch.

»Ja, Herr Hauptmann!«

»Was ist mit dieser Frau? Hast du sie tatsächlich gefunden?«

»Ja, Herr Hauptmann!«, erwiderte eine ferne Stimme, die sich ziemlich nervös anhörte. »Sie ist hier, vor meiner Nase!«

»Und du bist vollkommen sicher, dass sie es ist?«

»Daran besteht nicht der geringste Zweifel, Herr Hauptmann!«

»Wo hast du sie gefunden?«

»In einem Beduinenzelt, etwa dreißig Kilometer nordwestlich, in der Nähe des Brunnens Ma-el-Ahina.«

»Wer ist bei ihr?«

»Niemand, Herr Hauptmann!«

»Niemand?«

»Niemand.«

»Was hat sie gesagt?«, fragte Hauptmann Razman offensichtlich verwundert. »Wieso ist sie allein?«

»Das kann ich Ihnen nicht sagen, Herr Hauptmann.«

Die Stimme wechselte den Tonfall:

»Wir verstehen kein einziges Wort von dem, was sie sagt. Sie spricht nur Englisch.«

»Was soll das heißen, sie spricht nur Englisch?«, entgegnete Hauptmann Razman ungläubig.

»Wie kann das sein?«

»Sie ist Nigerianerin, Herr Hauptmann.«

Hauptmann Razman fluchte laut und hätte um Haaresbreite dem Stuhl, der ihm am nächsten stand, einen Tritt versetzt.

»Ja, richtig! Diese verdammten Nigerianer sprechen ja nur Englisch«, schrie er ins Funkgerät. »Habt ihr gar nichts verstehen können?«

»So gut wie, Herr Hauptmann, aber offensichtlich hat sie sich auf den Fotos wiedererkannt. Und dann hat sie etwas von einem Jungen erzählt.«

»Schon gut«, fauchte schließlich sein Vorgesetzter. »Behandle sie korrekt, aber lass sie nicht aus den Augen. Nicht, dass sie in letzter Minute noch Selbstmord begeht. Sobald ich mit dem Essen fertig bin, mache ich mich auf den Weg.«

»Keine Sorge, Herr Hauptmann. Lassen Sie sich ruhig Zeit. Wir halten die Stellung, bis Sie eintreffen.«

Hauptmann Razman sagte kein Wort und beendete seine Mahlzeit. Er zündete sich ein Zigarillo an, blies eine dichte Rauchwolke aus und musterte Pater Moreau.

»Genau, wie man uns gemeldet hatte. Die Frau befand sich tatsächlich in unmittelbarer Nähe der Missionsstation. Es fällt mir schwer zu glauben, dass Sie nichts davon gewusst haben, Pater Moreau.«

»Dreißig Kilometer kann man beim besten Willen nicht als unmittelbare Nähe bezeichnen, Herr Hauptmann«, widersprach Pater Moreau. »Ich versichere Ihnen, dass ich nicht die geringste Ahnung hatte, wo sich die Frau befand.«

»Wollen Sie etwa immer noch behaupten, Sie hätten sie niemals gesehen?«

»Selbstverständlich!«

»Nun, ich glaube, dass Sie lügen.«

»Das ist Ihr gutes Recht. Aber Sie sollten es besser wissen, nachdem wir uns schon so lange kennen. Was werden unsere Gäste von mir denken?«

Hauptmann Razman zögerte zu antworten. Er strich sich über den langen Schnurrbart, kratzte sich den Kopf und sagte schließlich: »Was Ihre Gäste denken, ist mir einerlei. Mich stört, dass ich Sie für einen der ehrlichsten Menschen hielt, die ich je kennen gelernt habe. Aber nach dem, was vorgefallen ist, muss ich leider feststellen, dass ich mich geirrt habe. Was ich eigentlich bedaure, aber nun gut.«

»Das ist nicht meine Schuld«, erwiderte Pater Moreau. »Trotzdem sollten Sie eines wissen. Stünde es in meiner Macht, jemanden vor dem Tod zu retten, der gesteinigt werden soll: Ich würde mein Leben riskieren, ohne mich darum zu scheren, was Sie von mir halten. Wenn ich Ihnen aber mein Wort gebe, dass ich die Frau auf den Fotos niemals zuvor gesehen habe, dann können Sie Gift darauf nehmen, dass es die Wahrheit ist!«

»Na schön«, gab Hauptmann Razman achselzuckend nach. »Ich will versuchen, Ihnen zu glauben. Sprechen Sie Englisch?«

»Ja, fließend.«

»Dann möchte ich Sie bitten, mich zu begleiten. Sie werden für mich dolmetschen. Und zugleich kann ich mich davon überzeugen, dass Sie die Frau nicht kennen. Sind Sie einverstanden?«

Pater Moreau nahm sich Zeit für die Antwort. Er sah die verwirrten Piloten an, die der unangenehmen Unterhaltung schweigend zugehört hatten, warf Schwester Lucia einen Blick zu, von der keine Hilfe zu erwarten war, und sagte schließlich: »Einverstanden! Sobald ich den Patienten an Bord der Maschine gebracht habe, können wir aufbrechen.«

Hauptmann Razman stand auf und drückte das Zigarillo auf seinem leeren Teller aus.

»Ich glaube nicht, dass der Doktor Sie dazu braucht«, sagte er. »Wenn er von so weit hergekommen ist, wird er wissen, was zu tun ist. Gehen wir!«

Pater Moreau nickte widerstrebend. Kurz bevor er den Raum verließ, drehte er sich noch einmal um und fragte die Zurückgebliebenen: »Können Sie auf mich warten?«

»Tut uns sehr leid, aber wir müssen so bald wie möglich starten«, antwortete der Kapitän und schüttelte den Kopf.

»Es ist ein langer Flug. Die Vorstellung, diese Wüste, über der man kaum Funksignale erhält, bei Nacht zu überfliegen, behagt mir ganz und gar nicht.«

»Verstehe. Passen Sie bitte gut auf den Patienten auf. Und viel Glück!«

»Für Sie auch, Vater.«

Zehn Minuten später brach der Konvoi aus vier Fahrzeugen mit den Soldaten Richtung Nordwesten auf. Als sie sich fast in Sichtweite des Brunnens Ma-el-Ahina befanden, donnerte die weiße Maschine über ihre Köpfe hinweg und verlor sich in der Ferne.

Fünf Männer standen vor dem großen Beduinenzelt Wache, aus dem ein breit grinsender Feldwebel Hennelik trat. Er schien der glücklichste Mensch der Welt zu sein.

Hauptmann Razman ging auf ihn zu, wechselte einige Worte mit seinem Untergebenen und verschwand anschließend im Innern des dunklen Zeltes aus Kamelhaar.

Wenige Augenblicke später winkte Feldwebel Hennelik Pater Moreau ins Zelt. Hauptmann Razman würdigte ihn keines Blickes, sondern achtete auf die Reaktion im Gesicht der Frau, sobald sie dem Missionar gegenüber stand.

Doch der Trick schien nicht das erwünschte Resultat zu erbringen. Enttäuscht nahm er Platz auf einem der vielen gegerbten Felle, die den Boden des Zelts bedeckten, und sagte zu dem Geistlichen: »Fragen Sie bitte, wann und wie sie hierher gelangt ist.«

Pater Moreau übersetzte die Frage für ihn.

»Sie sagt, sie sei heute Morgen mit dem Flugzeug hier angekommen. Zwei Männer hätten sie im Flughafen von Niamey abgeholt, sie hierher gefahren und sie angewiesen, zu warten.«

»Soll das etwa heißen, dass sie von Nigeria nach Niamey geflogen ist?«, empörte sich Hauptmann Razman. »Das ist doch absurd! Wir wissen, dass sie zu Fuß über die Grenze gekommen ist. Sagen Sie ihr, sie soll sich gefälligst genauer ausdrücken!«

Pater Moreau setzte sich neben den Hauptmann, unterhielt sich eine Weile mit der Frau und erklärte schließlich: »Sie behauptet, dass sie Linda Burman heißt, in Alabama geboren wurde und in New York lebt.«

»Was? Linda Burman?« sagte Hauptmann Razman ungläubig. »Hier steht, dass sie Aziza Smain heißt! Ist sie etwa nicht die Frau auf den Fotos?«

»Sie gibt zu, dass sie die Frau auf den Fotos ist. Sie behauptet, die Aufnahmen seien vor drei Tagen gemacht worden. Aber sie versteht nicht, warum man sie mit einer gewissen Aziza Smain verwechselt, von der sie nie im Leben etwas gehört hat.«

»Bei Allah!«, rief Hauptmann Razman entsetzt. »Sie haben uns an der Nase herumgeführt! Wer zum Teufel ist diese Frau, und wer hat sie hierher geschafft?«

»Sie sagt, sie sei Schauspielerin und habe vorgestern einen Vertrag unterzeichnet, um in Afrika einen Film für Erwachsene zu drehen. Deshalb sei sie hier.«

»Was zum Donnerschlag soll das sein, ein Film für Erwachsene?«

»Das ist die diskrete Umschreibung für einen Pornofilm«, klärte Pater Moreau ihn auf.

»Pornofilm?«, wiederholte Hauptmann Razman und wurde totenbleich. »Wollen Sie sagen, dass wir eine Pornodarstellerin an Stelle von Aziza Smain gefangen genommen haben? Das darf doch nicht wahr sein!«

»Scheint aber so.«

»Das kostet mich Kopf und Kragen.«

»Sie erwähnte, dass die Männer, die sie hergebracht haben, ihr ein Schreiben für Sie mitgegeben hätten.«

»Für mich?«, fragte Hauptmann Razman überrascht. »Wieso für mich?«

»Nun ja, natürlich ist es nicht an Sie persönlich, sondern

an den zuständigen Kommandeur gerichtet. Und da Sie hier das Sagen haben ... Soll ich übersetzen?«

»Ja, bitte!«

Pater Moreau nahm den Umschlag, den Linda Burman ihm gleichgültig reichte, öffnete ihn und las langsam und ernst vor: »Verehrter Herr, zuerst einmal möchten wir Sie beglückwünschen. Sie haben Ihre Aufgabe glänzend gemeistert. Sie erhielten den Befehl, die Frau, die auf den Titelseiten der internationalen Presse abgebildet war, ausfindig zu machen. Das ist Ihnen gelungen. Die Schuld liegt bei den Zeitungsredaktionen. Sie hielten es nicht für nötig, nachzuprüfen, ob die Fotos einer renommierten Presseagentur tatsächlich die Person zeigten, die sie zu zeigen vorgaben. Die betreffende Agentur ist mittlerweile in Konkurs gegangen, was wir keineswegs bedauern. Linda Burman ist Amerikanerin. Ihre Botschaft wurde über ihre Probleme und ihren Aufenthaltsort in Kenntnis gesetzt. Noch heute wird man sie abholen lassen. Sie ist im Besitz eines Umschlags mit zweihunderttausend Dollar, die für den freundlichen Pater Anatole Moreau bestimmt sind. Wir sind sicher, dass er nichts dagegen haben wird, Ihnen als kleine Entschädigung für Ihre Mühen die Hälfte zu überlassen. Hochachtungsvoll ...«

Pater Moreau kniff die Augen zusammen, doch schließlich musste er eingestehen: »Die Unterschrift kann ich beim besten Willen nicht entziffern.«

»Das war zu erwarten«, erklärte der Empfänger des seltsamen Schreibens. »Diese verdammten Hurensöhne haben mich reingelegt!«

»Wer das eingefädelt hat, muss mit allen Wassern gewaschen sein!«, sagte Pater Moreau anerkennend.

»Sie verfluchter Heuchler! Das waren Sie selbst«, rief Hauptmann Razman wütend, fragte dann aber hastig: »Wo ist das Geld?«

Pater Moreau streckte die Hand aus, und Linda Burman, die dem konfusen Hin und Her zugesehen hatte, als sei es Teil einer Komödie, in der sie nur eine kleinen Nebenrolle zu spielen hatte, fasste unter ihren Rock und überreichte dann dem Geistlichen einen zerknitterten Umschlag.

Pater Moreaus Pranken teilten das Geldbündel in zwei Hälften wie eine gewöhnliche Tafel Schokolade und reichten eine an Hauptmann Razman weiter.

»So viel hätten Sie in Ihrem ganzen Leben nicht verdient, selbst wenn Sie es bis zum General gebracht hätten. Und es ist keine Bestechung. Niemand kann bestreiten, dass Sie Ihre Pflicht erfüllt haben.«

»Da bin ich mir nicht so sicher. Mein Befehl lautete, dass Aziza Smain unter keinen Umständen an Bord dieser Maschine gelangen dürfte. Und wenn mich nicht alles täuscht, ist sie inzwischen nach Paris unterwegs.«

»Werter Freund!«, beruhigte ihn Pater Moreau und klopfte ihm liebevoll auf das Knie. »Auf einem Kontinent, wo neunzig Prozent der Frauen keinen Ausweis besitzen, weil ihre Geburt niemals verzeichnet wurde, ist ein einfacher Name bedeutungslos. Was hätten Sie gemacht, wenn es diese Fotos nicht gegeben hätte? Ich kann mir nicht vorstellen, dass Sie herumgelaufen wären und alle Frauen, die Ihnen begegnen, gefragt hätten: ›Entschuldige, heißt du vielleicht Aziza Smain? Wenn ja, sei so nett und folge mir, wir wollen dich steinigen.‹ Nein, Razman, nein! Aus Erfahrung weiß ich, dass die meisten Afrikaner in der Anonymität verschwinden, sobald sie ihr Dorf, ihre Familie und ihren Freundeskreis verlassen. Zu ihrem Pech, vielleicht aber auch zu ihrem Glück, verpasste man ihnen bei der Geburt keine Nummer, sodass sie in keinem Archiv eine Spur hinterlassen haben. Es spielt keine Rolle, ob Aziza Smain an Bord der Maschine war oder nicht. Aziza Smain existiert nicht mehr.«

»Von nun an heißt du Shireem Sultan. Du wurdest in Liberia geboren, aber aufgewachsen bist du in Ghana. In den kommenden Monaten wirst du eine Menge über deine neue Identität lernen müssen, doch am Ende wird sie dir die Freiheit schenken. Vorerst muss ich dich bitten, das Haus nicht zu verlassen, bis Oscar aus der Intensivstation entlassen wird und entscheidet, wo ihr euch letztendlich niederlassen werdet.«

Aziza studierte aufmerksam den Pass mit ihrem Foto.

Schließlich drehte sie sich zu Robert Martel um, der ihr den ersehnten Reisepass der Europäischen Union überreicht hatte, und erklärte: »Ich habe nichts dagegen, Shireem Sultan zu heißen. Schließlich ist ein Name wie der andere. Ich habe auch nichts dagegen, im Haus zu bleiben. Im Augenblick kann ich für Oscar nichts tun. Aber sobald er die Intensivstation verlässt, will ich bei ihm sein. Tag und Nacht.«

Sie hielt inne und fügte dann energisch hinzu: »Und wenn er wieder gesund ist und mich nicht mehr braucht, kehre ich nach Afrika zurück, um meinen Sohn zu suchen.«

Eine Weile betrachtete Martel die außergewöhnliche Frau, die mit ihrer luxuriösen Umgebung vollkommen harmonierte, obwohl sie ihr ganzes Leben in einem schäbigen nigerianischen Dorf verbracht hatte.

Zum ersten Mal begriff er, was seinen alten Freund dazu getrieben haben mochte, sein Leben auf derart absurde Weise aufs Spiel zu setzen.

Weltbild Buchverlag – Originalausgaben –
Genehmigte Lizenzausgabe 2006 für
Verlagsgruppe Weltbild GmbH,
Steinerne Furt, 86167 Augsburg

5. Auflage 2009

Dieses Werk wurde vermittelt durch die Literarische Agentur
Thomas Schlück GmbH, 30827 Garbsen.
Weitere Informationen zum Autor unter www.uklitag.com.

Projektleitung: Dr. Ulrike Strerath-Bolz
Übersetzung: Jean-Paul Ziller
Redaktion: Claudia Krader
Umschlag: Hauptmann & Kompanie Werbeagentur GmbH, München
Umschlagabbildung: mauritius images / 0009020 – Rubberball
Satz: AVAK Publikationsdesign, München
Gesetzt aus der Sabon 10,5/12,5 pt
Druck und Bindung: CPI Moravia Books s.r.o, Pohorelice

Gedruckt auf chlorfrei gebleichtem Papier

Printed in the EU

ISBN 978-3-89897-800-2